O SEGREDO DE FRIDA KAHLO

2ª edição
1ª reimpressão

F. G. HAGHENBECK

O SEGREDO DE FRIDA KAHLO

Tradução
Luis Reyes Gil

🌐 Planeta

Copyright © Francisco Gerardo Haghenbeck, 2009
Copyright © Editorial Planeta Mexicana, 2009
Copyright © Editora Planeta do Brasil, 2011, 2019
Publicado por acordo com SalmalaiaLit e Editorial Planeta Mexicana.
Todos os direitos reservados.
Título original: *Hierba Santa*

Preparação: Norma Marinheiro
Revisão: Tulio Kawata e Patrícia Alves Santana
Diagramação: Anna Yue
Ilustração "caveira mexicana": Ajipebriana / Freepik
Capa: Tereza Bettinardi
Ilustração de capa: Catarina Bessell
Fotografia de capa: Lucas Vallecillos / Alamy Stock Photo

Dados Internacionais de Catalogação na Publicação (CIP)
Angélica Ilacqua CRB-8/7057

Haghenbeck, F. G.
  O segredo de Frida Kahlo / Francisco Haghenbeck; tradução de Luís Reyes Gil. – 2. ed. – São Paulo: Planeta do Brasil, 2019.
  256 p.

ISBN: 978-85-422-1646-2
Título original: Hierba santa

1. Ficção mexicana 2. Kahlo, Frida, 1907-1954 - Ficção I. Título II. Gil, Luís Reyes

19-0937   CDD 863.7

2021
Todos os direitos desta edição reservados à
EDITORA PLANETA DO BRASIL LTDA.
Rua Bela Cintra, 986 – 4o andar
01415-002 – Consolação – São Paulo-SP
www.planetadelivros.com.br
faleconosco@editoraplaneta.com.br

*Com afeto, para Luis e Susy,
que souberam arrancar paixão da vida.*

O documento perdido de Frida

Entre os objetos pessoais de Frida Kahlo, havia um pequeno livro preto que ela chamava de "Livro da erva santa". Era uma coleção de receitas culinárias para preparar as oferendas do Dia dos Mortos, já que, segundo a tradição, no dia 2 de novembro, os defuntos têm permissão divina para visitar a terra, e nós devemos recebê-los com um altar com cravos, pães doces, fotografias carregadas de recordações, imagens religiosas, incensos de aromas místicos, caveiras divertidas de açúcar, velas para iluminar o caminho para a outra vida e os pratos prediletos dos falecidos. Ao ser encontrado entre os objetos do museu localizado na *calle* de Londres, no bonito bairro de Coyoacán, converteu-se num valioso achado, que seria exibido pela primeira vez na monumental exposição em homenagem a Frida no Palácio de Belas Artes, por ocasião de seu aniversário de nascimento. Sua existência confirmava a paixão e o tempo que ela dedicava a erguer seus famosos altares dos mortos.

*No dia em que a exposição foi aberta ao público,
o livrinho desapareceu.*

Capítulo I

Aquela noite de julho não era como tantas outras. As chuvas haviam se encolhido num canto para dar lugar ao manto negro de um céu estrelado, livre de nuvens relapsas que vertessem lágrimas sobre os habitantes da cidade. Às vezes, um leve vento assobiava como um moleque brincando entre as árvores de uma pomposa casa azul que dormitava na quente noite de verão.

E foi justamente naquela noite tranquila que se ouviu uma batida constante, retumbando por todos os rincões da vila de Coyoacán. Era o tamborilar dos cascos de um cavalo que trotava pelo calçamento de pedra. O eco dos passos ressoava em cada canto dos lares de altos tetos de telha para avisar todos os moradores da chegada de um estranho visitante. Tomados pela curiosidade, pois México já era uma cidade moderna, distante das arcaicas fábulas e lendas provincianas, os habitantes de Coyoacán interromperam o jantar para espreitar pela fresta da porta e descobrir o enigmático cavaleiro seguido por uma corrente de ar "própria de defuntos ou aparições". Um cão bravo enfrentou com latidos o misterioso ginete, o que não perturbou o belo corcel branco e menos ainda aquele que o montava: um sombrio cavaleiro com o peito coberto por um colete marrom, sobre o qual se cruzavam cartucheiras repletas de balas. Levava enfiado à cabeça um chapéu de palha tão grande que se igualava em tamanho à cúpula de uma igreja e lhe escurecia completamente o rosto. Dentre as sombras de seu semblante era possível vislumbrar o impacto de olhos brilhantes e um grosso bigode que sobressaía de ambos os extremos do rosto. À sua passagem, os anciãos trancavam as portas com duas voltas na chave, fecho e tranca, com medo ainda das lembranças da Revolução, quando aqueles visitantes traziam consigo a ruína e a desolação.

O cavaleiro parou na esquina da calle de Londres, na frente de uma casa anil cuja fachada toda de azul-cobalto gritava sua peculiaridade na vizinhança. Os janelões pareciam gigantescas pálpebras assentadas junto à porta. O cavalo se mexeu nervoso, acalmando-se quando o ginete desceu para dar-lhe carinhosas palmadinhas no pescoço. Depois de ajeitar o chapéu e a cartucheira, o forasteiro se dirigiu com aprumo até a porta e puxou o cordão, fazendo repicar o sino. Imediatamente, acendeu-se uma luz elétrica, e a entrada do casarão ficou toda iluminada, revelando um exército de traças que zumbiam seu desespero em volta da luz da entrada. Quando Chucho, o criado indispensável de toda casa que se preze, pôs a cabeça para fora para ver quem era o visitante, este o olhou fixamente e avançou um passo. Trêmulo, o caseiro deixou-o passar, não sem antes persignar-se várias vezes e começar a rezar algumas ave-marias. Sem dizer nada, o visitante cruzou o saguão a grandes passadas, até chegar a um maravilhoso ambiente decorado com móveis artesanais, plantas exóticas e ídolos pré-hispânicos. A casa era cheia de contrastes. Nela conviviam objetos de dor, lembranças de alegria, sonhos passados e triunfos presentes. Cada coisa falava para mostrar o mundo privado de sua proprietária, que aguardava o visitante no quarto.

O recém-chegado andou pelos aposentos com a desenvoltura de quem é íntimo da casa. Em sua passagem, encontrou um enorme Judas de papelão com grossos bigodes de padeiro, que em vez de ser destroçado no domingo seguinte de ressurreição teria de se conformar em servir de modelo para algum quadro de sua proprietária; passou diante de caveiras de açúcar, que lhe sorriam com sua eterna expressão adocicada de felicidade; deixou para trás estatuetas astecas com referências mortuárias e a coleção de livros atulhados de ideias revolucionárias; atravessou a sala onde conviveram artistas que mudaram um país e líderes que transformaram o mundo, sem parar para olhar as velhas fotografias familiares dos antigos inquilinos, nem os quadros com cores que saltavam como um arco-íris embriagado de um mescal vaporoso; até chegar à sala de jantar de madeira, que chorava a falta das risadas fáceis e das reuniões barulhentas.

A Casa Azul era um lugar onde eram recebidos com prazer os amigos e conhecidos, e o ginete era um velho conhecido da dona, por isso Eulália, a cozinheira, assim que o viu correu para a cozinha forrada de estupendos mosaicos de Talavera para preparar-lhe petiscos e bebida. De todos os espaços da casa, a cozinha era o coração que a fazia palpitar e convertia uma edificação inerte num ser vivo. Mais que uma simples moradia, a Casa Azul era o santuário, refúgio e altar de sua senhora.

A Casa Azul era Frida. Ali guardava lembranças de sua passagem pela vida. Era um lugar onde conviviam sem problemas retratos de Lenin, Stalin e Mao Tse-Tung com retábulos rústicos da virgem de Guadalupe. Nas laterais da cama de latão de Frida, uma enorme coleção de bonecas de porcelana, sobreviventes de várias guerras, inocentes carrinhos de madeira carmesim, brincos cubistas em forma de mãos e ex-votos de prata para agradecer os favores de algum santo. Tudo isso dava conta dos desejos esquecidos daquela mulher condenada a viver pregada à sua cama. Frida, a santa padroeira da melancolia, a mulher da paixão, a pintora da agonia, que permanecia no seu leito com o olhar em seus espelhos, que no silêncio brigavam para mostrar-lhe a melhor imagem da artista vestida de tehuana, zapoteca ou da mistura de todas as culturas mexicanas. O mais inclemente de todos era um espelho colocado no teto de sua cama, que se empenhava em refleti-la para que pudesse deparar-se com o tema de toda a sua obra: ela mesma.

Quando o forasteiro entrou no dormitório, Frida voltou seu rosto dolorido, e seus olhares se encontraram. Encontrava-se pálida, magra e cansada. Aparentava muito mais que o quase meio século que vivera. Os olhos cor de café estavam distantes, perdidos em razão das muitas doses de droga que se injetava para aliviar as dores e da tequila em que afogava seus desamores. Aqueles olhos, que outrora haviam sido labaredas, quando Frida falava de arte, política e amor, eram agora brasas a ponto de extinguir-se, eram olhos distantes, tristes, mas sobretudo cansados. Ela mal se moveu, um colete ortopédico tirava-lhe a liberdade. Uma das pernas se mexia nervosa, procurando sua companheira, a que lhe tinham cortado havia alguns meses.

Frida contemplou seu visitante, relembrando os encontros anteriores, cada um ligado a uma desgraça. Esperava esse reencontro com desespero e, quando seu aposento se inundou de um forte aroma de campo e terra úmida, soube que por fim o Mensageiro atendera a seu chamado.

O Mensageiro apenas permaneceu em pé junto dela, pousando seu resplandecente olhar sobre o delicado corpo alquebrado. Não se cumprimentaram, pois os velhos conhecidos são dispensados das inúteis regras sociais: Frida limitou-se a levantar a cabeça, como a perguntar como iam as coisas lá de onde ele vinha, e ele respondeu com um toque da mão no chapéu largo indicando que tudo ia muito bem. Então Frida, irritada, chamou Eulália para que atendesse o convidado. Os gritos foram rudes, grosseiros. Seu antigo humor coquete e brincalhão fora sepultado com a perna amputada, morrera com as cirurgias e angústias das enfermidades. Seu trato com as pessoas era azedo como limão.

A empregada apareceu com uma travessa muito atraente, enfeitada com flores e uma toalha de pássaros bordados na qual se lia "Ela" escrito com pétalas de rosa branca. Sobre a mesinha ao lado da cama, colocou a travessa com a oferenda dedicada ao visitante: uma garrafa de tequila e petiscos. Nervosa pela presença daquele homem, Eulália serviu a bebida em dois copos de vidro soprado, do mesmo azul da casa, acompanhados das suas respectivas *sangritas;*[1] depois aproximou o *pico de gallo,*[2] um *queso panela*[3] ao forno e limões cortados em quartos. Antes que terminasse a troca de sorrisinhos, Eulália já escapulira.

Não conseguia evitar o calafrio que lhe provocava a presença do estranho àquela hora da noite; ficava com os pelos arrepiados. Assim

---

1 É uma bebida à base de suco de tomate, pimenta e sal, que costuma acompanhar a tequila e ser tomada alternadamente com ela, primeiro um gole de tequila, depois um de *sangrita*. (N.T.)

2 É um acompanhamento de vários pratos da culinária mexicana. É feito com tomate picado, cebola, cebolinha e coentro e temperado com limão e azeite; às vezes, inclui grão de milho cozido, o que dá ao prato um aspecto bastante atraente. (N.T.)

3 É um queijo branco, fresco e macio feito com leite pasteurizado de vaca, com marcas características em forma de cesta na volta. (N.T.)

que voltou, garantiu ao resto da criadagem que nunca vira o corpo dele projetar sombra. Por isso, assim como Chucho, rezou as duas ave-marias e pai-nossos necessários para afastar o mau olhado e os ares fúnebres.

Frida pegou seu copo de tequila. Com aquela expressão tão sua de levantar as sobrancelhas unidas, ergueu-o na boca, um pouco para aliviar as descargas de dor no seu corpo, outro pouco para acompanhar seu convidado. O Mensageiro fez o mesmo com seu copo, mas sem provar da *sangrita*. Foi uma pena que também desprezasse os petiscos, preparados com a receita que Lupe, a antiga esposa de Diego, ensinara à pintora. Frida serviu-se de mais um copo. Não era o primeiro daquele dia, mas seria o último de sua vida. O álcool desceu-lhe pela garganta, despertando a mente sonolenta.

"Chamei você para que mande um recado à minha Madrinha. Quero mudar nosso compromisso do Dia dos Mortos. Não vai haver oferenda este ano. Quero que ela venha amanhã. Diga-lhe que espero que tudo corra bem e que dessa vez não quero voltar."

Frida guardou silêncio para que o Mensageiro tivesse tempo de responder, mas, como sempre, não houve resposta. Embora nunca tivesse ouvido sua voz, ela insistia em falar com ele. Apenas os olhos famintos que clamavam por terra e liberdade cravaram-se nela. Tomou sua última tequila como um ato de solidariedade, largou o copo e deu meia-volta para sair do quarto com seu retinir de esporas, deixando a artista com a vida em pedaços, como seu esqueleto. Caminhou pelo pátio com passadas de peão de fazenda, passando pelo jardim onde as maritacas, cachorros e saguis gritavam ao notar sua presença. Chegou à entrada, onde Chucho segurava o portão aberto, e, arisco, ali se despediu do criado com uma inclinação de cabeça, enquanto este, assustado, persignava-se mais do que viúva em dia de domingo. Montou de novo seu cavalo branco e se perdeu rua abaixo na escuridão azul da noite.

Ao ouvir os cascos se afastarem no vento gélido, Frida pressionou com a mão o fino pincel transbordante de tinta preta. Rabiscou uma frase em seu diário pessoal e enfeitou a página com vinhetas de anjos negros. Terminou o desenho com lágrimas nos olhos. Fechou o caderno e chamou de novo a cozinheira; depois tirou da mesa de cabeceira um livrinho preto esgarçado, velha recordação de dias felizes, quando ainda podia sonhar em viver. Fora presente da amiga Tina, meses antes do casamento com Diego. Este era, além da lembrança, o único presente de casamento que guardava com apreço. Abriu-o na primeira página e leu com um imperceptível movimento dos lábios: "Tenha a coragem de viver, pois qualquer um pode morrer". Depois começou a virar as páginas com a lentidão e o cuidado de um bibliotecário manuseando uma Bíblia escrita em pergaminhos antigos. Em cada página, havia tesouros escondidos, pedaços de sua vida derramados em receitas de cozinha que guarnecera, como um delicioso *puchero*, com poesias e comentários sobre cada pessoa de sua vida. Ela mesma o chamava brincando de "O livro da erva santa", pois ali escrevera as receitas que utilizava para montar altares em todo Dia dos Mortos, cumprindo uma promessa feita muitos anos antes. Procurou entre as páginas cheias de aroma de canela, pimenta e erva santa até que encontrou a receita que entregaria a Eulália.

"Vou lhe dar uma incumbência muito importante, Eulália. Amanhã você vai preparar esse prato do jeito que escrevi. Você vai ao mercado bem cedo comprar tudo. E quero que fique de lamber os beiços." E indicou com o dedo a receita. Fez uma pausa para suportar a angústia de saber que a vida se lhe escapava e depois continuou dando ordens: "Depois que o galo cantar, pegue-o, mate-o e prepare o guisado".

"Menina Fridita, vai matar o coitado do senhor Cui-cui-ri?", perguntou a outra, admirada. "Mas ele é seu preferido. Você o mima como a um filho."

Frida não se deu ao trabalho de responder, simplesmente virou o rosto e fechou os olhos para tentar pegar no sono. Eulália saiu com o livrinho grudado ao coração.

Naquele leito que era seu cárcere, Frida sonhou com banquetes, caveiras de açúcar e quadros numa exposição. Ao acordar, não viu mais Eulália. A casa permanecia em silêncio. Começou a duvidar se a visita do Mensageiro e até mesmo toda a sua vida, incluindo sua primeira morte, não teriam sido uma peça pregada pelas drogas prescritas para aliviar a dor que a torturava. Depois de pensar muito a respeito, soube que era tudo verdade. E desatou a chorar, de raiva, de angústia, até que o sono apossou-se dela para afastá-la outra vez da realidade.

Horas mais tarde, Diego chegou do estúdio de San Ángel. Ao entrar no dormitório para ver Frida, encontrou-a adormecida com uma expressão de sofrimento. Estranhou ver em cima da mesa de cabeceira uma garrafa de tequila pela metade e dois copos ainda com aroma de bebida. Mais intrigado ainda ficou quando os criados lhe garantiram que a patroa não recebera visita. Puxou sua cadeira de balanço e sentou ao lado da cama da mulher. Tomou-lhe a mão com delicadeza, como se fosse uma fina peça de porcelana, e acariciou-a suavemente, com medo de machucá-la. Enquanto isso, sua memória viajava pelos anos de lembranças comuns; evocou o fogo que guardava aquele pequeno corpo, que ele amara tanto com luxúria como com a devoção que um filho experimenta em relação à mãe. Degustou suas noites de sexo, coroadas pelos delicados peitos brancos de Frida, pequenos como pêssegos, por suas nádegas redondas, e recordou aquele dia em que comentou isso, e ela, vaidosa, respondeu apenas: "Minhas nádegas são como a erva santa?", e explicou depois que essa folha tem a forma de um coração. Chorou por vários minutos ao ver aquela paixão reduzida a uma máquina quebrada. O sono bateu enquanto dizia murmurando: "Minha Frida, minha menina Frida...".

No dia seguinte, depois que o galo preferido da pintora anunciou o novo dia, como prodigiosamente fizera por durante mais de vinte e dois anos, torceram-lhe o pescoço e o cozinharam. Mas Frida nunca pôde degustá-lo.

O relatório médico registrou que sua morte se deveu a uma complicação pulmonar. Com a cumplicidade das autoridades, Diego conseguiu evitar que fosse feita a autópsia. A partir de então, a tese do suicídio se dispersou como o aroma do café matutino preparado em fogo lento.

As pungentes últimas palavras que Frida escreveu em seu diário foram: "Espero que a caminhada seja feliz e dessa vez espero não voltar".

O Mensageiro

Uma vez ele disse: "Quem quiser ser águia, que voe, quem quiser ser verme, que se arraste, mas que não grite quando eu o pisar". Não disse isso para mim. Nem sei mais para quem o disse, mas que falou, falou. Para ele temos de servir tequila, sangrita *e alguma coisa para comer, pois com certeza vem cansado da longa viagem. Eu também estaria morta de cansaço de cavalgar tanto assim.*

Pico de gallo

Lupe, certo dia em que andava de bom humor, contou-me que o copo de tequila e o pico de gallo *eram imprescindíveis em Jalisco, no ritual que antecede a refeição. Lá na sua aldeia, os trabalhadores ao chegarem do trabalho na roça sentavam em suas cadeiras de vime na sombra do corredor para comer fruta da estação e* queso panela, *entre um gole e outro de tequila.*

2 *jícamas*[4] frescas descascadas
4 laranjas grandes e suculentas
3 pepinos descascados
½ abacaxi descascado
3 mangas verdolengas
1 *xoconostle*[5]
1 maço de cebolinha
6 limões
4 pimentas verdes
sal grosso

---

[4] Nabo mexicano. (N.T.)
[5] Fruto exótico de um cacto mexicano. (N.T.)

Pique uniformemente e em quantidades iguais: *jícama*, laranja, pepino, abacaxi, cebolinha, manga e *xoconostle*. Acrescentando-se sementes de romã, o prato pode ser enfeitado como a bandeira do México e fica muito elegante. É preciso guarnecer com a mistura de suco de limão, as quatro pimentas e uma colherada de sal grosso. Ou então temperar só com limão e pimenta em pó.

Queso panela ao forno

O queso panela, que é da terra da tequila, é um queijo fresco muito saboroso, diferente do que compro aqui. É encontrado nos mercados e nas pequenas vendas de lá. Às vezes, Lupe trazia alguns muito saborosos de suas viagens.

1 *queso panela*
1 dente de alho grande picado finamente
¼ de xícara de folhas de coentro
¼ de xícara de folhas de salsinha
¼ de xícara de folhas de alfavaca
1 colher (sopa) de folhas de orégano fresco
½ xícara de azeite de oliva
sal e pimenta-do-reino preta moída na hora

Numa panela de barro, coloque um *queso panela* grande sem o soro e banhe-o num molho preparado com os demais ingredientes. Tempere com sal e pimenta e deixe marinar por 6 horas em lugar fresco – pode ser no pátio ou na janela –, com cuidado para que os saguis não deem conta dele. Então, leve-o ao forno a 180 °C por 20 minutos ou até que comece a derreter. Sirva ainda quentinho. Esta preparação é boa para ser oferecida como petisco, acompanhada de torradas ou fatias de *birote*.[6]

---

[6] Pão típico do México de formato similar mas pouco maior que o nosso pãozinho ou bisnaga. (N.T.)

Sangrita

Esta receita de sangrita *eu consegui numa viagem com Murray. Foi quando aprendi que devia acompanhar a tequila com uma bebida agridoce. Eu gosto da tequila pura, como os machos, e isso sempre me serviu para impressionar os gringos que vêm ver Diego.*

2 *chiles anchos*
2 colheres (sopa) de cebola picada
2 xícaras de suco de laranja
½ xícara de suco de limão
sal

Coloque os *chiles* já assados e sem fibras ou sementes para ferver por 2 minutos. Depois deixe descansar por 10 minutos. Junte a cebola, o suco de laranja, o suco de limão e os *chiles* no liquidificador ou num pilão e triture tudo muito bem. Por fim, acrescente sal. Pode-se adicionar mais suco de laranja ou limão ou suco de tomate.

A sangrita *é a mulher. É a que tem cheiro de tempero e cebola. A que dá cor e ardido ao macho tequila. Os dois juntos são o idílio perfeito. Como eu gostaria de ser assim com meu Dieguito. Mas ele pode ser meu amigo, meu filho, meu amante, meu colega; nunca meu esposo. Depois do desastre que sofri com o bonde, ele foi meu pior acidente.*

Capítulo II

Ela, a mulher que pintava o tema que melhor conhecia, a dos olhos profundos com sobrancelhas densas como um colibri levantando voo, a dos lábios duros, olhar rápido e dor eterna, não foi sempre assim. Mas houve constâncias: a ausência de Deus – tornou-se ateia por convicção –, a paixão pelo dia a dia e o desejo sexual pela manhã. Assim como as grandes mafumeiras, que contemplam a história em silêncio, outrora foram sementes, Frida também já foi menina.

Frida aprendera a costurar, cerzir, bordar, tudo o que uma moça de fino trato devia saber para poder casar, mas negou-se a aprender a cozinhar; seu gosto pela cozinha limitava-se a desfrutar ocasionalmente os pratos da mesa familiar, pois, para sermos sinceros, a menina magrela não tinha bom apetite. E olha que nunca lhe faltou oportunidade à mesa de sua casa. Sua mãe, seguindo as arraigadas tradições de sua herança espanhola e indígena oaxaquenha, era tão boa em preparar suculentos pratos como em parir meninas. É que na casa de Frida sobravam mulheres. Ela foi a terceira de quatro filhas, e para desgraça de sua altiva mãe, a menos feminina delas. Mas não para a de seu pai, Guillermo, um imigrante alemão descendente de judeus e húngaros, que costumava repetir: "Frida é a minha filha mais inteligente e a que mais se parece comigo".

A menina foi crescendo como alguém único e especial, como um trevo de quatro folhas oculto no meio de um vasto campo. Não se podia esperar menos de Frida, suas raízes eram um tanto exóticas e sua história familiar, assim como a do México, era cheia de dor e de terra. O casamento dos Kahlo foi estranho desde o início e terminou ainda pior: foram imensamente infelizes. Aos dezenove anos, o pai emigrou para o México, onde mudou o teutônico Wilhelm pelo poético nome de Guillermo, mais adequado a seu novo país. Provinha de uma família de artesãos, dos quais herdou o olhar delicado para a vida, que o converteria num dos melhores fotógrafos de seu tempo. Mas esse grande talento não seria suficiente para poupá-lo de lágrimas e dissabores.

Assim que chegou ao México, Guillermo começou a trabalhar na joalheria de uns imigrantes alemães. Para o rígido rapaz, os costumes de seu país de adoção contrastavam enormemente com sua maneira obtusa e europeia de ser. Ficava desconcertado com a animação e a paixão que transbordavam dos mexicanos em todas as suas atividades. Assombrava-se com o pronunciado decote das vendedoras de frutas ambulantes, com seus volumosos seios que seduziam abertamente os tropeiros que se despojavam de suas camisas, ao menor pretexto, no primeiro calor da primavera. Pouco a pouco, as tonalidades e aromas do México foram-lhe penetrando o nariz, a boca e os olhos. De repente, ele mesmo experimentou um grande fogo no coração: apaixonou-se por uma bonita mestiça chamada Carmen. Assim que conseguiu alguma estabilidade econômica, casaram-se e tiveram sua primeira filha.

Foi então que a dor e o infortúnio selaram-lhe a vida. A morte iria rondá-lo com tanta insistência como os ataques epiléticos dos quais era vítima. A segunda filha de papai Kahlo morreu poucos dias após o nascimento. Sua esposa, empenhada em dar-lhe um varão, engravidou de novo. Na terceira gravidez, a menina nasceu saudável, mas o destino lançara seus dados e deixou Guillermo viúvo com duas meninas pequenas para cuidar.

Ele possuía uma alma fria, capaz de entender complexas leis da física, mas também de ignorar a necessidade de abraçar um ser querido. No próprio dia da morte da esposa, já começava os preparativos para encontrar uma nova consorte: mandou as duas meninas para um convento e propôs casamento a Matilde, uma oaxaquenha que trabalhava com ele na joalheria.

Matilde nunca o amou e, se aceitou casar com ele, foi apenas porque lhe lembrava seu primeiro amante, também alemão, que a possuíra de tal maneira que a fizera ver o próprio Deus. Para desgraça dela, aquele anjo loiro se suicidou e a deixou com uma paixão incandescente que o caráter calculista de Guillermo jamais conseguiria apagar. Desde então, a religião tornou-se o único consolo dessa mulher de alma atormentada.

De Antonio Calderón, seu novo sogro, Guillermo aprendeu a arte da fotografia. Entre os penetrantes cheiros dos produtos químicos e a árdua jornada diária no trabalho, logo adquiriu habilidades de retratista e resolveu incursionar também pela pintura de paisagens, à qual dedicava seus sonolentos fins de semana. Alcançou tal fama que o próprio Porfirio Díaz lhe encomendou vários trabalhos fotográficos.

O casamento dos Kahlo era de conveniência. Matilde deu a Guillermo quatro filhas: Matilde, Adriana, Frida e Cristina. E Guillermo deu-lhe dinheiro, *status* social e uma casa na cidade de Coyoacán. Mas esse intercâmbio tinha um tempero amargo, indigno de saborear. O esperado herdeiro nunca chegou, por isso Guillermo educou sua terceira filha como varão. As comadres de Coyoacán comentavam que no dia em que Frida nasceu respiravam-se na cidade ares de mudança. Eram dias complicados, quando o futuro estava por um fio e a esperança era escassa, mas as pessoas relembravam a matança dos trabalhadores grevistas em Río Blanco e começava-se a falar de um pequeno homem do norte chamado Madero que, como Cristo em Jerusalém, pregava um novo futuro, no qual o governo seria eleito democraticamente. Esses sussurros e mexericos durante as compras no mercado intercalavam-se ao anúncio da chegada da nova filha da família Kahlo. Frida teve a má sorte de a mãe não se ocupar dela. Como se negava até mesmo a alimentá-la, Guillermo contratou uma ama de leite indígena, que tomou conta da pequena desde seu nascimento. Com muito carinho, alimentou-a com suas delícias provincianas e a entreteve com canções rurais.

Com o passar dos anos, esses ventos foram se transformando e do lado de fora dos grandes muros da mansão de Coyoacán a morte começou a rondar, trazendo gélidas brisas carregadas de angústia e medo. Com a Revolução, desencadeou-se por todo o país uma carnificina. E quando, no palácio do governo, o presidente Madero foi traído pelo general Victoriano Huerta, que mandou fuzilá-lo a sangue-frio, a morte bateu à porta dos Kahlo. Naquele dia de fevereiro, um estranho vento do norte começou a correr entre as árvores da mansão. Folhas e galhos se agitavam de um lado para o outro como enormes mãos tentando tocar-se. A rua se cobriu de uma poeira insuportável, que obrigou os transeuntes a se refugiarem em qualquer canto. O vento fustigava e, como um ogro enfurecido, começou a derrubar postes e árvores. As próprias lavadeiras e fofoqueiras da cidade diziam que aquele vendaval trazia consigo os gritos de dor de uma parturiente. Ninguém imaginou que aquela corrente gélida era um chamado para Guillermo, que, preocupado, a tudo observava protegido atrás de sua janela. Sua pequena Frida estava doente na cama; assim que o médico foi-se embora, fechou com força o portão da rua para evitar que algo daquele vento funesto se infiltrasse em seu lar.

"O que minha filha tem, doutor?", perguntou ao médico, quando este já pegava seu chapéu.

"Está muito doente, senhor Guillermo. Tem poliomielite. Se a doença não for controlada, vai atingir o sistema nervoso e pode deixá-la paralítica ou mesmo matá-la", respondeu o doutor.

Guillermo e Matilde reagiram cada um à sua maneira: ela suspirou profundamente para suportar a má notícia, e ele fechou os olhos, cabisbaixo. Nenhum dos dois verteu uma lágrima que fosse; mas a babá de Frida, que ouvira por detrás da porta, derramou tal pranto que comportava o dos progenitores e das irmãs juntas. Seu lamento escapuliu pela fresta da porta e das janelas para se fundir ao misterioso vento que varria as ruas, atraindo-o, como o sangue do veado atrai seu algoz.

Antes de ir dormir, papai Kahlo entrou no quarto onde a menina de seis anos guardava repouso numa enorme cama emoldurada por colunas de madeira que a vigiavam dos quatro cantos. Embora costumasse ser lacônico e distante e mal se virasse para olhar as filhas, naquela noite seus olhos eram só doçura para com sua predileta. Carregava um livro grosso de capa dura e letras douradas, com uma bonita imagem de duendes, fadas e princesas.

"O que você carrega debaixo do braço, papai?", perguntou Frida, com um grande sorriso.

O pai sentou ao lado dela e, com inusitada ternura, estendeu-lhe o livro.

"É um presente. Comprei-o para sua festa de aniversário, mas achei que você gostaria de ler agora", disse enquanto lhe acariciava a cabeleira de obsidiana.

"É sobre o quê, papai?", perguntou Frida, curiosa.

"São contos da minha terra, a Alemanha. Foram compilados por dois irmãos para evitar que caíssem no esquecimento. São os contos dos irmãos Grimm."

A menina folheou o livro e ficou fascinada com as ilustrações coloridas. Seu sorriso se abriu ainda mais ao descobrir numa delas um jovem falando com um misterioso ser no meio do caminho. O personagem vestia uma longa capa preta e carregava uma enorme foice. Frida ficou ainda mais surpresa ao notar que era uma caveira que observava o jovem. Procurou então o título: "A madrinha morte".

"Quem é a madrinha morte?", perguntou.

Diferentemente da mãe, seu pai era um livre-pensador ateu, que odiava falar de religião, fé e morte. No entanto, achou estranho ouvir aquela pergunta, pois justamente naquela manhã o tal conto rondara-lhe a cabeça.

"Ah, é minha história preferida! Conta que a morte vaga pelo mundo para apagar as velas que simbolizam a vida dos humanos. Um dia, ela aceita converter-se em madrinha de um menino e lhe concede o dom de adivinhar quais pessoas irão morrer e quais irão viver. Mas avisa ao menino que ele nunca poderá opor-se às decisões dela, porque não se pode enganar a morte nem a contradizer. Quando o menino fica adulto, torna-se um curandeiro famoso, que salva ou desengana seus pacientes com grande perspicácia. Mas um dia ele se apaixona por uma princesa e ao ver que a madrinha quer levar a moça para os domínios dela, ele decide oferecer-se no lugar da princesa."

"E consegue? Será que um pobre fazendeiro é capaz de enganar a morte, papai?"

"Não, ele não a engana, mas faz um trato com ela. Se você é inteligente, às vezes pode pedir-lhe um favor, mas é preciso ter cuidado com aquilo que se pede", explicou, ao ver como a filha se divertia.

"Você acha que a morte quer ser minha madrinha e me salvar dessa doença?"

A pergunta inquietou o pobre Guillermo. Embora ateu, não queria tentar a sorte invocando a morte de maneira tão banal, sobretudo num momento em que a vida de sua filha estava em perigo. Preferiu não responder e começou a ler para ela a história de João Sem-Medo.

Enquanto Guillermo e Frida liam aquele livro cheio de histórias fantásticas, de burros cantores, princesas dorminhocas e fadas generosas, a campainha da casa dos Kahlo soou. A babá de Frida apenas entreabriu o portão, pois desconfiava de qualquer um que se atrevesse a apresentar-se no meio daquele temporal. Vislumbrou uma mulher alta e magra vestida com um fino traje de seda, uma estola de pele como uma serpente emplumada e um chapéu largo com arranjos florais que trazia o rosto escondido atrás de um véu. Ao vê-la, confirmou que as brisas frias nunca trazem nada de bom e se negou a deixar entrar aquela elegante dama.

"Boa noite, moça. Vim ver uns parentes e me perdi. Ouvi disparos ao longe e estou com medo. Poderia me abrigar em sua casa, por favor?", pediu, com voz segura.

A babá arregaçou o xale, ajeitou o avental e fechou a porta na cara da mulher, que permaneceu ali, impassível.

"Ô, dona, cai fora daqui, que a menina Frida vai ficar bem boazinha, viu?", resmungou a babá.

"É falta de educação não convidar uma visita a entrar; pior ainda não lhe oferecer nada", disse calmamente a dama, do lado de fora do portão.

Rapidamente, a babá foi até a cozinha preparar uma merenda com *tamales*,[1] *champurrado*,[2] pão e doces. Voltou correndo até a porta e abriu-a apenas o suficiente para fazer passar a comida.

"Taí, para a senhora rechear os ossos! A madame é muito bem apessoada e tudo, mas pode ir batendo as asinhas", falou em voz alta, fechando de novo a porta na cara dela.

---

[1] Espécie de pamonha, doce ou salgada, com recheio de carne, queijo ou pimentões. (N.T.)

[2] Bebida típica mexicana, densa, à base de milho, chocolate e leite. (N.T.)

Não obtendo resposta, a babá abriu uma fresta pela qual dava para passar apenas um rato e espiou em silêncio. Não havia mais viv'alma ali. Ainda assustada, virou-se e percebeu que a menina Frida a olhava do batente de uma porta.

"Quem era?", perguntou.

"Volte já para a cama, menina. Se sua mãe vir você aí em pé, vai ficar uma arara", respondeu.

Finalmente, o vento mórbido que começara logo de manhã cessou. A babá levou Frida até a cama e, sorrindo, serviu-lhe *tamales* e *atole*;[3] agora tinha certeza de que se recuperaria.

Frida sobreviveu à pólio, mas ficou com uma perna menor que a outra, e a partir de então, na escola, começaram a chamá-la de Perna de Pau, confirmando que é possível escapar da morte, mas não da maldade das crianças.

As receitas de minha babá

Minha babá era de Oaxaca e gostava de cantar "La zandunga" quando preparava a comida para mim e minha irmã Cristi; enquanto isso, nós brincávamos com nossas bonecas debaixo das suas grandes anáguas. Minha babá nos contava histórias de aparições. "Os defuntinhos só vêm para as missas para mostrar onde está enterrado o ouro ou então para importunar. Por isso sempre temos de dar de comer a eles, assim eles vão embora", dizia, com um grande sorriso. O que mais lembro dela eram suas blusas bordadas. Consegui algumas parecidas em minhas viagens com Diego. E não posso esquecer seus tamales, *estes, sim, podiam levantar qualquer defunto.*

---

3 Bebida típica do México à base de milho, que é tomada quente, com baunilha e canela. (N.T.)

Tamales de abóbora

Diego me contou que os bons tamales, *aqueles que as pessoas comem nas aldeias, eram considerados pelos indígenas um presente dos deuses. Eram servidos no Miccailhuitonitli, festa dos defuntinhos, e com certeza os indígenas tinham razão, tão quentinhos e vestidinhos em suas folhas de milho, parecem crianças que morreram no início da infância. Quando chegaram os padres, mudaram a data para o dia de Todos os Santos. São sempre os imperialistas que atrapalham o índio, e este só engole em seco, caladinho.*

1 kg de abóboras pequenas
1 kg de farinha de milho
3 *chiles cuaresmeños*[4]
2 *quesos de hebra* oaxaquenhos[5]
¼ de xícara de banha de porco
1 punhado de palhas da espiga verde
1 punhado grande de folhas de erva-de-santa-maria (somente as folhas)
sal e bicarbonato de sódio

Pique muito finamente a abóbora, a pimenta, o queijo e a erva-de-santa-maria. Prepare a massa com o sal e a banha, que é previamente dissolvida num pouquinho de água com uma pitada de bicarbonato de sódio para que a massa fique macia. Coloque uma colher bem cheia de massa em cada palha de milho, espalhe e acrescente uma colherada do picadinho de abóbora. Enrole e coloque numa panela de cozimento a vapor e leve ao fogo por 1 hora e 30 minutos. Sabe-se que estão cozidos quando começam a soltar-se da palha. Coloque uma moeda no fundo da panela para que ela faça barulho caso a água seque e seja necessário acrescentar mais.

---

4 Variedade de pimenta mexicana. (N.T.)
5 Queijo branco de Oaxaca, em formato de bola, de textura similar à da mussarela. (N.T.)

Atole de abacaxi

5 litros de água
1 abacaxi bem maduro
3 litros de leite
1 pitada de bicarbonato de sódio
1 kg de farinha de milho
açúcar a gosto

Misture a água e a farinha e deixe repousar por 15 minutos. Depois coe e reserve a água. Descasque o abacaxi, corte em pedacinhos, bata no liquidificador, coe e ferva antes de misturar com a farinha e o açúcar. Aqueça por uns 15 minutos. Acrescente o leite e o bicarbonato e leve ao fogo, mexendo sem parar, até que fique cozido e no ponto, mas não deixe ferver.

Bolinhos e mel de *piloncillo*[6]

500 g de farinha peneirada
125 g de banha de porco
½ colher (chá) de anis dissolvido em 1 xícara de água
500 g de requeijão
óleo de milho para fritar

Amasse bem a farinha com a banha e a água de anis até obter uma massa lisa e elástica. Deixe repousar por 1 hora, faça bolinhas e abra-as com um rolo numa mesa enfarinhada, ajudando a estendê-las com os dedos, até obter um disco. Aqueça o óleo e frite os bolinhos até dourar. Escorra e ponha-os sobre papel absorvente para tirar o excesso de óleo. Sirva numa travessa, com requeijão espalhado por cima e banhe com a seguinte calda: numa panela, coloque 500 g de *piloncillo*, 1 litro de água, 1 lasca grande de canela, 4 goiabas e 3 maçãs e ferva até ficar espesso.

---

6 Doce de rapadura. (N.T.)

Capítulo III

A infância de Frida, como a de todos que cresceram no século XX, esteve submetida a uma sociedade hipocritamente rígida. O jugo familiar era particularmente forte na casa da família Kahlo, pois as regras eram aplicadas ao pé da letra. Duros castigos eram impostos a quem ousasse rompê-las, rematados por um pesado sermão de mamãe Matilde.

Matilde era mulher bonita, mas, sobretudo, altiva e orgulhosa. Em imagens de prata e gelatina fotográfica, seu marido captou um queixo desafiador e o orgulho que só se pode permitir a uma rainha zapoteca de grossos lábios e grandes olhos negros. Que mistura a de Frida! À frieza do alemão somava-se a altivez da nobreza indígena.

Uma das muitas regras ineludíveis era a missa do domingo. Impecavelmente vestidas, as meninas iam à paróquia de São João Batista, a algumas quadras de sua casa. Tinham um banco de igreja só para elas, onde a mãe, as meninas e a criadagem ouviam o sermão dominical. Dali Frida podia passear pela praça principal da cidade ou quem sabe até dar uma escapada, com a cumplicidade de Cristina, sua irmã mais nova, até os Viveiros de Coyoacán, parque silvestre adornado por um discreto rio, que se perdia entre árvores e rochas.

As sequelas da poliomielite não constituíam obstáculo para que Frida subisse em árvores ou brincasse como um redemoinho. As próprias prescrições do médico a ajudavam a satisfazer seu desejo pela aventura, pois ele recomendara que fizesse exercícios para recuperar-se. Graças ao apoio do pai, Frida adquiriu grande destreza em diversos esportes – da natação ao futebol, boxe, patinação e ciclismo, nas quais competia com os meninos –, sem se importar com o falatório das comadres da cidade, que consideravam essas atividades impróprias para uma menina de família. Para evitar que notassem a atrofia na perna, Frida vestia várias meias, até que ficasse da mesma grossura da outra. Mas, mesmo assim, não conseguiu evitar os comentários grosseiros e maldosos dos rapazes da vizinhança, que, com inveja de suas habilidades esportivas, começaram a chamá-la de Passarinho da Pata Torta, já que, ao correr, dava pequenos pulinhos, como se tentasse voar.

Numa manhã adormecida pelo orvalho matutino que cobria o bosque, estava brincando com a irmã Cristina sob a vigilância da babá quando um vento inoportuno começou a perturbá-las, levantando-lhes as saias engomadas. Para as meninas, aquilo era uma coisa divertida, mas não para a babá, que farejou os sinais que a terra envia aos mortais para informá-los de que maus acontecimentos se aproximam. Suas inquietudes se materializaram quando um soldado a cavalo se aproximou a todo galope anunciando a chegada dos revolucionários. Imediatamente, a mulher chamou as duas meninas, que se perdiam entre os matagais e grossos troncos do bosque, mas não obteve resposta. Entre os disparos distantes dos rebeldes, ouviam-se os gritos aterrorizados da pobre mulher, que, depois de uma diligente busca, encontrou-as agachadas junto a uma árvore caída, de onde observavam, extasiadas, a confusão que se armara entre os revolucionários zapatistas e os soldados carrancistas.[1] Rapidamente, a mulher as pegou pelo braço para fugirem para casa, mas Frida resistia a abandonar o espetáculo daqueles homens vestidos com mantas que valentemente enfrentavam os bem armados federais.

Atravessaram rapidamente as ruas de pedra até chegar ao portão de casa, mas encontraram-no trancado, para evitar que o tumulto penetrasse. Por sorte, sua irmã Matilde viu-as da janela e foi correndo avisar a mãe que, de pistola em punho, escancarou a janela para que pudessem entrar. Enquanto isso, a apenas alguns passos delas, os federais travavam um embate mortal com os revolucionários. As balas atingiam mortalmente os rebeldes, e o resultado final da batalha parecia inclinar-se favoravelmente para os soldados do governo. Frida ouviu, atônita, a mãe aos berros convidar o contingente zapatista

---

[1] Partidários de Venustiano Carranza, que derrubou o ditador Victoriano Huerta e ocupou a presidência do México de 1917 a 1920. (N.T.)

para refugiar-se dentro de sua casa. O pesado portão que os protegia foi aberto pela mãe e pela babá, e, imediatamente, vários homens entraram carregando seus companheiros feridos, que mal conseguiram escapar do fogo inimigo. E foi assim, enquanto as duas mulheres fechavam o portão, rezando em voz alta para evitar que uma bala perdida resultasse numa tragédia, que Frida viu pela primeira vez aquele estranho personagem que a seguiria pelo resto da vida: o Mensageiro. Seu olhar, escapando pela fresta da porta antes que esta se fechasse, cruzou com o de um homem moreno, de grossos bigodes e olhos famintos, que de cima de seu belo corcel negro esvaziava à queima-roupa o tambor da pistola num carrancista. A menina permaneceu com o olhar perdido, pois tinha certeza de que jamais esqueceria aqueles olhos, nos quais reconheceu um homem de sangue-frio, que trazia a morte em cada bala de sua cartucheira. A batida seca do portão se fechando despertou-a de seu sonho.

"Nesta casa, respeitamos a liberdade e por isso pedimos que nos respeitem", disse mamãe Matilde aos zapatistas acomodados na sala.

Os feridos que eram atendidos pelas criadas já não pareciam tão perigosos, estavam tão famintos e cheios de poeira que suas feições pareciam distorcidas aos olhos das meninas.

"Não há muito para comer, assim, vocês terão de se conformar com o pouco que temos enquanto esperamos que lá fora tudo se acalme. Depois, terão de ir embora, pois não quero arranjar problemas com o governo", esclareceu a mãe de Frida. Em seguida, ordenou às quatro filhas que trouxessem para os homens a escassa comida que tinham para o almoço.

A salvo do terrível concerto de disparos, relinchos de cavalos e gritos de dor que se ouviam nas ruas, os homens devoraram as *gorditas de maíz*, os *polvorones*[2] e a água fresca. Ao cair da noite, ouvia-se apenas o passo de um cavalo sem ginete e sem rumo. Frida e Matilde, a irmã mais velha, ficaram incumbidas de vigiar a rua; tinham de averiguar se tudo estava tranquilo, para que os feridos pudessem voltar a seu acampamento. Frida saiu com um punhado daqueles *polvorones*

---

2 Bolinhos amanteigados. (N.T.)

de laranja que alimentaram os refugiados, enquanto, para esconder seu nervosismo, ela mesma mastigava um com pequenas mordidas. Ao abrir o portão e sair, encontraram ruína e escuridão; não havia nem um guarda noturno que se atrevesse a vir acender as luminárias da rua, agora salpicada de cadáveres de cavalos e guerreiros de ambos os contingentes. As garotas examinaram a área. Frida, curiosa por natureza, adiantou-se à irmã para observar os buracos que as balas haviam deixado nos corpos já inertes e os charcos ovalados que o sangue formara embaixo deles.

Depois andou pelos paralelepípedos da rua, deixando que o eco de seus passos reverberasse nas paredes até se unir à sua sombra. E, sem perceber, foi se afastando da irmã até ser engolida pela noite. O mesmo vento que de manhã trouxera a notícia da batalha rodeou-a até fazê-la tremer de frio. De repente, uma respiração ofegante obrigou-a a parar, e seus pés ficaram presos ao chão pela força do terror. Viu-se diante do revolucionário com o qual cruzara o olhar naquela mesma manhã. O homem estava em seu cavalo, impassível. Ambos a olhavam com aqueles olhos de lanterna. A primeira ideia que passou pela cabeça de Frida foi fugir e pedir ajuda, mas aquele ar pesado como terra sobre um túmulo era-lhe estranhamente familiar.

"Seu pessoal está na casa... mamãe cuidou deles e lhes deu de comer", disse Frida, num tom falsamente seguro, pois, embora fosse sempre corajosa, aquele cavalo enorme lhe metia medo.

O homem não respondeu, mas o cavalo golpeou as lajes do piso.

"Tenho *polvorones* de laranja, quer?", disse ela, estendendo o braço para oferecer-lhe.

O rebelde pegou um e começou a comer lentamente, mexendo seu bigode como uma navalha que fatiava o silêncio. Ao terminar, fez uma coisa que aterrorizou ainda mais a pequena garota: presenteou-a com um imenso sorriso de complacência, mostrando uns lustrosos dentes brancos, que resplandeciam como faróis na escuridão. Sem parar de sorrir, o ginete bateu as esporas e se afastou em seu cavalo com um trote calmo. A escuridão da noite foi velando-o até fazê-lo desaparecer da vista de Frida, que permaneceu ali até que a irmã a encontrou.

"Vamos para casa! Mamãe Matilde está procurando a gente!", murmurou, irritada por Frida ter se afastado e não ter compreendido o perigo que isso implicava.

Matilde pegou a irmã pelo ombro e foi levando-a de volta para casa.

Sem que ela soubesse, os soldados feridos já saíam de sua casa, ajudando-se mutuamente ou com bengalas, para seguir o caminho que o ginete tomara. Papai Guillermo estava na cidade e nunca ficou sabendo de nada.

A Revolução mudou o país e também foi motivo de desgraça para o casal Kahlo: os altos proventos que recebiam do governo foram cortados, seus privilégios econômicos se desvaneceram, e mamãe Matilde não conseguiu evitar que sua amargura aumentasse. Os infortúnios devidos à perda do trabalho de seu esposo a obrigaram a poupar e, além de ter de hipotecar sua casa, precisou vender parte de seus finos móveis europeus e até alugar quartos para ganhar um dinheiro extra. Frida e suas irmãs sofreram com os surtos de ira da mãe, cada vez mais frequentes, que via seu conforto dissolver-se como sal na água. À noite, escondidas, Frida e Cristina espiavam mamãe Matilde contar seu dinheiro, pois, como não sabia ler nem escrever, esta era sua única distração. As poucas moedas que chegavam a conta-gotas serviram para que a obstinada Matilde pudesse dar às suas filhas uma educação tradicional e inculcar-lhes sua fé religiosa, que ela considerava seu mais precioso tesouro. O caráter rebelde de Frida logo a fez voltar-se contra as imposições da mãe, e a menina descartou a religião por parecer-lhe um fardo inútil e pesado demais para carregar numa vida leve como a dela. A culpa, o perdão e a oração não serviam a Frida; ela sabia que encontraria outra coisa a que se agarrar para enfrentar a vida. Começou zombando das preces que precediam as refeições, arrancava gargalhadas da irmã Cristina quando lhe contava piadas no meio de uma ave-maria, fugia do catecismo para, com os garotos do bairro, correr atrás de uma bola ou, da sacada, atirar laranjas nos seminaristas. Frida recebeu inúmeras reprimendas de sua mãe, cuja paciência chegara ao limite, a ponto de declarar com desprezo que ela não era sua filha. Isso tocou Frida tão fundo que ela decidiu vingar-se ajudando a irmã Matilde a fugir de casa.

Matilde era a mais velha e acabara de completar quinze anos. Era moça robusta, de seios fartos, os quais ela escondia sedutoramente atrás de rendas; tinha quadris redondos como os contornos de uma maçã e um rosto que a fazia parecer mais velha. Decidiu que o rapaz que a cortejava era o homem de sua vida, mas isso não agradava à família. Assim, como se fosse uma grande travessura, Frida lhe propôs que fugisse por uma sacada enquanto ela distraía a mãe com alguma de suas diabruras. O plano da irmã era fugir para Veracruz com o namorado. Por incrível que pareça, tudo funcionou tão bem que, depois do castigo recebido por seu chilique fingido, Frida fechou a sacada como se nada tivesse acontecido e foi dormir tranquila. Quando, no dia seguinte, mamãe Matilde descobriu a ausência da filha predileta, teve um acesso de histeria, berrando e implorando a todos os santos que sua filha estivesse bem. Guillermo Kahlo limitou-se a guardar as coisas da filha numa mala e, depois de mandar vendê-las, trancou-se em seu estúdio sem dizer nem uma palavra.

O destino de Matilde permaneceu um mistério durante vários anos. A vida em família guardou uma dor silenciosa, mas mantiveram-se as aparências, tal como se esperava de uma família honesta, cujos sentimentos eram amordaçados em benefício de uma falsa tranquilidade.

Frida manteve os enfrentamentos com a mãe e, para fugir das discussões diárias, ajudava o pai no estúdio de fotografia. Num dia em que viajavam juntos de bonde, ouviu-o dizer entre suspiros: "Como gostaria de ver de novo sua irmã! Mas não vamos encontrá-la nunca!".

Frida consolou o pai e, arrependida de sua travessura, tentou compensar sua falta explicando-lhe que, segundo uma amiga lhe contara, havia uma Matilde Kahlo morando no subúrbio de Doctores.

"E como você sabe que é Matilde?"

"Bom, todos dizem que é parecida comigo", respondeu.

Assim, sem maiores explicações, ela levou o pai até um bairro vizinho. No fundo do pátio, encontraram-na regando hortaliças e alimentando pássaros numa grande gaiola. Ali vivia com seu namorado, tinham casado e gozavam de uma situação financeira relativamente tranquila. O pai sorriu com os olhos úmidos, mas recusou-se a falar com a filha. Frida correu até ela e a abraçou. As irmãs se abraçaram e riram juntas. Mas, quando viraram, papai Kahlo já fora embora. É claro que mamãe Matilde não deixou a filha entrar em casa, por mais que esta trouxesse grandes cestas de frutas e comidas requintadas. Matilde via-se obrigada a deixar tudo na entrada, depois a mãe recolhia e servia no jantar. Quando chegava a época das festas dos mortos, as delícias culinárias preparadas por Matilde eram ainda mais refinadas. Além dos pães do Dia dos Mortos, havia caveiras de açúcar com os nomes de toda a família. Numa dessas cestas, Matilde deixou um recado para Frida, que o leu com um sorriso: "Preparei *polvorones*, pois você acabou dando o seu para aquele revolucionário".

Doze anos depois da fuga, Matilde foi finalmente recebida em casa. Ao vê-la, o pai limitou-se a perguntar:

"Como vai, filha?"

Mamãe Matilde

Para preparar a oferenda do Dia dos Mortos para mamãe Matilde, é preciso escolher a foto que papai Guillermo tirou dela, aquela em que aparece bem bonita e devota. Sei que ela gostava muito daquela foto, tanto quanto do vestido de seda escuro. Nunca ponha tequila ou licor junto da foto, porque ela detestava muito essas bebidas. Mas gostava de uma boa água de arroz, como a que deu aos revolucionários quando chegaram a Coyoacán, porque, quando a coisa realmente esquentava, nem o próprio general Villa em pessoa teria encarado mamãe.

Água de *horchata*[3]

Como mamãe Matilde era de Oaxaca, fazia a água de horchata *com leite em vez de água. Quando papai Guillermo pedia, chamava-a de água de arroz.*

350 g de arroz
7 xícaras de água
2 raspas de canela
2 xícaras de leite
açúcar

Numa panela, coloque o arroz de molho em três xícaras de água por pelo menos 2 horas. Toste a canela quebrada em pedacinhos numa frigideira. Escorra o arroz e triture-o com a canela e o leite; depois coe e passe o líquido para uma jarra com o resto da água; adoce com açúcar.

Gorditas de maíz

Mamãe Matilde comprava essas gorditas *para nós à saída da igreja. Sempre havia um vendedor ambulante abrindo as bolinhas de massa para depois colocá-las na frigideira. Cristi era capaz de comer três pacotes numa só sentada.*

1 xícara de farinha para *tamal* ou de milho moído
1 colher (sopa) de banha de porco
½ colher (chá) de fermento
¼ de xícara de açúcar
água

Numa tigela, misture a farinha, a banha de porco, o fermento e o açúcar e, se necessário, junte um pouquinho de água para

---

3 Nome genérico de várias bebidas não alcoólicas de origem vegetal. (N.T.)

formar uma massa manejável. Faça as bolinhas do tamanho de uma noz e amasse com a mão para obter pequenas panquecas. Doure na frigideira ou na chapa em fogo médio, virando-as de vez em quando.

Polvorones de laranja (meus preferidos)

50 g de farinha
125 g de gordura vegetal
100 g de açúcar
1 laranja (suco e raspas da casca)
1 gema de ovo
¼ de colher (chá) de bicarbonato de sódio

Bata a gordura vegetal com o açúcar até obter um creme fofo, junte a gema, o suco e as raspas da laranja e bata um pouco mais. A essa mistura, acrescente aos poucos a farinha peneirada com o bicarbonato e misture até incorporar tudo. Amasse e abra com o rolo até obter 0,5 cm de espessura. Corte círculos de 5 cm e coloque-os numa bandeja untada. Leve ao forno a 200 °C até que fiquem douradinhos. Deixe esfriar. Polvilhe com açúcar.

Capítulo IV

Frida viveu o resto da vida acompanhada pela lembrança daquele a quem iria chamar de Mensageiro e também pela delgadíssima perna deixada pela pólio. Virou moça atraente, com uma luminosa aura de vitalidade. A ânsia de livrar-se de qualquer resquício de convencionalismo e de proclamar sua emancipação juvenil levou-a a cortar o cabelo. Um corte masculino que lhe embelezava muito os traços e acrescentava a seu furinho no queixo um toque ainda mais sensual. O ingresso na Escola Nacional Preparatória, famosa na época por abrigar entre seus alunos a nata da juventude mexicana, despertou nela grande paixão pelo conhecimento, por festas e pelo amor, prazeres que arderiam dentro dela por muitos anos.

Ser parte da Preparatória era um privilégio: Frida foi uma das primeiras trinta e cinco mulheres matriculadas num plantel com dois mil homens. Para ela, no entanto, a questão se resumia a afastar-se do domínio de mamãe Matilde, que fora contrária à viagem da filha até a cidade para estudar. Papai Guillermo, que via em Frida o varão que nunca teve, conseguiu convencer a esposa de que as aspirações da filha eram bem-intencionadas e fez Frida prometer que não conversaria com seus colegas. É claro que ela não cumpriu essa promessa ridícula e logo se envolveu com uma roda de jovens intelectuais que se faziam chamar de "los Cachuchas". Marcado pela sina de atrair para si todos os olhares, o líder da turma, Alejandro Gómez Arias, apaixonou-se perdidamente pela amalucada garota, e começaram um romance.

No princípio, a relação deles era um inocente namoro juvenil de mãozinhas dadas, que eles ostentavam com olhares melosos ao passear pelas ruas. Pouco a pouco, foi ficando ardente, e os inocentes beijos deram lugar a carícias atrevidas. Era ela quem tomava a iniciativa, quem procurava as quebradas dos parques para ocultar-se entre as sombras das árvores, onde exploravam seus corpos entre os aromas de merengue, *alegría*[1] e sorvete. Antes dos quinze anos, já conhecia os prazeres de um homem.

Assim, enquanto seus pais achavam que ela permanecia na escola com as demais garotas, sob a tutela da diretora, ela estava se encontrando com Alejandro, assistindo a jogos esportivos ou fazendo alguma travessura junto com sua turma.

Uma de suas diabruras prediletas era atormentar os artistas que se dedicavam a pintar murais encomendados por Vasconcelos, o secretário de Educação. Chegaram até a atear fogo nos andaimes. Não era de estranhar que alguns artistas viessem trabalhar na Preparatória armados até os dentes. Entre eles destacava-se um astro do pincel, que residira na Rússia e na França e convivera com os gênios de sua época: Diego Rivera.

Não era homem fácil de amedrontar e, para dissuadir qualquer tentativa de atentar contra seu mural, contava com a ajuda de uma pistola, que não hesitava em sacar se necessário. Sua atitude e, é claro, sua arma fizeram com que as brincadeiras contra ele se limitassem a alguns apelidos que exaltavam sua feiura ou sua obesidade, o que evidenciava a inveja que suscitava, pois vivia rodeado de belas mulheres, cuja companhia dava-lhe uma aura de divindade. Mesmo assim, não era um deus muito agraciado: uma grande pança, olhos saltados e mãos tão vastas como seus gostos, extensos conhecimentos e maiúsculas fantasias. Em Diego, tudo era grande. Um ogro capaz de roubar os suspiros das garotas como se fosse um astro famoso do rádio. E naquela aura mágica viu-se envolvida Frida, que gostava de esconder-se entre os portões para vê-lo trabalhar e até o avisava da chegada da esposa quando ele estava com a amante.

"Cuidado, Diego, vem vindo a Lupe!", costumava gritar.

Sentia-se tão atraída pela personalidade do pintor que um dia, enquanto Diego comia as delícias que Lupe levara para ele numa cesta, criou coragem e postou-se diante dele para perguntar:

---

[1] Barras doces preparadas com amaranto, mel, uva-passa e, às vezes, amendoim. (N.T.)

"Seria incômodo me deixar vê-lo trabalhar?"

Rivera sorriu para aquela garota que parecia não ter mais que doze anos. Ergueu os ombros, divertido, e, depois de comer, continuou pintando. Lupe cravou seu olhar penetrante em Frida e, ao ver que a insolente mocinha não ia embora, começou a insultá-la.

"Por favor, cale-se, senhora, está distraindo o mestre", pediu Frida, séria, sem afastar a vista do pincel que Diego manejava com destreza.

Lupe rugiu como uma leoa e foi-se embora esbravejando. Frida ficou observando mais um tempo e depois, com rosto inocente, despediu-se de Diego. Só voltaria a vê-lo depois de vários anos, quando a paixão pela arte já ardia em sua alma.

A carinha de menina inocente ajudou Frida a alcançar êxito em outra de suas travessuras. Tratava de fazer estourar uma bombinha de um tostão durante o discurso que, a propósito das datas da pátria, seria pronunciado por um professor cujas dissertações eram longas e soporíferas. Ostentando toda a sua delicadeza, Frida se aproximou com o pacote explosivo e o deixou debaixo da estante de leitura do professor, para depois afastar-se tranquilamente. Quando o petardo estourou como uma descarga de artilharia, ela já estava fora. Ninguém teria imaginado que fora ela a responsável por aquele estardalhaço que quebrou vidros e móveis, não fosse por uma de suas arrogantes colegas, que, correspondendo ao ódio que nutriam mutuamente, delatou-a ao diretor da Preparatória. Furioso, este levou o caso ao próprio dom José Vasconcelos.

Em razão de seus afazeres políticos, Vasconcelos demorou uma semana para aparecer na Preparatória. Na sala de espera, Frida permaneceu terrivelmente nervosa. Dentro da sala do diretor, o respeitado intelectual ouviu pacientemente as acusações contra a garota, cuja periculosidade era, segundo o diretor, equiparável à de um revolucionário. Depois de ouvir o tedioso discurso, Vasconcelos pediu que readmitissem imediatamente a aluna e acrescentou com certo sarcasmo:

"Se você não consegue controlar uma moleca como esta, não está capacitado para dirigir a Preparatória."

Ao sair, o famoso secretário de Educação parou diante de Frida, que o olhava com seus grandes olhos de cachorro repreendido, e, sorridente, acariciou-lhe o cabelo e se afastou para ir atrás da Presidência da República mexicana.

O acontecimento foi digno de celebração, e Alejandro, que observava de uma janela, começou a rir, entoando o canto de sua alma máter...

"*Shi... ts... pum... Goooya, goooya, cachún, cachún, ra, ra, cachún, cachún, ra, ra, goooya, goooya... ¡Preparatoria!*"

Frida foi até o corredor para sapecar-lhe um beijo. O resto da turma carregou-a nos ombros dando uma volta pelo pátio e começou uma grande algazarra, que terminou fora da escola, num dos restaurantes, onde comeram um delicioso *pozole*[2] entre gritos de guerra e piadas. Ao terminar a comemoração, os namorados começaram a sentir um calor intenso, agitando-se nervosos na cadeira, enquanto se entreolhavam de mãos dadas. A paisagem ganhou cores quentes, e o mundo começou a derreter-se diante deles.

"Vamos para minha casa, não tem ninguém lá. Mamãe Matilde e minhas irmãs estão na paróquia", propôs Frida.

Os dois se afastaram de seus colegas entre risadinhas marotas. Impelidos pela necessidade de ficarem a sós, pegaram um ônibus rumo a Coyoacán. Frida começou a sentir-se desconfortável, como se apenas ela conseguisse perceber naquele momento algo que os demais não eram capazes de ver, como se diante de seus olhos se revelassem os fios dos quais eles pendiam como marionetes. Numa tentativa de esquivar-se dessa força, desceu do ônibus dizendo ao namorado:

"Precisamos voltar para a Preparatória. Esqueci minha sombrinha..."

Alejandro não compreendia que sua namorada estava vendo algo além do que viam seus olhos e insistiu para que tomassem o próximo ônibus. Frida aceitou, procurando evitar aquela sensação de enigma, pois não acreditava em nada de natureza religiosa ou fantasmagórica. Uma vez dentro do velho ônibus de madeira e metal, o jovem casal

---

2 Sopa mexicana à base de um tipo específico de milho, o *cacahuazintle*, ao qual se juntam sal, carne de porco ou frango e outros ingredientes. (N.T.)

abriu caminho entre os passageiros que abarrotavam o veículo. No fundo, um pintor que carregava volumosos potes de tinta dourada desocupou dois assentos e amavelmente cedeu-os.

"Sentem-se, jovens. Eu vou descer em Tlalpan", disse, desocupando o lugar.

De seu assento, Frida contemplava a rua molhada pela chuva da manhã, ainda com aquela incômoda sensação entranhada no corpo; não conseguia afastar aquele mal-estar irracional que a fazia sentir-se impelida na direção de um desenlace que intuía como fatal. De repente, um calafrio percorreu-lhe as costas: diante do mercado de San Lucas, avistou o revolucionário de sua infância montado num cavalo branco. As pessoas passavam sem sequer se virarem para olhá-lo. Assim que seus olhares se cruzaram, sentiu afogar-se em seus olhos brancos. O homem a cumprimentou com uma leve inclinação do chapéu, e uma descarga gélida percorreu o corpo de Frida dos pés à cabeça. Embora Alejandro também olhasse para o mesmo ponto, parecia não perceber a presença daquele ginete peculiar. Seria real ou apenas um espectro saído das profundezas de seu medo? A pergunta se afogou em sua boca diante da irrupção de um ruído ensurdecedor.

O ônibus se partiu em pedaços, curvando-se como se tivesse sido esmagado por uma bofetada certeira. Uma intensa onda de calor arrebatou o corpo de Frida, que ficou esmagada entre tubos e corpos em decorrência do golpe de um bonde que os atingiu de frente. Seu joelho esquerdo bateu nas costas de alguém, e um calafrio percorreu-lhe a pele nua. O choque lhe arrancara a roupa de um puxão, mas sua nudez era irrelevante diante da certeza de saber-se vítima de um acidente fatal. No meio do caos, ela conseguiu perceber vozes angustiadas que gritavam: "A bailarina, a bailarina!".

Distinguiu Alejandro em meio à multidão, e o rosto dele confirmou-lhe a gravidade de suas suspeitas. A visão era horripilante: entre os escombros do ônibus, completamente nu e coberto de sangue e do esmalte dourado daquele amável pintor, seu corpo parecia ter sido bizarramente decorado e aprisionado por um tubo metálico. O corrimão atravessara-lhe a pélvis. A estranha combinação de cores carmesim e ouro sobre seu corpo fazia crer aos curiosos que Frida era uma bailarina exótica, e não paravam de chamá-la assim. "A bailarina, a bailarina!".

"É preciso retirar esse tubo dela!", exclamou um homem, e afastando Alejandro, que se mantinha inerte, pegou o tubo e o puxou para cima.

Um borbotão escarlate se espalhou pelo piso, formando um brilhante charco em forma de coração. E então Frida Kahlo morria pela primeira vez...

Os antojitos[3] dos cachuchas

Lá pelos meus tempos de Cachucha, tudo girava em torno dos pequenos restaurantes fora da Preparatória e das comidas vendidas por atacado no centro. O cachorro Panchezco, que era manco como eu, sempre estava adormecido na entrada da calle 5 de Febrero *e funcionava como elemento decorativo. Ale me dizia: "A gente se encontra lá, com o Panchezco". Era um bom lugar, as moscas eram de graça... Ah, mas que* pozole! *Desse milho vem nosso nacionalismo, é bem mexicano esse prato: tem vermelho, branco e verde.*

Pozole vermelho

1 kg de milho *cacahuazintle*
15 g de cal
1 cabeça de alho
1 cebola
3 *chiles guajillo*[4]
½ kg de lombo de porco

---

3 Petiscos mexicanos que, segundo se acredita, satisfazem certas paixões ou caprichos. (N.T.)
4 Variedade de pimenta mexicana. (N.T.)

½ kg de cabeça de porco
1 kg de pernil de porco
sal

Para acompanhar

1 maço de alface picada
1 maço de rabanete picado
limões, pimenta em pó
1 cebola picada
torradas

Na véspera, numa panela, leve ao fogo 2 litros de água com o milho *cacahuazintle* e a cal, mexendo sem parar com colher de pau. Quando começar a ferver, apague o fogo e deixe descansar na panela tampada durante a noite inteira. No dia seguinte, coe o milho e esfregue até descascá-lo completamente. Lave as espigas várias vezes em água corrente e debulhe-as. Coloque numa panela larga com 3 litros de água e sal, ferva em fogo moderado até que os grãos se arrebentem. Junte o lombo, a cabeça e o pernil de porco em pedaços. Enquanto isso, deixe de molho os 3 *chiles guajillo* e depois bata no liquidificador com um pouco de cebola e alho, coe a misture e acrescente-a ao caldo. Continue cozinhando até que as carnes estejam macias. Sirva com cebola picada, alface, limão, pimenta em pó e torradas.

Torradas de frango

12 *tortillas* de milho
1 ½ xícara de feijão refrito
3 xícaras de alface picada finamente
1 peito de frango cozido e desfiado
1 cebola em rodelas
2 tomates fatiados
1 abacate descascado e fatiado
½ xícara de creme de leite

queijo ralado
sal
óleo para fritar

Numa frigideira, aqueça o óleo em fogo médio e frite as *tortillas* até que fiquem douradas. Tire-as e deixe escorrer o óleo. As *tortillas* podem ser preparadas com antecedência, mas evite que percam o frescor. Aqueça o feijão refrito e espalhe um pouco sobre cada *tortilla*. Cubra com um pouco de alface e frango desfiado, 1 fatia de cebola, 1 fatia de tomate e 1 fatia de abacate. Junte creme de leite, um pouco de queijo ralado e sal. Se quiser mais sabor, adicione molho vermelho.

Molho vermelho

Tomates grandes
6 *chiles cuaresmeños*
1 cebola
1 maço de coentro
1 dente de alho
sal

Asse os tomates, as pimentas e o alho e depois amasse bem num pilão. Junte sal a gosto, a cebola e o coentro bem picadinhos.

Capítulo v

"A bailarina, a bailarina!", diziam os gritos infantis que ressoavam na cabeça de Frida como um eco tonto. Abriu os olhos para deparar com um céu azul elétrico, que fazia redemoinho com nuvens de pinceladas de algodão-doce ocupadas em seduzir-se com carícias e caprichos e que a ela lembravam um grande caldo em ebulição. Notou que as palavras provinham de um grande abacateiro de folhas enormes como lenços. Na copa da floresta, um par de macacos-aranha fazia folia, com brincadeiras que invariavelmente terminavam em gargalhadas de aromática menta. Frida tentou aprumar-se sem perder de vista o par de macacos que decidira fazer dela o alvo de suas zombarias.

"Eu não sou bailarina, tenho uma perna afetada pela pólio...", grunhiu, levantando a saia até o joelho para mostrar a perna raquítica, semelhante a uma casquinha de canela.

Os macaquinhos chegaram perto para analisar o membro detidamente. Um deles, imitando um médico, colocou um par de óculos. Por um minuto, entre caretas exageradas, inspecionaram Frida. Entreolharam-se sérios e remataram com uma gargalhada com cheiro de maçã fresca.

"Ela tem a pata torta! Tem a pata torta!", cantaram descaradamente.

Frida levantou-se do chão irritada, sentindo-se deslocada ao descobrir o estranho lugar onde recuperara a consciência. Seu olhar procurou em vão algum objeto para atirar neles e partir-lhes a cabeça, a fim de silenciar seus mal-intencionados comentários.

"E quem são vocês? Suponho que uns sem-vergonha que ficam se divertindo na rua falando bobagens para qualquer mulher que cruze pelo caminho..."

"Que bom, já temos nome! E se você não gostar, temos vários para dar e vender... Meus amigos e parentes me chamam de honorável senhor Chon Lu, mas como você não é nem amiga nem parente, pode me chamar de 'senhor'..."

Frida bateu no chão aborrecida, o que os fez soltar gargalhadas que se prolongaram como o som de um disco riscado. Ao perceber que era inútil discutir com eles, gritou uma fieira de palavras altissonantes que fez a dupla de cômicos peludos se esconder atrás das árvores. Satisfeita com o resultado, dedicou-se a investigar a paragem com o olhar: encontrava-se no meio de um grande espaço que se estendia até perder-se numa sequência de casas que formavam uma grande praça. Com certeza estava perto de Coyoacán, pois reconheceu entre as fachadas os arcos do parque e distinguiu também La Rosita, uma taberna próxima à sua casa. Ao longe, viu a cúpula e as torres da igreja e até acreditou sentir o aroma dos vapores de *atole* quente. Todo o lugar estava iluminado por milhares de velas que dançavam ao ritmo das chamas consumidas pela cera. Velas grandes e robustas, pequenas e gastas. Todas tão diferentes como as pessoas que existem nesta vida. Entre aquelas velas, a sombra de Frida tentava alcançar uma mesa elegantemente enfeitada com flores e frutas tropicais, que mostravam seu interior carnudo como sensuais exibicionistas. Havia travessas com graviolas, romãs e melancias rosadas, que compartilhavam o espaço com um enorme *pan de muerto*,[1] cujos ossos, perfeitamente moldados, estavam cobertos com refinado açúcar.

"Bem-vinda! Convidamos todo mundo para a festa", disse um dos convidados do banquete.

Tratava-se de uma caveira de papel machê que sorvia com deleite uma tacinha de chocolate, na qual mergulhava uma fatia de *pan de muerto*. Ao ver Frida, arregalou os olhos, e seus dentes se tornaram uma espiga de milho sorridente. A seu lado um Judas de papelão ria mexendo seus enormes bigodes. Seus rojões o rodeavam como um espinheiro. E, no canto, a escultura pré-colombiana de

---

[1] Pão feito especialmente para as celebrações do Dia dos Mortos, redondo, coberto de açúcar, com aroma de flor de laranjeira ou anis. (N.T.)

uma mulher grávida, que ostentava sua barriga inchada e soltava frases em náhuatl enquanto seu feto se remexia como um rato dentro de um queijo.

"E o que vocês estão celebrando? Ainda falta muito tempo para o Dia dos Mortos", perguntou Frida, percebendo que já não estava mais nua nem ferida. Agora vestia uma longa saia cor de morango com bordados adamascados que brincavam como cachorrinhos com as flores de sua blusa, enroscando-se em tecidos oaxaquenhos e perseguindo-se em bordados tarahumaras. Ao ver-se tão enfeitada e penteada com uma complicada trança, aceitou juntar-se àqueles insólitos personagens fugitivos de seu mais enlouquecido sonho.

"Aqui todo dia é Dia dos Mortos", explicou a caveira enquanto cortava um pedaço de pão, que ao contato com a faca exalou um delicioso aroma de flor de laranjeira.

"Já puseram a mão nos ossos do pão! A caveira esquálida[2] já a levou embora!", gritaram de seu esconderijo os macacos-aranha entre chocantes gargalhadas.

Frida se limitou a mostrar-lhes a língua, atitude pouco educada mas bastante reconfortante. Nesse momento, sua razão se recuperou, e ela compreendeu que a festa estava sendo celebrada num cemitério. As lápides olhavam para a festa com seus rostos compridos, e os mausoléus montavam guarda como soldados de um castelo distante.

"É preciso esperar a chefa para começar", anunciou a caveira.

"Sua Majestade", acrescentou o Judas, rindo sem parar.

"A chegada da senhora", rematou a escultura de pedra.

Frida, convidada para tão agradável festança, não questionou a necessidade de esperar pela anfitriã e, para matar o tempo, distraiu-se vendo como as frutas da mesa executavam sua dança de acasalamento cantando muito afinadas "A Chorona":

Todos me chamam o negro, Chorona,
negro, mas carinhoso.

---

[2] No original, "*la tilica y flaca*", alusão à Morte, chamada de "*calaca tilica y flaca*" ou "caveira esquálida e esquelética". (N.T.)

Sou como a pimenta verde, Chorona,
*picante mas saboroso.*³

E eram mesmo muito afinados. Aqueles cocos, pimentas e pêssegos sabiam conduzir muito bem o ritmo. Seu canto fez dançar um par de bonecas, uma de papelão e a outra vestida de noiva, que ficava corada com os sorrisos sedutores da melancia. Enquanto transcorria o espetáculo musical, abriu-se um par de cortinas para mostrar uma enfeitada figura vestida de saia cor de goiaba, salpicada de sementes tecidas e ornada de flores nervosas que faziam soar suas pétalas como guisos. A blusa era todo um redemoinho em ebulição, no qual as cores das pimentas lutavam para destacar-se da cor de molho escuro do tecido.

A aparição da mulher foi impressionante, digna de uma imperatriz, mas Frida sentiu-se frustrada por não poder ver o rosto que ela escondia atrás do véu. As frutas continuaram com sua melodia, entoada para a recém-chegada, com muita animação:

A pena e o que não é pena, Chorona,
tudo é pena para mim.
Ontem chorava por querer ver-te, ai, Chorona!
*E hoje choro porque te vi.*⁴

A mulher levantou a mão esquerda, na qual segurava o coração que palpitava no ritmo da melodia.

"A senhora vai falar", disse muito solenemente a caveira.

"Chefa, faça parir uma", anunciou o Judas apertando a barriga da escultura grávida.

A mulher do véu voltou-se para a recém-chegada Frida. Usou as pinças cirúrgicas que tinha na mão esquerda para arrancar-lhe a veia do coração, e uma chuva de sangue começou a manar salpicando-lhe o vestido. Então começou a recitar com voz terna:

---

3 *Todos me dicen el negro, Llorona, negro pero cariñoso. / Yo soy como el chile verde, Llorona, picante pero sabroso.*

4 *La pena y lo que no es pena, Llorona, todo es pena para mí. / Ayer lloraba por verte, ¡ay, Llorona! Y hoy lloro porque te vi.*

A vida calada
Dadora de mundos
Veados feridos
Roupas de tehuana[5]...
A morte se afasta
Linhas, formas, ninhos
As mãos constroem
Os olhos abertos
Os Diegos sentidos
Lágrimas inteiras
Todas são muito claras
Cósmicas verdades
Que vivem sem ruídos
Árvore da Esperança
Mantém-te firme.

Os aplausos retumbaram, e apareceram novos comensais: um veadinho nervoso, um cachorro pelado parecido com um porco e um par de papagaios da cor da pimenta verde.

"Conheço essa voz", disse Frida. "Ouvi-a pela primeira vez quando tinha uns seis anos e vivi intensamente a amizade imaginária com uma menina da minha idade." A mulher acenou com a mão, convidando-a a prosseguir com seu relato: "Foi na janela daquele que era na época o meu quarto e que dava para a *calle* de Allende. Cobri com um sopro do meu hálito os vidros da janela e com o dedo desenhei uma porta e por essa porta saí voando alegre e veloz. Atravessei toda a planície e penetrei no interior da terra, onde sempre me esperava minha amiga. Era alegre e ágil bailarina, que se deslocava como se não pesasse nada. Eu imitava todos os seus movimentos e, enquanto nós duas dançávamos, eu lhe contava meus segredos. Posso assegurar que essa amiga era você".

"Lembro-me disso como se fosse ontem, Frida, minha linda afilhada. Bem-vinda à minha casa, à qual você pertence", disse a mulher.

---

5 As tehuanas são as habitantes do istmo de Tehuantepec, conhecidas pela beleza de seus trajes típicos. (N.T.)

O coração fez uma reverência, saudando amavelmente a convidada.

"Se você é a que detém o coração e tira a vida, então estou morta?", pensou em voz alta a moça assustada.

Como resposta, a caveira ofereceu apenas um sorriso formado pelas duas espigas em que faltavam dentes.

"Você atendeu ao meu chamado. Vamos comemorar sua chegada!"

Frida levantou ao mesmo tempo em que atirava o pão. Esse gesto rude e grosseiro assustou as abóboras, que correram a esconder-se atrás dos papaias, que por sua vez berravam, mostrando as sementes.

"Madrinha, não quero contrariá-la, sei que ninguém pode ganhar de você, mas acho que me enganou, e de um jeito muito feio."

"Você está questionando o que está escrito pelo destino, menina?"

"Ai, Madrinha, eu mal começava a desfrutar dos prazeres da vida e agora você me vem com essa história de que a festa acabou. Você não sabe que eu quero me casar com Alejandro e ter filhos? Além disso, estou pronta para ser uma grande profissional e uma bela dama. Por que você deseja me tirar essa oportunidade? Não é justo, de jeito nenhum."

"Ninguém disse que a vida é justa, é simplesmente a vida."

"Você me enganou. E você não vai me ver fazendo papel de boba. Exijo, em nome da liberdade que cada ser tem por direito próprio, que me leve de volta à minha casa, porque Ale e minha família devem estar preocupados comigo."

"Exige? Você? Minha ingênua Frida, seus olhos são tão terrenos que você não entende que eu sou o mais comunista de todos os seres. Para mim, não há ricos nem pobres, nem grandes, nem pequenos. Todos, sem exceção, terminam aqui, comigo."

Frida rebuscou em seus pensamentos e em cada canto de seu coração, pois paixão pela vida era o que não lhe faltava. Assim, armando-se de coragem, murmurou:

"Preciso continuar vivendo. Eu lhe peço por favor."

"Não posso manter vazio seu lugar no meu reino. A ordem é indispensável, e se foi escrito que você me pertence, é aqui que você deve ficar", explicou em tom maternal.

"Você podia colocar meu retrato nesse lugar! Uma pintura tão parecida comigo que ao vê-la todos digam 'é ela mesma'."

A Madrinha não respondeu. Durante vários minutos, todos permaneceram quietos. A caveira de papelão empenhava-se em mastigar seu pão em silêncio, e os macacos iam de lá para cá sem rir, à espera da resposta.

"É possível uma pintura ocupar seu lugar, mas eu aviso que, com o passar dos anos, você ficará cada vez mais perto de mim e vou lhe arrancar pedaço por pedaço a vida de que você sente tanta falta. Há coisas que o homem não é capaz de desfazer, mas vou lhe conceder a graça que você me pede só porque conseguiu alegrar minha festa. Antes de nos despedirmos, vou usar o privilégio de ser sua Madrinha para presenteá-la com um pensamento: Frida, tenha cuidado com o que você quer... algumas vezes esses desejos se cumprem."

"Não vou decepcioná-la, Madrinha. Prometo não esquecer nunca essa sua gentileza."

"Frida, se o que você quer é me brindar com sua reverência, terá de fazer uma boa oferenda todos os anos. Eu vou ficar muito feliz em desfrutar dos alimentos, flores e presentes que você me oferecer. Mas aviso: você sempre vai desejar ter morrido hoje. Eu vou me encarregar de lembrá-la disso a cada dia da sua vida."

"Uma oferenda no Dia dos Mortos? É isso o que você deseja?", perguntou Frida, ansiosa, como se não tivesse ouvido a advertência da Madrinha.

E, sem mais, acordou no hospital da Cruz Vermelha.

A mulher do *huipil*,[6] a tehuana com cores de frutas, desaparecera. Em seu lugar, havia uma enfermeira gordinha e bochechuda que, ao vê-la despertar, disse com alegria:

"Já acordou, menina?! É um bom sinal. Agora você tem de ficar bem tranquila para sarar logo..."

Infelizmente, a mulher se equivocou: Frida passou um mês no hospital e mais três em casa. Havia fraturado a coluna em três pedaços. Quebrara a clavícula, as costelas e a pélvis. E teve mais onze

---

6 Blusa bordada indígena, parte do traje tradicional. (N.T.)

fraturas na perna direita. Para o médico, era um milagre que continuasse viva.

A FESTA DOS MORTOS

Nós mexicanos rimos da morte. Qualquer pretexto é bom para uma farra. O nascimento e a morte são os momentos mais importantes de nossa vida. A morte é luto e alegria. Tragédia e diversão. Para conviver com a hora final, fazemos nosso pão de ossinhos açucarados, redondo, como o ciclo da vida; e, no centro, o crânio. Doce, mas mortuário. Esta sou eu.

PÃO DE MORTO

1 kg de farinha
200 g de manteiga
11 ovos
300 g de açúcar
100 g de margarina
1 colher (chá) de sal
30 g de levedura em pó
1 colher (sopa) de água de flor de laranjeira
manteiga e açúcar para decorar

Numa mesa, forme uma montanha com a própria farinha e faça um furo no meio. Ali, coloque a manteiga e a margarina e amasse com a mão. Junte o açúcar e os ovos, um a um. Depois, acrescente aos poucos os demais ingredientes. Antes de adicionar a levedura, não se esqueça de dissolvê-la em ¼ de xícara de água morna. Amasse bem até que a massa desgrude das mãos e da mesa. Depois, tenha paciência e deixe a massa repousar por mais ou menos 1 horà, até ficar esponjosa. Volte então a amassar e dar forma de pão de morto, reservando um pouco da massa para fazer os ossinhos. Deixe a massa coberta com um pano e longe de correntes de ar até que cresça e dobre de tamanho. Para fazer os ossinhos, enrole com os dedos um pouco de massa, coloque sobre o pão, passe um ovo ligeiramente batido e leve ao forno preaquecido a 200 °C por 20 ou 30 minutos. Depois de assado, unte o pão com manteiga e polvilhe com açúcar.

Capítulo VI

Assim que Frida despertou da operação que a deixou morta durante vários minutos, pediu para ver os pais. Estes, no entanto, só puderam comparecer depois de várias semanas, e ela entrou em terrível depressão. Não é que tivessem se esquecido dela, mas uma sucessão de acontecimentos extraordinários conspirou para isso. Ao receber a notícia do acidente, o pai ficou gravemente doente e precisou permanecer na cama por várias semanas. Mamãe Matilde, para surpresa de todos, ficou petrificada em sua poltrona. Precisaram arrancar-lhe o bordado, e os criados demoraram mais de uma hora para colocar suas mãos sobre as pernas. Nessa posição, permaneceu completamente muda. Suas filhas tentavam em vão fazê-la comer, preparando-lhe caldos reconfortantes, mas ela mal se dignava a prová-los.

Durante o tempo que Frida passou no hospital, todos os habitantes da Casa Azul se vestiram de preto. Apesar de Frida ter sobrevivido, um sentimento de luto tomou conta dos pais, irmãs e empregados, que todos os dias assistiam à missa da tarde organizada para o repouso da alma da garota. Com o tempo, mamãe Matilde recuperou a fala, só para afirmar que o destino de Frida era morrer naquele dia, mas que um milagre de origem desconhecida a salvara.

A única que visitou Frida durante sua convalescença foi sua irmã Matilde. Como morava perto do hospital, decidiu cuidar dela com esmero, talvez como agradecimento por Frida tê-la ajudado a fugir de casa. Converteu todas as suas atenções num sentimento mais maternal que fraternal. Todos os dias comparecia com uma cesta repleta de *antojitos* e guloseimas envoltos em atraentes toalhinhas bordadas. Frida esperava com prazer sua chegada, principalmente às sextas-feiras, que era quando lhe trazia um caldo *tlalpeño* que a fazia sentir-se como em casa. Os sabores caseiros de Matilde eram tão reconfortantes como seu humor gracioso e bonachão, que se expandira desde que passara a viver longe do jugo da mãe. Suas piadas e comentários jocosos ajudaram Frida a enfrentar os intermináveis dias de recuperação.

Os Cachuchas e Alejandro também a visitavam, e ela contava ansiosa os minutos que a separavam de seu amado. Mas, conforme passavam os dias, as visitas do namorado foram rareando. Frida começou a sentir-se frustrada e para abrandar sua angústia dedicava-se a escrever longas cartas de amor, nas quais falava também do terror que a oprimia à noite, quando seus olhos a traíam na escuridão. Numa dessas ocasiões, dolorida pelos ferimentos, foi acordada pelo contato de dedos gelados que brincavam entre seus cabelos. Só conseguiu perceber a mulher do véu de seu estranho sonho afastando-se pela porta. Dois dias depois, numa madrugada em que as queixas dos enfermos eram particularmente dolorosas, distinguiu entre os sonhos o revolucionário a cavalo no meio do pavilhão. Na manhã seguinte, quando Alejandro foi visitá-la, narrou-lhe o bizarro sonho e assegurou-lhe que naquele hospital a morte dançava em volta de sua cama à noite. Ele procurou tranquilizá-la, dizendo que eram apenas loucuras e sensações que logo iriam passar, pois os médicos atribuíam isso aos analgésicos. Em contrapartida, Frida tinha certeza de que a rainha do fim dos dias esperava que ela cumprisse sua parte do trato. E para evitar que a olhassem como a uma demente, guardou pelo resto da vida um silêncio que selaria qualquer comentário sobre a alucinação que teve durante o lapso de tempo em que parou de respirar. Mas, como confessou à irmã Matilde, o medo não a deixava em paz, não o medo de morrer, mas o medo de que ao voltar para casa a tratassem como se realmente estivesse morta. Frida teve de admitir: "Estou começando a me acostumar ao sofrimento".

Ao sair do hospital para continuar a recuperação em casa, aquele temor se confirmou. Embora sua mãe tivesse recuperado a fala, seu temperamento foi ficando cada vez mais irritadiço, ao passo que o pai se trancava por longos períodos no quarto, alheio à realidade. Os amigos da escola pararam de visitá-la em razão da distância de sua casa. Frida sentiu que aquele lar era o lugar mais triste do mundo.

Desejava fugir daquela mansão de Coyoacán, mas ao mesmo tempo sentia-se aliviada por ter finalmente regressado a ela.

Mas o que mais a afetou foi quando seu querido Alejandro percebeu que sua namorada não era tão inocente como faziam parecer suas melosas cartas e que a fera sexual escondida dentro dela já beijara as bocas dos amigos e amigas do grupo. Quando lhe perguntou por quê, Frida respondeu, sem parecer dar muita importância aos acontecimentos, que era para apagar aquele desejo luxurioso que a queimava. Para Alejandro, não era possível virar a página: era uma traição. E, após uma intensa discussão, afastou-se dela. Talvez se negasse a admitir que desde o acidente suas vidas haviam tomado rumos diferentes: enquanto ele tinha pela frente uma bem-sucedida carreira profissional no exterior, Frida só tinha diante de si meses de recuperação. Alejandro sentia que sua namorada era um peso que iria atrapalhar seus planos. E embora ela tentasse recuperar a confiança de seu amado por meio de uma infinidade de cartas, não conseguiu mantê-lo a seu lado. Ele quebrou a promessa que fizera de que iriam permanecer juntos por anos, e para ela sobrou apenas a frustração. Numa de suas muitas cartas, desesperada, escreveu desculpando-se por seus amoricos: "Embora tenha afirmado gostar e tenha beijado muita gente, você sabe que no fundo gosto só de você".

Numa das tantas noites em que adormeceu pensando que preferiria ter morrido a suportar a indiferença de Alejandro, voltou a sonhar com a mulher do véu, e esta lhe dizia: "Sei que você faz isso para permanecer unida ao amor da sua vida, e eu louvo essa sua decisão, querida".

Ao acordar, prostrada na cama, toda engessada, Frida decidiu cumprir a promessa que fizera à Madrinha. Essa decisão mudaria o rumo de sua vida. Pediu ao pai o estojo de tinta a óleo, alguns pincéis e telas e passou a dedicar-se à pintura. Mamãe Matilde, desejosa de que essa distração a ajudasse a esquecer o sofrimento, mandou fabricar um cavalete especial para que pudesse trabalhar deitada.

Para Frida, o desenho não era novidade. Frequentemente, ilustrava seus cadernos de escola com rostos, paisagens e cenas picarescas. Tinha até ajudado o pai na arte de retocar os negativos de suas fotos, inclusive com delicados pincéis, para conseguir imagens precisas de sombras perfeitas. Mas aquela era a primeira vez que fazia isso de maneira formal.

Assim que pegou um pincel, sentiu arrefecer sua dor. Com os olhos empapados de lágrimas por ter perdido o amado, colocou um toque de vermelho-sangue, em sua paleta, acompanhado de pretos e ocres, tons que ainda lhe lembravam o acidente e os gritos de "A bailarina!". Aspirou o inconfundível cheiro dos pigmentos e segurando o pincel como um potente falo que penetra uma mulher, mergulhou-o na tinta, deixando escapar um suspiro de prazer e dor, para conseguir com esse ato o nascimento de uma obra. Quando o pincel levou aquele matrimônio de cores para a tela, seus olhos pararam de chorar e sua alma experimentou uma paz reconfortante. Então apareceram os tons com aroma de manga, os lábios cor de morango, as faces de pêssego e o cabelo de chocolate. Pela primeira vez na vida, sentiu algo que a afastava deste mundo, que lhe concedia a exuberância do sexo, o prazer da comida e o aprumo de mulher. Sentiu liberdade.

Terminou a obra: um autorretrato. Era ela, imortalizada para sua Madrinha. Assim, entregava-lhe um pedaço de sua vida, de seu coração e de seus pensamentos. A garota altiva do retrato mostrava cada uma de suas virtudes e defeitos.

Enquanto durou a elaboração do quadro, escreveu várias cartas a Alejandro, que partira para a Europa sem despedir-se dela.

Alex,

Como gostaria de explicar meu sofrimento, minuto a minuto…
Não consigo me esquecer de você um só momento. Encontro seu rosto por toda a parte…
   Não faço nada durante o dia, nada desde que você me abandonou, tudo o que eu fazia era por você, para fazê-lo feliz. Mas agora não tenho vontade de fazer nada.
            Escreva para mim.
            E, principalmente, me ame.
            Frida

Não houve resposta. Mas, ao terminar a pintura, o peso que a mantinha aferrada à cama desapareceu pouco a pouco e sua saúde melhorava de forma surpreendente.

Aquela noite voltou a sonhar com a Madrinha, que levava o quadro até seus recintos, como oferenda. Com ele, iam embora os males de amor e o sofrimento de seu acidente. Ao acordar, soube que seu destino era sobreviver, mas que deveria purgar um calvário, tal como a advertira aquela dama. Aceitou que sua vida pendia de um fino cordão que a qualquer momento podia arrebentar, mas agora podia ver tudo da nova perspectiva de saber que vivia com dias emprestados.

As receitas de minha irmã Matilde

Toda vez que vejo Mati rindo me pergunto de onde veio essa mulher tão cabeça fresca, com pais tão sisudos. Vendo suas bochechas coradas e sua risada contagiante, penso que mamãe Matilde deve tê-la encontrado num parque. Uma vez, para provocá-la, disse isso a ela e depois me arrependi de ter sido tão cara de pau, mas ela não deu bola, riu e me respondeu: "Me recolheram de um parque porque queriam um bebê bonito, não como você, toda magrela e cabeluda…". Foi quando compreendi que Matilde superava o sofrimento, transformando-o em alegria. Invejo-a por isso, porque, diferentemente dela, qualquer coisa me tira do sério… Também tenho inveja dela por seus caldos levanta-defunto.

Caldo *tlalpeño*

Este é o bom. Mati conseguiu de uma comadre do distrito de Tlalpan, de onde eu acho que deve ser. Cada vez que faço não sobra nem para requentar.

½ kg de peito de frango

6 xícaras de água
1 xícara de grão-de-bico
2 dentes de alho
1 colher (sopa) de azeite de oliva
1 xícara de cenoura picada
1 xícara de cebola picada
2 *chiles chipotle*[1] em escabeche em tiras
1 ramo de erva-de-santa-maria fresca
1 abacate descascado cortado em cubinhos
2 colheres (sopa) de coentro
rodelas de limão
1 tomate maduro picado
1 *chile serrano*[2]
1 xícara de arroz branco cozido

Numa boa caçarola, coloque o peito de frango, a água, o sal, o grão-de-bico e o alho. Tampe e cozinhe até o frango ficar macio. Transfira o peito de frango para um prato, deixe esfriar e desfie-o. Aqueça o azeite numa frigideira, junte a cenoura e a cebola e frite por 3 minutos. Passe para a caçarola em que cozinhou o peito de frango, acrescente os *chiles chipotle* e a erva-de-santa-Maria e cozinhe por 30 minutos, adicionando sal a gosto. Distribua o peito de frango desfiado e os cubos de abacate nos pratos em que irá servir a sopa e, por cima, coloque o caldo. Em pratos à parte, deixe o coentro, *o chile serrano*, o tomate, o limão e o arroz para que cada um se sirva à vontade.

CALDO MEXICANO DE FRANGO

Um dia Diego convidou uma daquelas gringas sabe-tudo, e ela me perguntou por que tudo no México leva frango. Eu nunca havia pensado nisso. O frango é a base de nossa alimentação. É por isso que não tenho

---

[1] Muito usado na culinária mexicana, é uma pimenta defumada preparada a partir do *chile jalapeño*. (N.T.)
[2] Pimenta de 3 a 5 cm fortemente picante. (N.T.)

dúvidas: o caldo de frango é mexicano; não importa se foi criado pelos franceses, com certeza era comprado no mercado de La Merced.

1 frango médio (aproximadamente 1 ½ kg)
2 litros de água
4 cenouras
2 batatas
1 maço de aipo
2 dentes de alho
¼ de cebola
2 pimentas grandes
½ xícara de arroz
2 limões
1 *chile serrano* picado finamente
coentro e cebolinha picados
totopos[3]

Numa panela, coloque a água, o frango já desmembrado, a cebola, o dente de alho, a pimenta, o ramo de aipo e sal e ferva tudo. Quando o frango tiver fervido por um bom tempo, acrescente as batatas cortadas em quartos, as cenouras e o arroz. Para servir, acrescente o coentro, a cebolinha e *totopos* pequenos e disponha ao lado limões cortados e o *chile serrano*.

---

[3] Pedaços de tortilla fritos ou torrados, crocantes, em geral de formato triangular. Acompanham feijão, molhos e o guacamole, servindo como colher. (N.T.)

Capítulo VII

Frida já completara vinte anos e precisou reaprender a andar, devagar, como uma equilibrista no arame. Nessa época, conheceu sua alma gêmea: Assunta Adelaide Luigia Modotti Mondini. Um nome endiabradamente complicado o de sua amiga fotógrafa, que todos chamavam de Tina, tão arrebatadoramente bonita quanto impulsivamente louca, um furacão de passagem pela terra que transformava tudo à sua volta. Tivera tantos homens quanto trabalhos: costureira, desenhista, atriz de teatro e de cinema em Hollywood. Comparadas com ela, todas as mulheres que Frida conhecera pareciam simples provincianas disfarçadas de modernas. Tina possuía a rudeza da rocha, sorriso de homem, olhos de gato, voz de adolescente e mãos de duquesa medieval. Era capaz não apenas de evocar o entusiasmo de viver, mas também de despertar os desejos carnais escondidos na mente de qualquer homem ou mulher; parte deusa, parte desejo, Tina era a própria vida.

"Na verdade, às vezes me confundo e não sei se amo mais o homem que faz amor comigo ou seu sonho de fazer a revolução", confessou Tina a Frida um dia.

As duas garotas compartilhavam a intimidade depois de uma súbita amizade forjada pela mesma paixão: a luta social. Sentiam-se comprometidas com a revolução mundial e eram militantes ativas do Partido Comunista Mexicano.

"E quem te satisfaz mais? O homem ou a revolução?", perguntou Frida, provocando, já que, quando se tratava de dizer verdades, ela não ficava atrás.

Desde sempre se interessara por questões políticas e, assim que se recuperou de seu acidente, dedicou-se totalmente à militância, abraçando o comunismo para afogar nele seus desamores. Ao descobrir Tina naquele ambiente, afeiçoou-se a ela.

"Certamente a revolução. E algumas mulheres", respondeu Tina, indo até esse extremo com suas verdades e pondo fim a seu discurso para beijar apaixonadamente Frida, que ouvia divertida as dissertações políticas e as aventuras românticas de Tina.

Era a ela e à sua convicção de que o comunismo era o futuro do México e do mundo que Frida devia sua filiação ao Partido. Em Tina descobriu também a amante que a faria esquecer Alejandro. Não teve dificuldade em apaixonar-se pela desconcertante italiana. Invejosas, as mulheres tachavam Tina de leviana e rebelde. E como não a invejar, se ela era a alma das reuniões de artistas e intelectuais que se congregavam em seu apartamento da Colonia de Roma: Orozco, Siqueiros, Rivera, Montenegro, Charlot, Covarrubias e a beldade Nahui Ollin?

Tina introduziu Frida naquele mundo de noites boêmias, nas quais se bebia tequila, cantavam-se *corridos* e, principalmente, falava-se de política. A amizade delas logo virou atração, e na cama de Tina as duas começaram a esperar a chegada de seus famosos convidados. Dessa maneira se protegiam, se ouviam, se reconfortavam, pois embora nelas se perfilasse um caráter de pedra, toda mulher é frágil por dentro quando não encontra um amor ao qual se aferrar.

"Vou lhe ensinar a fazer massas como aquelas que preparam as *donne* em Veneza", disse Tina, desempacotando os produtos que haviam comprado no mercado. Já haviam aberto uma garrafa de vinho e aguardavam que o calor da garganta as despojasse das inibições.

"E essas *donne* são tão lindas como você?", perguntou Frida, roubando uma raminho de manjericão do maço que Tina segurava na mão; em seguida roubou-lhe um beijo estalado da boca.

"Tão lindas como as mexicanas", respondeu, também roubando um beijo de Frida.

Seus olhos se cruzaram com a cumplicidade própria de duas meninas à beira de uma travessura.

Entre elas havia uma linguagem de carícias, sorrisos e brincadeiras que diziam mais do que os poemas cafonas com que toscamente alguns homens tentam conquistar as mulheres.

Tina estava empenhada em procurar algo entre seus papéis de cozinha e não parou até descobrir um lindo caderninho preto amarrado com uma fita. Ela acabara de ganhar de seu novo par, o jornalista Juan Antonio Mella.

"É para você, para que não se esqueça de mim."

"Por que me esqueceria de você?"

"Friducha, porque nada é para sempre. Você precisa de um homem que a proteja, que a ame... E comunista, é claro", disse-lhe Tina.

Frida parecia feliz, embriagada por sua nova vida, mas a solidão a oprimia o tempo todo. Talvez já tivesse esquecido seu trato com a mulher do véu e a pintura lhe servisse de consolo, mas o carinho andava escasso, e ela gostava dos excessos.

"Me apresente a Diego", atreveu-se a dizer Frida, lembrando-se de seus anos de estudante quando ficava encantada ao vê-lo pintar.

Tina acabava de posar nua para os murais de Diego em Chapingo e, certamente, acabara indo para a cama com ele.

"Diego é ruim para você, Friducha. Vai engoli-la e depois cuspi-la fora como se fosse um ogro."

"Quando era menina eu disse que ia dar um filho a Diego, mas minhas amigas orgulhosas disseram que ele era um gordo sujo. Não tem importância, pois decidi que vou dar-lhe um banho antes de deitar com ele."

Riram às gargalhadas, sem travas. Tina beijou as mãos de Frida com o carinho de uma irmã mais velha que a abençoa quando está prestes a casar-se. Era sua maneira de dizer que a aventura entre elas terminara e que suas vidas prosseguiriam com o conforto de se conhecerem melhor.

Abraçaram-se longamente, lembrando as horas que tinham permanecido nuas abraçadas, com o olhar fixo na lâmpada sem lustre, enquanto narravam suas vidas com piadas que só contavam entre elas. Afastaram-se para continuar cozinhando, pois se aproximava a hora da reunião daquele dia. Seus convidados podiam ser muito comunistas, mas não perdoavam a falta de um *taco* e uma tequila enquanto discutiam sobre como consertar o mundo. Antes de prosseguir cortando a verdura para a massa, Tina disse:

"Cedo ou tarde você vai se arrepender."

Sabia que Diego tinha um apetite descomunal pela comida e pelos corpos bonitos de mulheres jovens. Tina sabia também que Frida era frágil e queria protegê-la. Mesmo assim, naquela noite cumpriu sua promessa e apresentou-lhe aqueles que haviam sido seus amantes. Diego já estava bêbado quando chegou à reunião e à menor provocação sacou sua pistola e começou a disparar contra tudo aquilo que tivesse lampejos de imperialismo. A festa terminou quando destruiu o toca-discos com dois tiros. Frida se assustou um pouco com aquela atitude violenta, mas ao mesmo tempo ficou fascinada pela sensação de perigo que lhe provocava aquele ogro com olhos de sapo.

Dias depois se produziu o verdadeiro encontro. Numa tarde chuvosa, daquelas em que o céu da cidade do México chora como uma viúva melancólica, Diego estava trepado em um dos seus andaimes pintando um mural na Secretaria de Educação. Então ouviu a voz feminina que ressoava pelas paredes do edifício, como uma fada chamando-o lá de baixo:

"Diego, por favor, desça. Quero lhe dizer algo importante!"

Ele estudou sua interlocutora com os olhos anfíbios. Tinha aroma de carne fresca, deliciosamente formada para devorar seu corpo vigoroso, seu atraente rosto de olhos profundos e cabelo preto-carvão. Notou que as sobrancelhas densas se uniam, coroando o delicado nariz. Ao vê-las, imaginou duas asas de melro lutando para voar daquele rosto.

Diego desceu lentamente pelas tábuas e tubos. Quando chegou ao lado dela, percebeu o quanto era diminuta aquela mulher. Bem que Tina o dissera: um ogro e uma princesa.

"Não vim aqui me divertir com você, preciso trabalhar para ganhar a vida. Tenho alguns quadros que quero que você veja, mas não quero que venha se engraçando nem me cobiçando, porque, de mim, você não vai conseguir nada. Quero sua opinião profissional. Não desejo alimentar minha vaidade, por isso, se você achar que não posso chegar a ser uma boa artista, a gente talvez queime os quadros e toque em frente... Quer vê-los?"

"Sim."

Conforme ia mostrando suas pinturas, encostava-as contra a parede do mural, o que parecia formar uma graciosa metáfora do próprio casal: os diminutos óleos contra a opressora parede. Diego ficou impressionado. Sua reação foi transparente como a água. Em cada obra descobriu uma explosão de energia pouco usual, com linhas que brincavam com a ambiguidade do rigor e da delicadeza. Acostumado a criticar principiantes que utilizam truques para fazer-se notar, Diego não encontrou facilidades nem enganos. Era real cada centímetro da tela, transpirando a sensualidade da mulher e gritando sua dor.

Frida percebeu imediatamente a excitação de Diego. O entusiasmo saltava aos borbotões do rosto dele. Ela pôs as mãos na cintura e, como uma menina que dá bronca nas bonecas, ameaçou o artista apontando-lhe o dedo:

"Não quero elogios, quero ouvir sua crítica verdadeira."

"O que é isso, garotinha... Se você desconfia tanto da minha palavra, então por que raios vem me perguntar?", disse Diego, devolvendo-lhe o desplante.

Frida intimidou-se um pouco, mas logo retomou sua força.

"Seus amigos me disseram que se uma garota que não seja totalmente horrorosa lhe pede conselho, você diz a ela qualquer coisa para conseguir jogá-la no seu prato", grunhiu Frida enquanto recolhia seus óleos.

Diego a olhava sem detê-la, divertido diante daquela situação que o tirava da monotonia de seu árduo trabalho. Com as telas na mão, Frida virou-se para olhar o muralista e um longo e incômodo silêncio envolveu o recinto. De repente, o retumbar de uns saltos altos tirou os dois daquele devaneio. Era Lupe, a ex-esposa de Diego, que vinha chegando, com uma enorme cesta carregada de comida quentinha.

"E essa moleca quem é?", resmungou aquela mulher, na qual se encarnavam os atributos de uma escultura renascentista: alta, de peitos poderosos e ancas carnudas descansando sobre vastas pernas torneadas.

Sem ocupar-se da recém-chegada, Diego se dirigiu a Frida.

"Você deve continuar pintando. Comece a ensaiar algo em telas novas. Eu posso vê-las no domingo, quando não trabalharei."

"Moro em Coyoacán, Londres, 126", disse Frida e se afastou sem cumprimentar Lupe, que, ardendo de raiva, ficou examinando enciumada a garota.

"Essa vadia é a mesma que ia ver você no mural da Preparatória", disparou com ódio para aquele que fora seu marido.

Diego, satisfeito como um leão que acaba de engolir sua presa, confirmou:

"Ela mesma."

Quando Diego chegou à casa de Frida, deparou com uma construção similar à de uma fazenda, elegante e sóbria. Ajeitou o enorme chapéu de vaqueiro e bateu com aprumo no portão de madeira. Enquanto esperava, ouviu alguém assobiar o hino da Internacional Comunista. A canção, como caída do céu, choveu sobre ele como se viesse de um paraíso socialista. Assim que entrou na casa, deparou com Frida vestida com um roupão e trepada na copa de uma árvore catando limões. Ao vê-lo, desceu com pequenos saltos e, rindo, aproximou-se dele, pegou-o pela mão, como uma menina que deseja mostrar seus brinquedos a um adulto, e o levou até seu quarto, onde lhe exibiu o resto de suas obras. O rei sapo não sabia se deleitava-se mais com as obras ou com a mulher que acabava de conhecer. Guardou todas as palavras em seu coração, pois estava completamente encantado por ela. Frida sabia que o enfeitiçara e deixou-se cortejar.

Depois de várias visitas, Diego se animou a beijá-la debaixo de uma luminária fora da casa, como se faz com uma namorada inexperiente. Tanta força liberou aquele beijo que as luzes da rua se apagaram. Naquela noite, Frida se separou daquele homem dezoito anos mais velho que ela com a certeza de que algo extraordinário estava acontecendo. Durante um segundo, tão efêmero como um piscar de olhos, conseguiu ver a mulher do véu na esquina de sua quadra.

Seus amigos, incluindo Tina, que não sabia se chorava ou ria, ficaram surpresos ao saber que Diego pretendia casar com Frida. Mamãe Matilde não estava tão contente em saber que sua filha ia casar com aquele homem divorciado, mulherengo, que não gostava de padres;

em compensação, papai Guillermo deixou de lado sua frieza alemã e disse ao futuro genro:

"Vejo que você realmente se interessa por minha filha".

"Pois é claro, senão não estaria vindo da Cidade do México até Coyoacán para vê-la", respondeu Diego, como se a resposta fosse óbvia.

"Ela é um demônio", confessou-lhe papai Guillermo.

"Eu sei."

"Bem… É com o senhor, eu já avisei." Concluiu a entrevista com o noivo e foi ler no seu escritório. O matrimônio estava aceito.

***

As receitas de Tina

Para encher o bucho de todos aqueles glutões que chegavam ao apartamento de Tina, ela entrava com os tacos, e eles com a bebida e o tabaco. Era uma façanha preparar para todos. Púnhamos uma grande caçarola com macarrão, e Tina fazia vários molhos. Na mercearia da esquina, ao lado do Edifício Condesa, nosso lojista conseguia um grande queijo cotija defumado para substituir o parmesão. Era mais barato, e um pintor bêbado não reconhece a diferença.

Molho para massas com mexilhões, laranja e tomate

½ kg de tomate sem pele e sem sementes
2 colheres (chá) de azeite de oliva
1 cebola grande picada finamente
1 dente de alho amassado
½ colher (chá) de pimenta cortada

¾ de xícara de vinho branco seco
3 colheres (chá) de orégano
½ colher (chá) de açúcar
3 colheres (sopa) de suco de laranja
20 mexilhões limpos
2 colheres (chá) de raspas de casca de laranja
2 colheres (chá) de salsinha picada
sal e pimenta

Amasse o tomate descascado com um martelo de cozinha. Numa caçarola, aqueça o azeite e frite a cebola, o alho e a pimenta cortada por uns 5 minutos. Depois junte o tomate, um pouco de vinho, o orégano, o açúcar e o suco de laranja. Tempere com sal e pimenta e deixe ferver um pouquinho. Abaixe o fogo e deixe reduzir até que o molho fique espesso. Enquanto isso, coloque os mexilhões no forno com o resto do vinho branco, até que se abram. Em seguida, misture-os ao molho de tomate com a casca e o vinho em que cozinharam. Para servir, polvilhe por cima uma mistura de salsinha e raspas de laranja.

Molho de anchova e azeitona

200 g de azeitona verde fatiada
1 colher (chá) de filé de anchova bem picadinho
¼ de queijo parmesão ralado
½ xícara de nozes picadas em pedaços pequenos
1 colher (chá) de orégano
3 colheres (chá) de manjericão fresco
1 colher (chá) de salsinha picada
½ xícara de azeite de oliva puro
sal e pimenta

Misture a azeitona, a anchova, o queijo parmesão, as nozes, o orégano, o manjericão e a salsinha. Junte aos poucos o azeite, mexendo até obter uma pasta. Deixe repousar por 2 horas para que os sabores se misturem bem. Tempere a gosto com sal e pimenta e misture com a massa.

Tiramisù

Um dia Tina me disse que o nome desse doce vinha de uma expressão que queria dizer: "É tão bom, que eu quero que me jogue em cima".

Não sei se é verdade. Gostei e anotei, mas depois fiquei sabendo que na verdade queria dizer "me puxe para cima". Nunca se pode confiar num italiano, menos ainda se disser "te amo".

500 g de biscoito champanhe
200 g de creme de leite
250 g de ricota ou mascarpone
150 g de açúcar de confeiteiro
1 queijo cremoso
1 xícara de café expresso
3 colheres (sopa) de *brandy*
3 colheres (sopa) de licor de café
cacau o quanto baste

Bata muito bem o creme de leite com os queijos e o açúcar. À parte, misture o café, o licor de café e o *brandy* e embeba as bolachas nessa mistura. Numa travessa, coloque uma camada de bolachas umedecidas e uma camada da mistura de queijo e polvilhe com cacau. Vá repetindo as camadas até terminar com uma última camada de cacau. Deixe na geladeira por no mínimo 2 horas.

Capítulo VIII

Frida se apaixonou por Diego da forma que as mulheres se rendem diante dos homens que só lhes trazem dor: como uma perfeita idiota. Desde o momento em que decidiu que Diego seria sua nova razão de viver, Frida decidiu guardar coração, olhos e tripas no armário de sua cabeça, colocar-lhe o nome de Diego, fechá-lo a chave e atirá-lo no rio da paixão. Agora que se cumprira o sonho de que o máximo representante intelectual do México rendesse homenagens a ela, uma efêmera pomba com a pata ferida, não só seu ego crescera, mas também sua cabeça se enchera de absurdas teorias, e ela se sentiu elevada ao Olimpo onde esse deus sapo governava, convertendo-a numa deusa, pelo menos para ele.

Tinha sido difícil para ela voltar a apaixonar-se depois do rompimento com Alejandro. Suas efêmeras relações sexuais com outros homens e mulheres serviram-lhe apenas para apaziguar a brasa que começara a arder desde o acidente, mas, por mais que seu corpo se entregasse a seus companheiros, ela não conseguia abrandá-lo. Com Diego, tudo foi diferente, pois por fim encontrara alguém afim em inteligência, com quem sua mente perspicaz e pouco convencional nunca se entediava. Confirmou isso quando ouviu Diego dizer: "Frida, prefiro cem inimigos inteligentes a um amigo idiota".

Parecia que nunca chegariam a cansar-se um do outro, tinham uma infinidade de temas em comum sobre os quais conversavam à tarde; ela sentada debaixo da estrutura do andaime, ele pintando: desde o realismo socialista, a luta do proletariado, a arte e as fofocas apimentadas dos conhecidos.

Um dia chegou Lupe, a ex-mulher de Diego, para discutir algum assunto relativo às filhas deles. Ali viu que Frida já não se vestia mais com a elegante blusa branca com decote nem com a saia preta. Estava se transformando aos poucos, como se tivesse entrado num casulo de mariposa. Usava uma camisa simples vermelha, com um reluzente broche de uma foice e um martelo, calça de brim e jaqueta de couro, livre já de todo símbolo da banalidade da moral burguesa.

"E essa moleca? Os pais já lhe deram autorização para ficar até tão tarde?", comentou, venenosa, lançando um olhar de faca recém-afiada.

"Lupe, eu vou me casar com Frida. Pedi a mão dela", gritou Diego das alturas, com seu sorriso jovial.

Frida arqueou sarcasticamente as densas sobrancelhas e colocou no rosto a careta de triunfo.

"Me pediu ontem à noite", confirmou Frida.

Lupe soltou um pontapé no andaime e deu meia-volta, presenteando com um conselho a próxima mulher de Diego:

"Ele é tão propenso ao amor como um cata-vento".

Frida não lhe deu importância, ela se sabia vencedora. Assim, coroados como os deuses artistas do proletariado, decidiram consumar sua união como dignos militantes do Partido Comunista: com uma cerimônia muito simples, muito parca, muito alegre e regada a muito álcool.

A festa foi em 21 de agosto do último ano da década de 1920. Frida pensou muito em como preparar os festejos, era a última filha solteira da família e, seguindo seu costume de ser diferente, queria surpreender a todos. Pediu à empregada uma de suas longas saias cor de caramelo. Depois procurou entre as roupas da moça oaxaquenha uma blusa que ainda tivesse o cheiro da cozinha onde preparavam o *mole*, os pães e as *torrejas*.[1] Por último, um xale, símbolo da maternidade mexicana, mas também das revolucionárias, mulheres fortes e altivas que não hesitavam em enfrentar a morte a fim de salvar seu homem. Fez uma trança atrás da cabeça, com a risca no meio, pois achava que sua Madrinha iria aprovar aquele penteado. Acomodou a perna raquítica num sapato gasto porém lustroso. Assim se dirigiu ao cartório de Coyoacán com o único parente que a acompanhou:

---

1 Doces feitos com lâminas irregulares de massa de farinha com ovos, manteiga e sal, que são fritas e depois polvilhadas com açúcar. (N.T.)

papai Guillermo, que, orgulhoso, a conduziu pelo braço pelas ruas de pedra do bairro, inclinando o rosto à guisa de saudação quando encontrava algum conhecido. Ali estavam o espanhol da cantina, que exaltou a beleza da noiva; a vendeira da esquina, que lhe deu de presente uma rosa; e o policial, que descarregou a fumaça de seus pulmões numa baforada para cumprimentá-la.

Num austero escritório, no qual só cabia a elegância de um retrato do presidente da República, já esperava por eles o tabelião de Coyoacán, com um corte de cabelo espalhafatoso, gravata tão larga como um xale e hálito de bebida alcoólica, pois combinava o trabalho de funcionário público com o de comerciante de pulque.[2] A seu lado, orgulhosas, as testemunhas enrolavam com as mãos a aba do chapéu como se fosse um *taco*: um cabeleireiro, um médico homeopata e o juiz da comunidade. Para receber a noiva, o máximo pintor mexicano vivo, calçado com botas de mineiro que pediam aos gritos uma graxa, calça pula brejo acima do umbigo para evitar que caíssem por causa da grande pança, camisa que em algum ano foi passada a ferro, paletó de lã, gravata da largura de um xale e chapéu que não conseguia esconder o cabelo arrumado às pressas no barbeiro. A seu lado, tão bonita que chegava a incomodar a vista, Tina, que se vestira de forma bastante sedutora para fazer o papel de madrinha.

"Estamos aqui reunidos para realizar o casamento do senhor Diego Rivera e da senhorita Frida Kahlo...", começou o tabelião a recitar, usando o mesmo tom de um discurso de encerramento de campanha eleitoral. Depois enveredou pela epístola de Melchor Ocampo, ressaltando os elementos machistas que provocavam comichões em Frida e a faziam virar de lado com um sorriso maroto procurando a cumplicidade de Diego. Uma vez terminada toda a falação, o tabelião convidou o casal a beijar-se, ato que foi aplaudido pelos presentes. Vieram então os cumprimentos e apertos de mão. Papai Guillermo chegou perto de Diego, ofereceu-lhe a mão, e, como dois cavalheiros, fizeram um cordial cumprimento.

---

2 Bebida típica mexicana, alcoólica, feita do licor de *maguey*, uma variedade de agave. (N.T.)

"Perceba que minha filha é uma pessoa doente e que ficará assim a vida toda; é inteligente, mas não é bonita. Pense nisso, se quiser; ainda é tempo."

O abraço com que Diego lhe respondeu foi tão forte que o levantou do chão. Ambos desataram em sonoras gargalhadas, até que Diego soltou seu sogro e, embriagado pelo momento, decidiu brindar com um dos pulques do tabelião:

"Senhores, não é verdade que tudo isso é puro teatro?"

A festa continuou no terraço do apartamento de Tina. Entre a roupa dependurada da última baciada dos vizinhos havia centenas de bandeirinhas de papel com pombinhas que levavam mensagens de amor, corações apaixonados e lembretes de que a união de dois seres é a finalidade de nossa estada neste mundo. As cores borbulhavam com o vento, brigando para aparecer nas mesas decoradas com papel de seda. O aparelho de jantar já esperava os suculentos pratos disposto em toalhas de contrastes. Era um jogo de jantar simples, digno de um casamento de aldeia: barro, esmalte e tinta verde, ornado com diversos animais.

Os noivos chegaram a esse recinto tão folclórico para a festa. O tabelião de Coyoacán presenteou-os com vários litros de pulque, havia *curados*[3] de salsão e de atum, que junto com sua melhor companheira, a tequila, tornaram o folguedo um pouco explosivo. Quando chegaram os convidados, que foram muitos e muito diferentes, os pratos já estavam quentinhos, prontos para a farra. Toda classe de delícias competiam entre si, algumas preparadas por Lupe, outras compradas no mercado. A briga era dura, pois tudo parecia apetitoso e não era fácil decidir com que encher a barriga. Havia o autêntico *molé*[4] oaxaquenho, com seu obrigatório peru, e, para acompanhar, *tamales* de feijão. O arroz como centro de tudo, vermelho e com verdurinhas. Pimentões recheados em molho de tomate, e aqueles

---

3 Bebidas à base de pulque, leite condensado e frutas ou, como neste caso, salsão ou atum. (N.T.)

4 Um dos pratos mais famosos da cozinha mexicana: cozido com um molho complexo, com grande variedade de pimentas, cravo, tomilho, orégano, gergelim, amendoim, folha de abacate, alho e chocolate. (N.T.)

que parecem arvorezinhas, os *huauzontles*,[5] cobertos e recheados de queijo. Para rematar, uma deliciosa coleção de suculentas sobremesas, que atraíam um bando de abelhas que chegaram ao banquete sem ser convidadas: bolinhos, doces de leite, frutas cristalizadas, pudins, tortas e *chongos zamoranos*.[6]

As culpadas desse carnaval de tentações gastronômicas foram Tina, que encomendou o preparo às vendedoras do mercado da *calle* de Puebla, e, por incrível que pareça, Lupe, que mantinha uma estranha relação de amor e ódio com seu ex-marido. Ela mesma preparara vários pratos, surpreendendo a própria Frida ao mostrar-se tão interessada.

Diante dos olhos de felicidade de Frida desfilaram pratos e amigos. Todos eles seguiram o costume da província, mandando os talheres às favas e comendo os pratos com uma pilha de *tortillas*, uma cerveja e um copinho de tequila, pois só no México a *tortilla* é ao mesmo tempo colher, prato e acompanhamento.

Ao cair da noite, quando os *mariachis* já cantavam apenas canções de dor de cotovelo para a embriagada plateia, dependuraram um monte de lanternas de papel, e o ambiente se encheu de reflexos coloridos. Diego mal conseguia ficar em pé e arrastava as palavras pelo apartamento com seu hálito alcoolizado. Assim, Frida o deixou com sua versão triste de um revolucionário experiente e foi sentar à beira do terraço do bonito edifício vitoriano para contemplar a avenida. Alguns motoristas noctívagos passavam com seus carros pela arborizada Colonia Roma. O alarido das gralhas procurando um lugar para dormir terminara havia alguns minutos. Estavam apenas ela e seu futuro. Ao pensar nisso, tomou de um copo a tequila que trazia na mão e brindou com aquela que desde algum lugar a acompanhava. Então, naquele momento de introspecção, pensou na frase que anotou no caderno que Tina lhe dera de presente: "Tenha coragem de viver, pois qualquer um pode morrer".

---

5 Planta herbácea nativa do México, da família das amarantáceas, aparentada com a quinua. (N.T.)
6 Sobremesa tradicional de doce de leite. (N.T.)

Suspirou satisfeita ao sentir-se afortunada por tudo o que estava vivendo. Pena que seus pensamentos estivessem equivocados, pois como toda tragédia que se disfarça de festa, a noite terminou mal: Lupe a rondava com uma tequila na mão e a inveja na alma. Aproveitou uma pausa dos *mariachis* para soltar um grito aos presentes. Todos aguçaram olhos e ouvidos para vê-la. Plantou-se ao lado de Frida, que não suspeitava de suas más intenções e, sem dizer um pio, levantou-lhe a saia até a calcinha, gritando com despeito:

"Vejam esses dois pauzinhos que Diego tem agora! Muito diferentes das minhas belas pernas!" E, como se fosse um concurso, exibiu as próprias pernas e todos puderam admirar-lhe as torneadas panturrilhas.

Definitivamente, Frida tinha pouco a oferecer nesse quesito. Lupe deu um grunhido, xingou a mãe de Frida e saiu da festa de maneira dramática. Os *mariachis* começaram a cantar tentando aliviar o clima. Como se isso não fosse suficiente para fazer Frida chorar, seu próprio marido terminou de estragar a festa de casamento: ainda estava fresco o desplante de Lupe quando Diego, para lá de bêbado, sacou seu revólver de valentão e começou a brigar com um convidado.

Frida foi embora enxugando as lágrimas no xale. Seu pai a levou para a casa de Coyoacán. Ao chegar, trancou-se no quarto e afogou o pranto no travesseiro. Na festa, só deram pela falta dela quando a briga terminou, mas isso não impediu que Diego continuasse a bebedeira.

Passaram-se vários dias antes que Diego a levasse a morar com ele. Se Frida soubesse ler os acontecimentos, teria vislumbrado as penas e os dissabores que o destino lhe reservava. Mas estava cega, parecia ter se esquecido de que na noite de seu casamento, ao adormecer, uma voz feminina lhe sussurrara: "A dor está apenas começando, mas você aceitou que fosse assim".

Meu casamento

Para a mulher, o casamento é o auge do sonho infantil, o fim das brincadeiras de boneca que tomam chá e simulam a vida dentro de uma casa de madeira com utensílios de brinquedo. O casamento é quando todas nós nos tornamos rainhas, quando nos rendem homenagem... São baboseiras, simples e pura idiotice. São sonhos capitalistas para comprar um vestido hipocritamente branco, distante de nossa imaculada virgindade. Meu casamento foi no meio do povo e para o povo. Meu casamento fui eu. Os outros, aqueles que não gostaram, que se danem. Era meu casamento, e eu mandava. A mulher sempre deve mandar em seu casamento, mesmo que ninguém vá com a cara dela.

Mole poblano

Há uma infinidade de histórias a respeito da origem do mole. *Para mim, são todas mentiras, e a indecente Igreja quer roubar para si o crédito. Mas dizem que foi em Puebla, quando um bispo, certamente gordo e safado, pediu a umas freiras dominicanas que preparassem um prato de qualidade para servir ao vice-rei da Nova Espanha que lhes faria uma visita. As freiras começaram a experimentar, e quando uma viu como a outra moía todos os ingredientes, comentou: "Pero cómo mole" ("Nossa, como mói"). Eu gosto porque é a união das duas culturas das quais viemos: a espanhola, com a amêndoa, o cravo e a canela; e a indígena, com a grande variedade de pimentas e o cacau. É um prato para celebrar.*

15 pedaços de frango cozido ou 1 peru grande em pedaços
5 *chiles chipotles*
12 *chiles mulatos* limpos e sem sementes
12 *chiles pasilla* limpos e sem sementes
10 *chiles anchos* limpos e sem sementes
450 g de manteiga

5 dentes de alho médios
2 cebolas médias fatiadas
4 *tortillas* duras partidas em quatro
1 pãozinho frito bem dourado
125 g de uva-passa
250 g de amêndoa
150 g de gergelim
½ colher (sopa) de anis
1 colher (chá) de cravo-da-índia em pó ou 5 cravos de cheiro
1 baga de plátano macho
150 g de amendoim
1 colher (chá) de sementes de coentro
25 g de canela em casca
1 colher (chá) de pimenta-do-reino preta moída
3 tabletes de chocolate de *metate*[7]
250 g de tomate descascado e picado
açúcar

Aqueça 300 g da manteiga numa panela e passe os *chiles* por ela. Transfira-os em seguida para uma panela com água quente e deixe ferver até que fiquem macios. Na mesma manteiga, frite ligeiramente o alho e a cebola. Acrescente a *tortilla*, o pão, a passa, a amêndoa, as sementes das pimentas, metade do gergelim, o anis, o cravo, a canela, o chocolate e o tomate e frite tudo muito bem. Adicione as pimentas escorridas e frite por mais alguns segundos. Para facilitar o trabalho, pode-se ir fritando por turnos. Triture tudo no *metate*.[8] Uma vez obtida a pasta, frite-a na manteiga restante, junte o caldo em que cozinhou o frango ou o peru, tempere com sal e açúcar e deixe reduzir até ficar espesso. Acrescente os pedaços de frango ou peru e sirva polvilhado com o restante do gergelim tostado.

---

7 Chocolate artesanal. (N.T.)

8 Morteiro de pedra de formato retangular, típico do México, em que se mói entre outras coisas o cacau. (N.T.)

Tamales de feijão

Se houver mole de peru, então tem que haver tamales de feijão. É o casamento perfeito, e o arroz faz o papel da amante, que todo casal de respeito deve ter.

¼ de kg de feijão preto não muito cozido
¼ de kg de *pipián*[9] em pó
1 pitada de folhas de abacate em pó
50 g de gergelim
chiles de árbol[10]
350 g de manteiga
1 kg de farinha de milho grossa
30 palhas tenras de espiga de milho para *tamales*
sal

Escorra o feijão. Numa frigideira, doure o *pipián*, o gergelim e as pimentas e depois triture tudo. Junte a folha de abacate em pó para dar sabor, mexendo tudo e temperando com sal. Bata a manteiga com uma pá de madeira até dobrar de volume e obter um creme leve e esponjoso. Acrescente a farinha e continue batendo até que, ao colocar uma bolinha num copo de água, esta flutue. Tempere bem com sal e prepare os *tamales*, fechando-os muito bem para que o recheio de feijão não escape. Acomode-os numa panela para cozimento a vapor. Tampe e deixe cozinhar no vapor por 1 hora.

Arroz à mexicana

1 xícara de arroz
azeite de oliva

---

9 Molho preparado com sementes de abóbora (ou gergelim ou milho) moídas junto com pimentas. (N.T.)

10 Ou pimenta de árvore, é uma pimenta de 5 cm, de cor vermelha, muito picante. (N.T.)

caldo de frango
1 cenoura em cubinhos
1 xícara de ervilha
batatas em cubinhos
2 tomates médios
1 pedaço de cebola
1 dente de alho
sal

Numa panela com água fervente, coloque o arroz de molho por 10 minutos. Escorra e deixe no sol por 15 minutos. Numa panela, aqueça bem bastante azeite. Quando estiver bem quente, frite o arroz junto com os legumes. Enquanto isso, triture o tomate, a cebola e o alho com um pouco de água, junte o tomate moído e coado e tempere com sal. Quando vir o azeite ferver por cima do molho de tomate, acrescente 2 xícaras de caldo de frango, tampe e cozinhe até que o líquido se consuma.

Capítulo ix

Lupe, a Nêmesis de Frida em seu amor por Diego, era atrevida, um osso duro de roer. Daquelas pessoas que ninguém quer ter como inimiga. Era uma verdadeira guerreira: em toda a sua vida lutara pelo que desejava e continuaria a fazê-lo. Assim, quando se encontrou com a nova mulher de seu esposo, a confrontação entre as duas foi similar a um choque de locomotivas. A desvantagem de Frida era que Lupe tinha muito mais experiência, contava com uma grande quilometragem percorrida a todo vapor: estudara em colégio interno de freiras, mas tendo consciência de que era jovem e bonita, confeccionava para si vestidos da última moda e ia exibi-los na esquina da catedral de Guadalajara para que o vento levantasse a saia e revelasse as pernas torneadas, provocando escândalos e despertando desejos entre os rapazes da cidade. Isso acontecia na época em que Diego estava autoexilado na Europa, em protesto pelo rumo que o governo no México tomara. Ele já era um pintor famoso e, ao voltar, conheceu a enigmática e bonita Lupe Marín, que o prendeu como uma feiticeira que lhe tivesse dado de beber *toloache*.[1] Chegou a idolatrá-la de tal maneira que a retratou como a própria Eva em seu mural *A criação*, da Escola Nacional Preparatória. Seu casamento fracassou, sem dúvida, graças ao interminável desfile de amantes de Diego. Mas bem que ela se vingara de cada uma de suas infidelidades, ministrando-lhe duras surras por andar fora da linha; chegou mesmo a tentar matá-lo com um morteiro que usava para triturar os molhos ao saber que ele se deitara com Tina Modotti.

Diego deixou Lupe com duas filhas para alimentar, Guadalupe e Ruth, quando decidiu ir para a Rússia. Ela o avisou duramente:

---

[1] *Datura inoxia*, também conhecida como peiote, mescalina, ou "erva do diabo". (N.T.)

"Você vai sair com as suas russas gostosas, mas quando voltar não vai mais me encontrar".

E cumpriu a promessa. Já separados, Diego não deixou de ir comer na casa de Lupe e de lhe contar sobre suas amantes. Ela disfarçou bem o ciúme quando ele confessou-lhe que estava apaixonado por Frida. Embora Lupe já vivesse com o poeta Jorge Cuesta, estava convencida de que Diego era como o álcool, e ela uma alcoólica: nunca poderia desvencilhar-se dele. Assim, numa manhã de março, Lupe e Frida bateram de frente quando a bonita *tapatía*[2] entrou como um vendaval na casa do novo casal sem avisar. Frida ficou em pânico diante da presença daquela mulherona e a seguiu perguntando os motivos daquela intromissão.

"Vim cozinhar para o Diego, porque ele já me contou que você não está dando conta", grunhiu, enquanto procurava apetrechos de cozinha e alimentos.

Arregaçou as mangas do vestido, colocou um avental e, com a força de um viking furioso, empurrou Frida, fazendo-a cair de supetão sobre as nádegas. Começou a picar cebola e a xingar a mãe dela pelos poucos utensílios que havia naquela cozinha.

Frida ficou um minuto de pernas abertas no chão, vendo como sua cozinha era violada por aquela mulher, e não que lhe importasse muito aquela parte da casa, muito menos lhe atribuía algum *status* sagrado, mas havia códigos que todos deviam respeitar: nunca remexer na bolsa de uma mulher, não desejar o namorado da amiga e, menos ainda, tirar uma esposa da própria cozinha. Levantou-se com dignidade, ajeitando o cabelo a fim de estar apresentável para a surra que pretendia aplicar àquela intrusa. Fechou os punhos e, apesar de pequena, partiu para cima, brava como um *chile habanero*, correndo até Lupe, arrancando-lhe a faca da mão e a empurrando até o fogareiro.

"Aqui a única que prepara o jantar de Diego é a mulher dele! E você já deixou de ser há muito tempo, por isso, se não quiser que eu faça picadinho de você com essa faca, é melhor enfiar o rabo entre as

---

2 Natural de Guadalajara, capital do estado mexicano de Jalisco. (N.T.)

pernas e cair fora rapidinho da minha casa", gritou Frida, começando ela própria a picar a cebola.

Frida vencera o primeiro assalto, mas Lupe não se deixou intimidar: colocou uma panela velha em cima do fogo e começou a ferver água. Aos poucos, foi jogando dentro as verduras que encontrou, desbotadas e secas.

"Você não consegue esquentar nada para ninguém, com certeza, ou queima ou deixa morno. A mulher deve saber se virar bem na cozinha para que o homem perca o desejo... de ir comer em outra casa", respondeu Lupe com cara de nojo, atirando com a delicadeza de um arremessador de beisebol duas cebolas que já estavam começando a embolorar. Frida não quis ficar atrás: arrancou da mão dela o resto dos legumes e os atirou com força na panela, salpicando a roupa de Lupe.

"Então, deve ser por isso que, quando você estava com Diego, ele sempre preferia comer fora. Vai ver que ele não gostava de comer peito de galinha todo dia."

Frida não conseguiu conter um sorriso maroto ao ver a adversária calada. Lupe deu um grito, sinalizando que a guerra mal começara. Pegou um par de ovos, plantou-se na frente de Frida e os abriu com a delicadeza de um *chef* sobre a cabeça da rival.

"Não, queridinha, aqui a do tempero sou eu, dá para ver que agora o Diego, quando quer jantar, não pode contar nem com um par de ovos", pegou outro ovo e o quebrou no busto de Frida, que, ao sentir a clara escorrendo pelo peito, ergueu uma sobrancelha com cara de forno pronto para receber o assado. Sem perder a compostura, pegou um pote de farinha e o despejou em cima de Lupe até deixá-la enfarinhada como um pãozinho de aldeia.

"Diego gosta da carne que fica grudada no osso, porque diz que a gordura faz mal à saúde e depois sente nojo quando arrota com gosto de torresmo", disse Frida com firmeza.

Lupe presenteou-a com um sorriso maligno que preencheu o quarto com o ódio que apenas duas mulheres de personalidade forte podem alimentar uma pela outra. Foi até a desabastecida despensa e a vistoriou em busca de algum produto que pudesse atirar em Frida, mas só encontrou café rançoso, pão velho e um pote com leite azedo. Usou todos para decorar Frida.

"Moleca indecente, já, já Diego vai perceber que você é fogo de palha e, ao primeiro tesão, vai se atirar em cima de uns bons mamõezinhos papaias, coxas recheadas, boca molhadinha e olhinhos como dois *tacos*... mas sem pelos!"

"Você é pior que um cozido de legumes que deixa a gente saturada de pimenta mas não satisfaz."

"Você é um bife duro comunista."

"E você é uma almôndega sem graça."

"Panqueca de mulher macho."

"Linguiça de quinta categoria."

Já não havia mais comida, e o caldo começou a ferver e transbordar, escorrendo pelo forno. A espuma deslizou entre as frestas até consumir as chamas e abrandar o ódio entre as duas mulheres. Ao verem a desordem, foram atingidas por um sopro de razão e, em uníssono, soltaram uma sonora gargalhada, que durou tantos minutos que um vizinho apareceu na janela para certificar-se de que não havia nenhum crime para testemunhar. De tanto rir, as lágrimas escorreram entre a farinha, o café e as gemas arrebentadas, e como as duas estavam completamente sujas, não tiveram escrúpulos de abraçar-se como duas pivetes felizes com a travessura. Frida ofereceu um cigarro a Lupe e sentaram para fumar entre os despojos da batalha de legumes.

"Sua cozinha é uma merda", disse Lupe. Frida a olhou, inconformada, pois achava que os insultos tivessem terminado, mas, ao ver que ela puxou um maço de notas e lhe entregou, compreendeu que falava a sério: "Vamos até a Merced comprar panelas, frigideiras e as coisas necessárias para preparar a comida de que Diego gosta. Você vai ver, vai chegar uma hora em que você vai deixar de ser a razão de ele voltar para casa toda noite, por mais jovem e bonita que seja. Portanto, dê-lhe outra razão: veja bem, ele é um gordo caprichoso, agarre-o pela barriga, ou pela boca, como a um peixe. Quando ele provar o molho, faça com que goste tanto que prefira ficar para o requentado a ir atrás de uma gringa."

Nunca imaginou que fosse ouvir aquelas palavras de Lupe, mas viu que eram sinceras e generosas, pois o olhar dela confirmava isso. Frida tragou longamente seu cigarro e ruminou uma infinidade de perguntas: Como vou saber se Diego não me ama mais? O quanto devo perdoá-lo? Até que chegou à pergunta mais importante:

"Você acha que se pode prender alguém com a comida? Que, com um bom banquete, o homem vai atender seus desejos como se você o tivesse enfeitiçado com uma poção mágica?"

"Eu sei que um jantar bem preparado é melhor que uma trepada. Você põe uma coleira no homem pelas trepadas ou pelos cozidos", respondeu com seu sotaque de Guadalajara, como se fosse um importante dogma de fé. "Eu vou lhe ensinar a usar a mesa para que qualquer homem lhe renda homenagens."

"E o que eu vou lhe dar em troca? Só tenho meus quadros."

"Não é má ideia... Quem sabe algum dia você possa fazer um retrato meu", respondeu Lupe. Levantou, apagou o cigarro sob o sapato e acrescentou: "Se bem que também não cairia mal uma boa amiga. Alguém com quem pudesse me queixar desse sapo barrigudo. Vamos preparar esse prato que vai levar você ao alto do Olimpo, mas, para isso, precisamos de boas panelas".

Frida aceitou a ideia de ser de novo estudante, de adentrar aquele mundo de alquimias e sabores. Além disso, se aprendesse a cozinhar, poderia levar o almoço para Diego no trabalho, como era comum entre os camponeses mexicanos, cujas mulheres levavam até o campo de cultivo os deliciosos pratos preparados com amor. Mas também lhe daria a oportunidade de entabular amizade com aquela aguerrida mulher e de preparar oferendas deliciosas para sua Madrinha no Dia dos Mortos, sua festa anual, e assim talvez pudesse ganhar dela mais alguns anos de vida.

"Então?"

"É verdade que os *chiles en nogada* vão sem nada por cima?", perguntou Frida.

Lupe não respondeu, o sorriso de ambas foi mais que suficiente para compreender que já estavam enfiadas no mesmo mundo de especiarias, molhos e caldos. Literalmente fora até o fundo da cozinha, aquele lugar mágico onde suas mulheres se unem para falar de suas dores, seus amores e suas receitas de comida.

Antes de sair para ir ao mercado comprar os utensílios, Frida procurou um caderno para anotar as receitas de Lupe e, talvez porque estivesse marcado pelo destino, pegou o primeiro que apareceu: aquele caderno lindamente encapado de preto que Tina lhe dera de presente antes do casamento.

Não só aprendeu a cozinhar, mas também chegou a superar a mão de Lupe. A amizade das antigas rivais prosperou a ponto de passarem a morar em apartamentos vizinhos, com os respectivos esposos e as filhas de Diego. Quando Lupe e Frida cozinhavam, mal cabiam nas pequenas cozinhas. Lupe enchia todo o espaço com seu corpo volumoso, e Frida, com suas amplas roupas de tehuana. Tal como prometeu, Frida pintou o retrato de Lupe e lhe deu de presente, mas, anos depois, a inflamada nativa de Guadalajara, num ataque de raiva, iria destruí-lo. Depois lamentaria o feito.

Poucos dias após o início das aulas de culinária, Frida aprendeu a levar comida para Diego no trabalho, numa cesta decorada com flores na qual os pratos iam envoltos em guardanapos que ela mesma bordava com frases como "Te adoro".

Os *chiles en nogada* de Lupe

Não existe prato mais mexicano do que este. Dá vontade de cantar corridos *e de ouvir* mariachis. *As cores da bandeira estão plasmadas nele, e tudo por causa das imaginativas freirinhas provincianas. Seu preparo deve ser uma festa, assim como a independência é uma festa. Quando os preparávamos, juntava minhas irmãs e os filhos delas para descascar as nozes, fazer fofocas e tomar uns tragos. É tão maravilhoso o processo quanto o sabor.*

12 pimentões
sementes de 1 romã

Para o recheio
500 g de pernil de porco
4 xícaras de água
¼ de cebola em um só pedaço
3 dentes de alho inteiros
2 dentes de alho picados
¾ de xícara de cebola picada finamente
2 xícaras de tomate descascado e picado
1 colher (chá) de canela em pó
5 cravos-da-índia
1 maçã sem casca picada
1 pera grande sem casca picada
1 pêssego amarelo grande ou 3 pequenos picados
1 banana grande sem casca picada
60 g de uva-passa
60 g de amêndoa sem pele picada
1 cidra cristalizada picada

Para a nogada
1 xícara de nozes frescas descascadas e picadas
1 xícara de creme de leite espesso
1 xícara de leite
185 g de queijo fresco
açúcar, canela e sal
salsinha para decorar

Asse os pimentões, remova a pele e as sementes, com cuidado para não os rasgar. Para o recheio, coloque numa panela o pernil, a água, o ¼ de cebola, os dentes de alho inteiros e um pouco de sal e deixe ferver. Quando abrir fervura, baixe o fogo e deixe cozinhar por uns 40 minutos ou até que a carne esteja cozida e possa ser desfiada facilmente. Numa panela à parte, coloque óleo e refogue a cebola e o alho picados. Junte a carne desfiada e o tomate e tempere. Acrescente o cravo e a canela e, ao final, as frutas nesta ordem: maçã, pêssego, pera, banana e cidra. Acerte o sal. Se ficar muito seco, junte um pouco do caldo em que cozinhou a carne. No final, misture a passa e a amêndoa. Para fazer a nogada, triture todos os ingredientes e acrescente à mistura um pouco de leite, até deixar espesso. Recheie os pimentões com a carne e coloque numa travessa decorada com salsinha. Banhe com a nogada e termine decorando com as sementes de romã.

Capítulo X

Para Frida, os primeiros meses como mulher de Diego foram muitos felizes. Em cada minuto que passava com ele, encontrava paixão nas palavras, na arte e no corpo de seu homem. Desde o dia do casamento, todas as madrugadas terminavam com sua saia de babados sendo retirada e os peitos desalojados da blusa do istmo, para deixar-se apossar de luxúria. Riam muito, brincavam mais ainda. Exploraram cada parte do corpo como crianças que descobrem o *playground*. Conseguiam na intimidade invocar prazeres, estremecimentos e centelhas com o simples roçar de mãos, a troca de olhares ou a redação de uma carta de amor. No quarto, junto ao majestoso vulcão Popocatépetl, onde passavam suas noites impetuosas, recendia o frescor do sexo e do carinho recém-cozido. Entre as exóticas aves do vale, entoava-se a *Internacional* enquanto se banhavam juntos para depois voltarem a cobrir-se de suor, mordiscando as frutas que toda manhã Frida colocava numa grande vasilha. Sapotis, mangas, graviolas e *capulines*[1] acordavam com eles desfrutando a vida.

Uma versão moderna de Adão e Eva, pois, recém-casados, foram enviados ao paraíso: Cuernavaca. Os traços pictóricos de Diego despertaram a admiração do embaixador americano Morrow, que, depois de enchê-lo de elogios, encomendou-lhe um mural para o antigo Palácio de Cortés, onde séculos antes tivera lugar outro trágico amor: o do conquistador Hernán Cortés e sua tradutora e amante, Malintzin. Assim, Diego e Frida celebraram a lua de mel na cidade da eterna primavera, santificada por uma circunstância demasiado irônica: a apreciação do máximo representante do império capitalista pela obra do mais famoso pintor comunista do México. O diplomata

---

[1] *Prunus virginiana*, espécie de ameixa nativa do México e do sul dos EUA, conhecido em inglês como *chokecherry*. (N.T.)

foi quem convenceu Plutarco Elías Calles a mudar a Constituição para favorecer as empresas norte-americanas exploradoras de petróleo e, como agradecimento, pagou com um mural contra o imperialismo. Foi então que Frida percebeu que Diego podia ser muito vermelho, mas que seus olhos cresciam quando ouvia falar em dólares. Seu apetite por comida e mulheres também se estendia à moeda norte-americana; para o obeso pintor, não havia dinheiro nem patrão ruim, mesmo que fosse a antítese do que ele pregava. Para selar o trato, o embaixador emprestou sua casa de campo para que Frida e Diego se hospedassem durante a realização do mural. Foi assim que desfrutaram seus primeiros dias de casados, rodeados pelo canto das aves e pelo aroma das frutas, olhando os dois vulcões nevados que pareciam, segundo a antiga lenda, o guerreiro à espera do despertar desejado de sua amante adormecida.

Durante aqueles dias de sonho, Frida passava a maior parte do tempo aos pés do andaime no qual Diego trabalhava, contemplando o mural em que pouco a pouco se delineavam a brutalidade da Conquista e o triunfo da Revolução Mexicana, representada na figura de Emiliano Zapata. Nos momentos livres, desfrutava a casa do embaixador, uma obra arquitetônica digna de ser saboreada com calma: tinha um belo jardim com fontes, flores, bananeiras, palmeiras e buganvílias. Também se dedicava a pintar quadros, que mantinha ocultos dos olhares alheios. De vez em quando, algum amigo da capital ia visitá-los; então o levavam a passear pelos arredores e terminavam a noite com tremendas bebedeiras. Incrivelmente, Diego saía na manhã seguinte para pintar, como se nada tivesse acontecido. Seus amigos não conseguiam acompanhar-lhe o ritmo, tão transbordante era a energia do casal.

Num daqueles dias de folga, decidiram ir ao Tepozteco, o monte, que abriga no cume uma pirâmide pré-hispânica e ao pé o povoado de Tepoztlán. Emocionada com o passeio, Frida preparou vários pratos para levar na viagem e os colocou em cestas novas cobertas com toalhas bordadas pelas indígenas da região.

Haviam combinado de encontrar-se no Palácio de Cortés, onde Frida chegou ao meio-dia. Os ajudantes de seu marido, ao saberem da excursão que planejavam, sugeriram acompanhá-los, desejosos de compartilhar das conhecidas tertúlias do casal. Frida aproximou-se da parte principal do mural, que Diego pintava, concentrado, e ficou extasiada com a imagem de Zapata em seu cavalo. Sua boca abriu-se ligeiramente, e suas mãos mostraram um pequeno tremor. Diego percebeu que algo estava errado e desceu imediatamente do andaime.

"O que você está achando, minha Friducha? Este cavalo aqui ficou bom de verdade, não acha?", disse Diego, entusiasmado, mostrando sua obra com as mãos.

Mas Frida não respondeu. Tinha os olhos perdidos na pintura daquele ginete de chapéu e bigodes grossos com um cavalo que lembrava o mais temível titã. Sua mente evocou aquela tarde em que cruzou pela primeira vez com o Mensageiro e os minutos anteriores a seu acidente.

"Será que ficou tão horrível assim?", perguntou Diego, virando-se para observar mais detidamente sua criação.

"Não pode ser ele...", murmurou Frida, sem sequer mexer as pálpebras.

"Mas que caralho! Então quem você acha que poderia ser esse corno aí?", perguntou Rivera, incomodado, enquanto coçava uma das volumosas nádegas.

Frida saiu de seu estupor e, para evitar perguntas incômodas, sacudiu de si o medo. Depois agitou as tranças, ajeitou a saia e, com o orgulho de um herói condenado à morte num paredão, acendeu um cigarro.

"Está mal pintado. Todos sabem que o cavalo de Zapata era negro, não branco... Não está bom", soltou ela, tentando parecer crítica. Diego olhou-a, surpreso. Sabia que sua pequena mulher era dura, mas esse tipo de desaforo era inusitado nela.

"Isso eu sei, mas é que branco fica melhor. Se tivesse pintado ele de preto, o mural ficaria escuro demais. E não me provoque na frente dos meus ajudantes, Frida."

"E, além do mais, essa pata está mal pintada. Parece pata de vaca: gorda, mas ossuda.

Diego tinha muitos defeitos, alguns podiam ficar menos visíveis, outros explodiam como uma carga de dinamite, mas o orgulho era talvez o pior deles. Ser criticado, desconsiderado e, pior de tudo, corrigido por Frida tocou-lhe um ponto nevrálgico. Assim, pegou furiosamente uma brocha de caiar e, com apenas três pinceladas, apagou a pata do animal. Os ajudantes não puderam conter as exclamações de surpresa. Diego virou-se, com os olhos incendiados de ódio, e desceu, ainda com a arma assassina de sua obra na mão, até ficar diante da mulher. Frida não se retratou, continuou fumando, desafiando-o. Em sua aturdida cabeça, pensava ser preferível manter seu teatro a ter de explicar que ela conhecia o homem da pintura. Não queria ser tachada de louca.

"Você tem razão, Frida, amanhã vou corrigir. Vamos até o passeio, estou morrendo de fome", disse Diego ternamente, passando seu potente braço pelo delicado pescoço de Frida.

Frida lhe ofereceu o melhor de seus presentes: um largo e sedutor sorriso e um sonoro beijo. Os dois foram andando até a saída; mas, antes de afastar-se de todo, Frida olhou de esguelha a pintura e perguntou-se como era possível que naquele cavalo branco tivesse visto um fantasma de seu passado. E ao não encontrar resposta para a angústia, fez o que toda esposa faz com as perguntas: guardou-a numa gaveta, onde certamente seria esquecida.

Percorreram o caminho de Cuernavaca até Tepoztlán com os dois ajudantes, tomando tequila e cantando velhos *corridos* revolucionários, daqueles que inflamam a alma e esquentam a boca. A velha camioneta Ford em que viajavam pulava entre buracos e pedras, tentando não atropelar porcos, galinhas ou burros que cruzavam seu caminho. Ao chegarem a uma colina, divisaram as torres do convento de Tepoztlán, que sobressaía como um Gulliver entre os terraços anões de telhas de barro, rodeado por grandes montanhas como altivas sentinelas. Quando entraram no povoado, a camioneta começou a serpentear por ruas pavimentadas de pedra até parar à sombra de um portal próximo à praça e ao pátio do convento. A praça estava cheia de toldos brancos do mercado, que cobriam como lenços as flores e frutas.

Frida e Diego passearam pela praça principal, seguidos por meninos vestidos com mantas que em altos brados tentavam vender-lhes frutas, brinquedos de madeira e lembrancinhas. Pararam para olhar em vários lugares, até que o calor os obrigou a enfiarem-se num arco onde se refrescaram com sorvetes de sapoti, graviola e *jiotilla*.[2] Um menino de cara suja aproximou-se para oferecer-lhes brinquedos de madeira. Dentro de seu cesto, ele levava maravilhas artesanais que brincavam no chão: carrinhos, trapezistas, galinhas que ciscavam, camundongos corredores e aeroplanos de bambu.

"Me dê um de seus carrinhos. O vermelho", pediu Frida.

O menino o entregou como um explorador entregaria uma peça de ouro à sua rainha. Frida abriu a mão de Diego, que, divertido, não parava de olhar para a mulher. Colocou o carrinho nela, que pelo tamanho pareceu um ponto minúsculo na mão de um gigante. E com a delicadeza do amor, foi fechando os dedos um por um para que segurasse o pequeno automóvel vermelho de madeira.

"Este é o meu presente. É meu coração, por isso é cor de sangue, mas tem rodas, para que sempre possa segui-lo aonde você for, meu menino Diego." E então, como uma monja imaculada, beijou-lhe a testa.

Diego fechou os olhos saltados e sentiu o pequeno brinquedo palpitar. Voltou a abri-los e guardou o presente na bolsa para continuar comendo seu sorvete de frutas.

Enquanto lambia com vontade sua guloseima, um homem magro, com cara curtida como couro velho e trajando chapéu de palha, aproximou-se deles.

"Se quiserem ver a pirâmide do Tepozteco, posso levá-los, patrão."

Diego aceitou depois de combinar o preço do guia. Houve entre os esposos vários momentos de cumplicidade ao notarem que o homem parecia não ter sentimentos, pois seu rosto quase não se movia ao falar, como se fosse uma estátua de mármore.

Deixaram os ajudantes tomando conta das cestas e empreenderam a subida entre pedras rodeadas de mato. O caminho era íngreme, um

---

2 Espécie de cacto comestível (*Escontria chiotilla*). (N.T.)

desafio. A toda a hora Diego ficava para trás, ou porque estava sem fôlego, ou para ajudar Frida, que sofria arrastando a longa saia e o pé mocho. Soltou uma ladainha de grosserias quando esteve a ponto de deslizar por um barranco.

"Não venha com ódios a Tepoztlán; se chegar cheio de maus sentimentos, irão voltar-se contra o senhor, patrão. Deixe-os sair. Antes de apresentar-se, é preciso fazer as pazes com o Tepozteco", comentou o impávido guia.

"Pois esse danado do Tepozteco; quer me matar", disse entre risadas o pintor.

"Então está vendo um espelho e muitos lhe desejam esse mal."

"Conte-nos a história de seu povo", convidou Frida.

"Dizem que há muito tempo uma donzela costumava se banhar na barranca e, embora os velhos do povoado a advertissem de que lá 'aconteciam coisas', a moça não acreditou e acabou grávida. Seus pais, ao saberem disso, a humilharam e a rejeitaram. Quando nasceu o menino, o avô fez várias tentativas de se livrar dele: atirou-o num barranco para que se estatelasse contra as pedras, mas não conseguiu, pois o vento o agarrou e o levou até a planície; então abandonou-o num agave, mas as pencas se dobraram até sua boca para dar-lhe de beber a doce seiva. Depois, um casal de anciãos descobriu o menino abandonado e o adotou, e lhe puseram o nome de Tepoztécatl, patrono de Tepoztlán."

"Gostei da história. Conte outra", exigiu Frida, para não interromper a subida e poder conhecer aquele centro religioso.

Para Diego, cada passo era uma luta. Era engraçado vê-los, criaturas da cidade tentando caminhar pelo campo. O homem começou a contar outra história, talvez aprendida de memória, como mais um daqueles desocupados que recebem um par de moedas para contar coisas a respeito do lugar:

"Foi há muitas luas, quando os homens barbados dominaram nossas terras e a Morte cruzou o território colocando templos com cruzes banhadas de sangue. Então passaram os anos e quando já viviam na cidade grande, ao se ouvir o toque de recolher dado pelo sino da igreja, que era às onze da noite, e passando das onze para tardias horas, começavam a ouvir-se os prantos e gritos de uma mulher, que percorria as ruas com seu lamento. Os vizinhos sentiam-se cada vez mais angustiados porque os gritos desesperados da mulher lhes tiravam o sono. Perguntavam-se quem seria aquela mulher e que pena ela trazia. Decididos a resolver o mistério, alguns se atreveram a espreitar pelas janelas e viram que era uma mulher vestida de branco com um véu no rosto, que se ajoelhava olhando para o leste a partir da *plaza* Mayor. Os aguerridos a seguiram, mas ela sempre desaparecia entre a neblina do lago de Texcoco. E, por sua pungente voz aflita, as mulheres a apelidaram de a Chorona.

"Aquelas comadres acreditavam que se tratava de uma mulher indígena que havia se apaixonado por um cavalheiro espanhol com quem teve três filhos. Ele não a amava nem queria desposá-la, mas a possuía como um cão e ao se cansar de sua presença, mandava-a embora. Esquivava-se do compromisso do matrimônio. Aquele homem de alma cruel depois casou com uma espanhola rica. Ao ficar sabendo disso, a Chorona enlouqueceu de dor e matou seus três filhos no rio. Ao perceber o que havia feito, suicidou-se. Desde então ela padece, e ouvimos quando grita 'Ai, meus filhos'.

"Mas outros cavocam mais fundo, nas raízes de nossos ancestrais totonacas, e falam das mulheres cihuateteo, mães mortas no parto que eram consideradas deusas. Meu tio Concepción, que é pessoa culta como os senhores, me explicava que era a alma penada de Malitzin, que traiu todos os seus filhos, os mexicanos, ao se vender à luxúria do homem barbado que nos escravizou durante séculos.

"Mas, não importa quem seja, aquela mulher continuará lamentando-se atrás de seu véu pela perda dos filhos até que desta terra parta o último dos homens."

Ao terminar seu relato, o homem tirou o enorme chapéu e enxugou com um cachecol de algodão a testa empapada de suor. O sol que se afogava entre as montanhas de pedra piscou-lhes um olho como se confabulasse com seu guia. Bandos de gralhas atravessaram o céu de nuvens fofas. Frida olhou o povoado de Tepoztlán e se imaginou uma menina brincando com aquelas pequenas casas de bonecas.

"É uma história muito bonita", murmurou, tragando um cigarro reconfortante, que a envolvia como seu *sarape*.[3]

Diego coçou o cabelo emaranhado enquanto balbuciava algumas maldições e começava a percorrer o caminho até o povoado:

"Tudo é culpa da religião, que inventa fantasmas... Maldita Igreja!, até para criar almas penadas são infames. Na verdade, não me serve de nada ir até a pirâmide, eu vou voltar daqui, estou morrendo de fome..." O resto não pôde ser ouvido, pois seguiu decidido a procurar uma taberna onde lhe vendessem uma garrafa de tequila para molhar a garganta.

Frida terminou de fumar seu cigarro com a calma de uma mulher que espera a melhora de um filho agonizante. Seus olhos continuavam fixos no horizonte.

"A mulher tinha véu, não é?", perguntou ela ao homem que não se mexia do lugar, à espera de alguma indicação.

"Em todas as histórias que ouvi, a Chorona veste véu, senhora."

"Sim, é isso. Ela sempre veste um véu", respondeu para si mesma, atirando para o vazio sua guimba, que com a linha de fumaça criou um arco perfeito, daqueles de corda de pular.

Frida começou a seguir seu esposo, olhando a expressão de assentimento do homem do chapéu, imaginando tratar-se de uma confirmação de que a mulher que penava pelas noites não era outra senão sua Madrinha.

Aquela noite sonhou com ela: olhava para Frida de uma rua solitária, entre portões e fachadas rebuscadas, convidando-a a penar junto com ela as dores que a vida lhes reservara. Sua mão se insinuava pelo seu peito, para arrancar o pequeno carrinho de madeira, que não parava de palpitar. A mulher do véu não chorava por seus filhos, mas por Frida, mulher, mãe e sofrimento.

No dia seguinte, esqueceu-se do sonho.

---

3 Traje mexicano colorido, similar ao poncho. (N.T.)

Minha viagem a Cuernavaca

Por que há neve em Tepoztlán? Não sei, talvez o clima quente convide a refrescar-se com sobremesas congeladas. Acho que foi um presente dos deuses, que protegem o cume, para que possamos nos deleitar provando o paraíso, que a cada lambida se desfaz nas nossas mãos, mostrando-nos que as coisas boas são efêmeras.

Neve de manga do Tepozteco

1 kg de manga
2 colheres (sopa) de limão
½ colher (chá) de raspas de casca de limão
½ xícara de água
3 colheres (sopa) de açúcar mascavo
¼ de creme de leite azedo ligeiramente batido
1 clara batida até ficar esponjosa

Descasque as mangas e separe a polpa do caroço, sem desperdício. Pique a polpa e reserve meia xícara para fazer uma neve com textura. Depois bata todos os ingredientes no liquidificador, menos o creme de leite e a clara, até obter um purê. Passe tudo para o recipiente de metal e mexa continuamente. Ao começar a bater, vá acrescentando o creme e a clara. Continue batendo até que se formem cristais. Guarde no congelador por 12 horas para descansar. Retire 10 minutos antes de servir.

Capítulo XI

Naquele dia melancólico, quando os olhos negros de Frida se perderam entre a bruma matutina que devorava a baía, ela descobriu a causa exata de sua dor. Parecia que a vida a ninava como a um bebê, mas na realidade era agitada por uma tormenta que carcomia seus dias felizes. Como muitas mulheres, descobrira que lhe restava apenas o sonho daquilo que ela teria gostado que fosse sua vida. Deixou-se levar pelos grasnidos satíricos das gaivotas que riam dela. Observou-as e amaldiçoou-as pelo seu descaramento até que se perderam na névoa, deixando-a sozinha, envolta em seu xale cor de abóbora. Seus lamentos tinham muitas raízes: a ausência de um amor fiel, da maternidade e até de sua personalidade. Perguntava-se: Quando é que Frida deixou de ser a garota de trajes simples e maquiagem sutil para converter-se numa bizarra visão do mexicano, com suas longas saias de algodão, blusas oaxaquenhas e pesados colares astecas? Por que abandonara o perfil de mulher que sua mãe lhe inculcou para converter-se na exótica parceira de Diego, que ele ostentava como se fosse um espetáculo circense? Será que Frida era de fato a tehuana ou simplesmente uma menina que brincava de ser outra pessoa?

Acompanhava-a em seus pensamentos a bonita paisagem da baía de San Francisco, onde morava havia quase um ano. Diego aceitara a encomenda de pintar uma obra para o edifício da Bolsa de San Francisco e outra para o Colégio de Belas-Artes da Califórnia. Imediatamente namorou a ideia de estender a viagem para se radicar nos Estados Unidos: poderia tirar muito proveito da moda de pintores mexicanos no mercado de arte. No México, o presidente Calles estava decidido a perseguir, com mão dura, os artistas; mandou destruir murais e prender artistas comunistas. San Francisco oferecia-lhe um santuário ao qual poderia agarrar-se.

Frida chegou faminta de ambientes exóticos. Cultivou amizades novas e viu abrir-se à sua frente um mundo inesperado que parecia infinito. Diego era tratado como rei. Frida mantinha-se atrás, escondida pela volumosa presença do marido, tímida, sem apresentar-se como artista, mas seus comentários ácidos eram penetrantes. Seu olho crítico, de mulher comprometida com a causa comunista, não podia outra coisa senão detestar as banalidades da sociedade norte-americana. Metade ódio, metade dor, Frida passou aqueles dias em silêncio, sofrendo a perda daquele que teria sido seu primeiro filho.

Nada exemplificava melhor sua mudança do que os autorretratos que pintou: no primeiro, uma jovem fresca e cálida de olhos brilhantes, vista de lado. No retrato que pintou um ano depois, a vemos melancólica, e a junção dos lábios mal começa a levantar voo e cai de modo quase imperceptível, como se tivessem disparado nela.

Frida se sentia dolorida. Olhou sua barriga, depois introduziu a mão fria entre a camisa tehuana para apalpá-la. Estava morna, como se ainda não tivesse esquecido que andara incubando. Frida queria gerar um filho de Diego, mas em seu ventre só havia vazio: o feto estava em má posição e tiveram que o extirpar. Essa foi sua primeira infelicidade matrimonial e foi também a que fraturou sua relação com Diego. Quando ela ficou no hospital para o aborto, Diego não estava a seu lado. Tampouco estava trabalhando, mas sim ocupado com um novo desfile de amantes.

Lembrou como lhe arrancaram o pequeno Dieguito, enquanto o grande, em algum hotelzinho, satisfazia sua fome de sexo com sua assistente Ione Robinson. Essa ideia a fez solidarizar-se com os milhares de suicidas que saltavam da ponte de San Francisco. Seus infortúnios da infância começariam a ser sobrepujados pelos novos, tal como lhe dissera a mulher do véu: a dor aumentaria com o passar do tempo.

Era tão simples acabar com suas penas, fechar os olhos e saltar da ponte. Diego iria perceber depois. Quem sabe no dia seguinte. Hoje estaria ocupado demais com sua modelo, a tenista Helen Wills. Frida ouviu os gritos do orgasmo da mulher ressoando em cada canto do salão onde Diego pintava o mural. Não se atreveu a surpreender os amantes rolando pelo chão entre as lonas do andaime, mas tampouco se moveu de lá enquanto ouvia os dois. Estava absorta na imagem da mulher que flutuava nua na parte superior da obra, eram os peitos e as curvas que a esportista ostentava vaidosamente nas quadras de tênis que Diego visitou a fim de extrair traços dela para seu mural. Enquanto Helen parecia ser levada a um paraíso de excitação, Frida simplesmente deixou o cesto e saiu do recinto.

De volta a seu apartamento, tentou distrair-se cozinhando e tecendo, mas não conseguia fazer calar os ecos daquele orgasmo que continuavam retumbando em seu inconsciente. Olhou-se no espelho e descobriu uma estranha, um ser alheio. Não que sua vestimenta fosse uma máscara que ocultasse sua personalidade para converter-se na donzela indígena que Diego desejava, mas dramatizava ao máximo sua própria personalidade. Transformara-se numa obra de arte e já não sabia se desejava sê-lo. Inventara-se para exibir-se.

Por que continuar?, perguntou-se enquanto passeava pela baía. A dor na perna era cada vez mais forte, como se uma centena de pregos atravessasse cada célula de seu membro. Por que sorrir se tudo nela era vazio? Sentia-se como uma *piñata*, bonita por fora, vazia por dentro e frágil como uma jarra de barro. Diego e a vida conspiravam para açoitá-la. Frida não queria ficar para ver o que havia em seu interior quando a quebrassem em pedaços.

Caminhou lentamente pela passarela. Subiria até a ponte, que a acossava como uma enorme fera pedindo-lhe o sangue, e veria se ainda tinha coragem de continuar vivendo.

"Em seu livrinho você pode ler 'Tenha a coragem de viver, pois qualquer um pode morrer'", dizia a voz atrás dela.

Por acaso, naquele exato instante em que pensava em seu livrinho da Erva Santa, aquelas palavras pareceram-lhe um eco de seus pensamentos. Frida voltou-se e encontrou a mulher de pele cor de chocolate, olhos brilhantes e profundos como uma boa taça de conhaque. Permanecia sentada num banco com seu casaco e sua camisa vaporosa de seda. Frida sentiu uma empatia imediata com aquela mulher de cabelo curto e maçãs do rosto salientes. Ficou encantada com seu largo sorriso, que combinava com seu colar de enormes esferas amarelo-limão.

"Desculpe... eu a conheço?", perguntou Frida.

"Não vejo como poderia me conhecer. Percebe-se que você não é daqui e eu cresci nos campos de Kentucky. Não há razão para que uma princesa como você vire o rosto para olhar uma mulher como eu", respondeu a outra, que permanecia no banco do mirante alimentando as assustadas gaivotas com pedaços de pão velho."

"Então não há nada que possamos conversar", soltou Frida, agasalhando-se com seu xale.

"Claro que sim! Nós mulheres temos muito em comum, podemos conversar durante horas, não importa se a gente vem da África, de Nova York ou do Amazonas. Todas choramos, todas amamos e todas alimentamos nossos filhos com nosso corpo. Fizemos isso desde o primeiro dia e continuaremos fazendo até que alguém apague a lâmpada, feche a porta e acabe com este mundo."

As duas mulheres se olharam. Frida sentia medo, mas não desconforto diante da desconhecida, que lhe oferecia um cálido sorriso. Frida sentou-se ao lado dela.

"Tem cigarros? Saí de casa e esqueci de pegar. Na verdade, queria me esquecer de tudo."

A mulher tirou de sua pequena bolsa uma caixinha, de onde roubou dois cigarros que terminaram na boca de cada uma. A fumaça não afugentou as gulosas gaivotas, mas fez com que parassem de grasnar exigindo mais migalhas de pão.

"Muito prazer, garota, meu nome é Eve Frederick, mas se você for ao bairro La Misión e perguntar por Mommy Eve, todos saberão de quem se trata."

As duas olharam para a frente, para a ponte dos suicidas.

"O que faz por aqui, Eve?", perguntou Frida, dando nervosas tragadas no cigarro.

"Alimentando pássaros. São como os homens, suas barrigas não têm fim. Se eles fizessem amor do jeito que comem, teríamos mais mulheres satisfeitas e menos assassinos nas prisões", disse a mulher enquanto atirava as últimas migalhas às aves.

"Amém", terminou Frida.

Depois, silêncio. Em seguida, a cumplicidade, que terminou em gargalhadas.

"E você, querida? O que a traz ao grande colosso de Frisco?"

"Apenas rumino a ideia de converter-me em cadáver. Mas tenho um problema: lugares altos me dão vertigem."

"Se fizer isso, será a morta mais bonita que eu já conheci, toda enfiada nessa roupa de princesa. Pelo menos vai brilhar no velório, tem gente que não tem classe nem para o próprio enterro", ditou a mulher. Frida viu-se cheia de algo que tinha vindo procurar naquele lugar: compreensão. "Claro que, se você tem medo de altura, então tem um grave problema, garota, pois nenhum suicida quer morrer de parada cardíaca antes de pular. Quando alguém deseja fazer algo assim, tem de fazer bem feito e não apenas tentar. O mundo está cheio de tentativas falhas, já completou sua cota de perdedores, não precisa de mais um."

"Obrigada pelos conselhos, acho que será melhor deixar para outro dia. Quando encontrar uma maneira menos dolorosa de acabar com meu sofrimento, vou fazê-lo. Já senti dor demais esses dias para receber ainda por cima a bordoada da queda na água."

"Dói com certeza, deve ser tão dolorido quanto ser atropelada por um bonde...", murmurou Eve, ajeitando a sedutora saia curta. Frida virou-se surpresa para olhá-la, e, antes que pudesse dizer alguma coisa, o sorriso da mulher a absorveu, e ela acalmou-a com umas palmadinhas na perna ruim.

"Quem é você?", balbuciou Frida, aterrorizada.

"Eve Frederick."

"Você é minha... Madrinha? Essa cara atrás do véu é a sua?"

"Você está me confundindo, sou uma amiga. E caras, eu tenho muitas. Querida, pegue mais um cigarro, fume. Não volte seu rosto para o passado. Tem alguma coisa esperando por você ali, em casa. Seria uma pena que tudo terminasse tão rápido. Você é mais dura do que pensa."

"Você não é a morte?", disparou Frida, intrigada.

A resposta foi uma das melhores gargalhadas que já ouvira na vida. O simples fato de relembrá-la pelo resto da vida servia para alegrar-lhe o dia. Era aquela voz de cantora de igreja o que ela adorava naquela mulher, e se a isso se somava a explosiva risada, o resultado era um êxtase.

"Você acredita que com essas curvas eu seria a morte?", perguntou em tom sarcástico a mulher, segurando seus volumosos quadris e peitos redondos típicos das afro-americanas. "Sou uma mulher de verdade e como tal tenho curvas."

"Ou seja, você também não é um sonho..."

A mulher levou a mão ao cabelo com outra risada.

"Que Deus nos leve para seu seio se esta vida for um sonho! Pequena, esta vida, de sonho não tem nada. Cada gota de sangue que nos espremem do coração serve apenas para lembrar que somos reais", exclamou Eve alegremente. Levantou de repente, espantando as gaivotas que esperavam mais comida. "Sempre tem alguma coisa esperando a gente em casa. Não importa o quanto as coisas andem mal. Procure o que faz valer a pena voltar. E não se esqueça nunca disso."

"Já está indo, senhorita Frederick?", perguntou Frida, tentando retê-la.

"As pombas já comeram. Você, minha coisa linda, não saltou, se encontrar algo mais importante do que preparar uma torta de maçã para reparar a alma, me avise que aí eu fico."

"Minha alma já está mais que reparada, é a única coisa em mim que não está quebrada. É uma pena que a alma seja um conceito tão cristão", disse Frida, sarcástica.

Não gostava dos insultos religiosos. Já os tivera o suficiente com sua mãe.

"Querida, o alimento para a alma não é para alimentar políticas nem credos, pois tenha certeza de que até mesmo na Rússia, agora mesmo, uma mulher deve estar cozinhando para os filhos. Nosso Senhor, louvado seja, nos deu a missão de alimentar cada alma neste mundo. Não importa que sejam pretos, amarelos ou vermelhos, até para os soldados a mãe prepara um bom prato de sopa."

"A mulher tem outras aspirações além da de viver na cozinha", grunhiu Frida, incomodada.

"Claro que tem. É assim que falam as mulheres que têm curvas...!"

"Mas ninguém vai nos arrebatar o prazer de ver uma pessoa amada comendo o prato que preparamos com lágrimas e suor. Ah, não! Este é um direito divino!"

Eve se afastou mexendo os quadris como um veleiro no mar. Não se despediu, mas entoou com sua bela voz de canto de igreja do Harlem alguma melodia que agradecia a Deus pela colheita. Depois, sem virar-se para olhar para Frida, de maneira marota, assobiou "Dead man blues", de Jelly Roy Morton, dançando sobre a calçada iluminada com luminárias que lutavam para não ser cobertas pela neblina. E, sem mais, desapareceu, abandonando por alguns minutos seu canto até sucumbir na bruma.

Frida teve um forte desejo naquele instante: pintar aquela mulher. O desejo começou a encher todo o seu corpo como jarra que se completa até transbordar. E esquecendo toda a dor, foi para seu apartamento começar o quadro. Sabendo-se traída, com sua maternidade frustrada e sua perna dolorida, os traços do carvão na tela foram precisos, contínuos, seguiam as curvas que toda mulher deve ter, tal como lhe dissera Eve. Voltou a pintar, àquele universo no qual se sentia liberada das pressões. Só o pincel ou a frigideira na mão podiam silenciar o grito de desespero de sua vida fracassada.

Uns dois dias depois, Diego notou a diferença de atitude da mulher, que deixara de ser a tímida senhora sofredora para converter-se em Frida com nome próprio. Foi numa noite de boemia, quando se reuniram vários intelectuais, artistas e puxa-sacos de Diego para homenageá-lo com um jantar. Uma jovem sentada ao lado de Diego estava absorta pelo que ele dizia e o seduzia abertamente. Não era raro encontrar estudantes de arte que se insinuavam para Diego como se ele fosse a presa mais cobiçada do lado sul da fronteira. Havia algo nele que o tornava tão típico como a tequila e as pirâmides. Dormir com Rivera era igualmente folclórico ou até mais picante que o *chile*. Frida observava os dois detidamente de um canto do salão, rememorando a firmeza das palavras de Mommy Eve. Tomou dois longos goles de *bourbon* e, adotando uma nova atitude que perduraria pelo resto de sua vida, começou o contra-ataque: primeiro se arrumou, pois, se ia lutar contra todas as putas de Diego, deveria sempre ter uma ótima aparência. Depois levantou, caminhou de maneira insinuante entre os convidados até plantar-se com aprumo de general golpista junto aos músicos e, como tal, lhes ordenou que tocassem uma canção mexicana, fogosa e nostálgica, que prendesse a atenção dos presentes: "A Chorona".

Entoou a canção com a mesma paixão com que cozinhava e pintava.

Começou cantando *a capela*, arrebatando a atenção de todos os presentes. Depois os músicos passaram a acompanhá-la com seus instrumentos. Com a garrafa de *bourbon* como companheira de espetáculo, pronunciou frases humorísticas entre um trago e outro. E, por fim, aproximou-se de Diego e disse a seus admiradores:

"À saúde do mestre! Sou eu quem pode lhes dizer tudo a respeito dele, pois sou eu que cozinho para ele, e os artistas se conhecem não por sua obra, mas por sua barriga... E Diego tem uma enorme!" As pessoas caíram na gargalhada.

O próprio Diego também, já que não se importava de ser alvo de zombarias, desde que fosse o centro das atenções.

"Diego gosta de feijão, porque vem do campo, e agora se sente dono do mundo; come feijão e arrota presunto. Além disso, é como o feijão: na primeira fervura se enruga."

Deu outro bom gole de bebida. Mais aplausos, mais risadas.

"Mas casou comigo. Eu disse apenas: Agora você vai ver, sandália, sua correia de couro chegou." Frida chegou perto da garota que se engraçava com Diego, segurou o queixo dela e lhe deu um longo beijo. Afastou-se com ternura dela e disse a todos os convidados: "Vim dar-lhe uma sopa de seu próprio chocolate".

Pegou a mão da moça que ria bêbada. Trouxe-a para perto para abraçá-la, e com a outra mão acariciou-lhe as costas e o traseiro. Se Diego era uma comida exótica, ela seria a sobremesa.

"Dizem que roubar é feio, coisa que eu nunca faria, mas um beijo na boca, com gosto, eu roubaria." E de novo beijou a estudante, que começou a deixar-se levar pelo momento e acariciou Frida.

Diego sorriu, desconfortável. Depois, tentando mostrar indiferença, aplaudiu. Essa era sua mulher, e assim a queria. Levantou para fazer-lhe coro e se declarou:

"*Friducha, contigo la milpa es rancho y el atole champurrado*".[1]

Frida pegou-lhe a mão para beijá-la como uma mãe que recebe o filho quando chega da escola.

"Do céu caiu um periquito com uma flor no bico, eu só sei que te amo e a ninguém o comunico."

Os presentes aplaudiram essa frase por um bom tempo, divertidos com o casal Rivera. Este já não conseguia ouvir os aplausos, pois se beijava carinhosamente.

Sem perceber, Diego, absorto pela representação de sua mulher, estava sendo hipnotizado. Dali a pouco já esquecera a garota, que preferiu refugiar-se às costas dos artistas aduladores. Diego plantou-se ao lado de Frida para continuar cantando e bebendo. O olhar carinhoso e divertido de Diego era como a mão que se unia com a de Frida no quadro em que ela pintara os dois: o enorme pintor olhando seus pincéis e paleta, aferrado à sua esposa-filha-mãe-amante. Frida ganhara.

No dia seguinte, Frida agarrou-se à bolsa onde guardava o carrinho de madeira de Diego e, com bastante dor de cabeça da ressaca, pegou um bonde até a área de La Misión, em pleno coração de San Francisco. Caminhou aos empurrões entre os imigrantes mexicanos que trabalhavam em confecções de roupas e os afro-americanos que carregavam caixas de frutas. No meio do barulho e do caótico movimento, decidiu aproximar-se de uma mulher que vendia maçãs na rua.

---

[1] Frase toda ela construída com expressões mexicanas, com sentido geral de exaltação a Frida e ao amor de Diego por ela. Os termos individualmente não têm equivalente próximo em português. *Milpa* é um sistema de cultivo originário dos maias, no qual o milho, o feijão e a abóbora ocupam a mesma área, em geral relativamente pequena, e que propicia a regeneração da vegetação pelo uso de técnicas precisas. Rancho é fazenda, ou assentamento agropecuário de maior porte. *Atole* designa bebidas de origem pré-hispânica, um cozido de água com farinha de milho, em geral adoçado com açúcar ou mel, servida quente, com adição de baunilha, cacau, anis ou canela. O *champurrado* é um tipo de *atole* à base de chocolate, em geral consumido junto com os *tamales*. (N.T.)

"A senhora conhece Mommy Eve? Me disseram que podia perguntar a qualquer um, que todos saberiam me dizer onde encontrá-la."

"Todo o mundo conhece Mommy Eve. O que você quer com ela?"

"Agradecer-lhe", explicou Frida.

"Pois você terá que ir ao cemitério de La Misión, na Dolores com *calle* 16. Ela gostava de rosas brancas, se você quiser levar-lhe alguma coisa", explicou a vendedora, com um sorriso.

Para esconder sua surpresa, comprou dela um saquinho de maçãs que converteria na merenda que tanto deleitaria Diego, acompanhada de leite maltado. Frida andou até o cemitério da região, o mais antigo da cidade. Com uma rosa branca colocada no peito, perambulou entre os mausoléus e esculturas fúnebres do recinto. Perto de um grande carvalho encontrou uma lápide simples com o nome "Eve Marie Frederick". Morrera havia cinco anos. A rosa ficou repousando na placa de pedra até murchar. Só foi regada por algumas lágrimas que Frida derramou.

Não contaria nada a ninguém sobre seu encontro com aquela mulher. Foi um segredo que durou toda a vida dela; até quando imortalizou aquela dama num famoso retrato, ninguém soube quem era e não encontraram referência a ela em parte alguma. Só quando Dolores Olmedo adquiriu a obra e lhe perguntou quem era, sabiamente Frida respondeu: "Alguém que dizia verdades".

***

A comida na Gringolândia

Não gostei nada de comer no meio dos branquelos. Eu só queria um ovo mexido com sua pimentinha e uma pilhazinha de tortillas, mas não havia jeito, tinha que ficar quieta e engolir os insultos para desfrutar do mundo moderno.

O que eu gostava era de seus bolos. Eram como edifícios perfeitamente construídos. Também gostava dos restaurantes de negros. Ali tudo era colorido, desde a música até o amável sorriso da garçonete.

Torta de maçã Mommy Eve

Para a massa

2 xícaras de farinha
1 colher (sopa) de açúcar
¾ de colher (chá) de sal
10 colheres (sopa) ou 1 ¼ barra de manteiga sem sal em pedaços
¼ de xícara de margarina
6 colheres (sopa) de água fria

Para o recheio

½ de xícara de açúcar
¼ de xícara de açúcar mascavo
2 colheres (sopa) de farinha
1 colher (sopa) de suco de limão
2 colheres (chá) de limão ralado
1 pitada muito pequena de noz-moscada
2 kg de maçã sem casca em fatias finas
leite e açúcar

Primeiro, prepare a massa misturando farinha, açúcar e sal. Depois, junte a manteiga e a margarina, mexendo continuamente, até ficar espessa. Adicione a água para umedecê-la. Junte mais água se a massa secar. Divida em dois pedaços, abra cada um deles até formar disco e deixe repousar por 2 horas ou mais. Enquanto isso, prepare o recheio misturando todos os ingredientes, exceto as maçãs, o leite e o pouquinho de açúcar, leve ao fogo baixo até formar um caramelo uniforme e então acrescente as maçãs fatiadas. Pegue um dos discos da massa e dobre as bordas para cima, para formar uma espécie de bandeja, e despeje ali o recheio de maçã. Corte o outro disco de massa em tiras e distribua por cima do recheio, formando uma grade. Pressione suavemente as beiradas da massa para uni-las. Pincele a grade com um pouco de leite, espalhe açúcar e leve ao forno a 200 °C por 10 minutos. Depois reduza a temperatura do forno para 180 °C e deixe cozinhar por 1 hora ou até que os sucos borbulhem e a massa fique dourada.

Capítulo XII

Sua nova atitude levou-a a procurar ajuda para aliviar as dores da perna. Talvez tivesse recuperado a atenção de Diego, mas quando, ao levantar-se, via todo dia os dedos do pé esquerdo murchando, começou a perguntar-se se valia a pena viver o dia a dia com uma dor que se assemelhava à morte. Perguntava-se se não seria esse o preço a pagar à morte por viver tempo emprestado, mas o fato de que a simples tentativa de atravessar a sala do pequeno apartamento lhe trazia a sensação de caminhar sobre milhares de pregos a fez decidir-se a procurar ajuda.

Sonhou então com um porto cheio de trabalhadores, alguns com armas na mão que ela mesma lhes dera para que fossem lutar numa terra distante, chamada de A República. Havia gente de todas as nacionalidades, e entre elas conseguiu distinguir Mommy Eve, que a abraçou para despedir-se. O abraço foi carinhoso, como se a mulher lhe deixasse um sopro de compreensão em relação à sua angustiante vida. Imediatamente, encaminhou-se a uma ponte para embarcar num lindo navio de velas brancas.

"Você está indo embora?", perguntou Frida enquanto corria atrás do barco que zarpava.

"Querida, encontrei o melhor capitão para me conduzir até a morte. Ele a conhece e a admira. Você precisa de um capitão que leve seu barco até o último leito, alguém que saiba evitar tormentas, pois as suas são enormes", respondeu Eve. Frida virou-se para ver o veleiro. Nele havia um homem vestido de capitão; seus modos eram suaves e seus olhos metálicos como o aço. Essas duas qualidades, ele as usava com distinção, conforme a necessidade. Seu porte era cavalheiresco e correto como o chá da tarde, mas suas mãos firmes atrás do timão eram selvagens como o mar. Seu sorriso palaciano transmitia paz, como caramelos para crianças no Natal. Seus olhos frios e indecifráveis sempre estavam em outra parte, salvando a quem se deixasse.

"Eu o conheço. É o doutorzinho Leo", exclamou Frida diante do barco que zarpava no mar calmo.

Depois dessas vívidas cenas, seu sonho prosseguiu como o fazem todos os sonhos: com bobagens e loucuras que só comprazem a mente divagadora.

No dia seguinte foi procurar o doutor Leo Eloesser, que ela conhecera em 1926 no México e agora estava radicado na cidade, trabalhando na Universidade de Stanford.

"Por que veio me procurar, Frida?", perguntou-lhe o mesmo homem de seu sonho, exceto por sua baixa estatura.

"Porque sei que é o melhor, porque é um comunista. Não podia pôr a minha vida nas mãos de um completo reacionário", respondeu Frida alegremente.

"E nós comunistas curamos melhor nossos pacientes?", continuou a brincadeira o doutor Leo.

Frida saboreou as obras da pintora Georgia O'Keeffe dependuradas nas paredes e sorriu ao descobrir uma tela de Diego na sala: *La tortillera*.

"Não, mas pelo menos não dão esperanças absurdas e falsas a respeito do céu e do inferno. Curam com a ciência, não com a fé", respondeu Frida.

Do próprio punho e letra de Frida sairiam as mais desgarradas cartas para aquele que a partir de então seria seu melhor amigo. Confiaria nele como em ninguém mais, chegaram a ter um pelo outro um enorme carinho e acabaram incorrendo num dos delitos mais punidos: a verdadeira amizade entre um homem e uma mulher, sem que existisse entre eles qualquer atração sexual.

"Minha perna está cada vez pior, doutorzinho. Minha coluna me dói toda vez que brigo com o Diego por causa da barrigona dele, e na minha barriga sinto um vazio que nunca vou poder preencher", explicou Frida.

"São boas notícias."

"Boas?"

"Seriam más se você estivesse morta. Na medicina curamos o que é possível curar. Não podemos fazer milagres, porque esses se fazem sozinhos. E os últimos milagres que o mundo operou foram Manet e seu discípulo Hugo Clément", exclamou com um sorriso o doutor Leo, que era um apaixonado pela arte, a música e os veleiros.

Frida deixou que ele lhe examinasse os ossos como quem vistoria um cavalo antes da grande corrida. Depois de vários minutos, sentiu que o doutor investigava sua vida por meio de cada um de seus sintomas, como homem curioso que procura objetos na bolsa de uma mulher. Sua cara não lhe dizia boas coisas, mas não eram novas, sabia-se fodida desde a ponta da unha até o último fio de cabelo. Totalmente fodida.

"Será que devo pintar meu sarcófago de rosa mexicano para que combine com minhas saias?"

"O ataúde seria ainda mais bonito se você mesma o pintasse com suas paisagens de barro e vestidos de flores, pequena Frida."

"Fui descoberta, doutorzinho: todos os meus quadros são apenas projetos para a decoração do meu túmulo."

As confissões que faria a ele em suas cartas seriam dolorosas, quase sempre começando com um "Querido doutorzinho" para adocicar as aflições que lhe relatava. O doutor Leo andou tão comprometido com a causa social que foi um médico do mundo: esteve na China, na Guerra Civil espanhola do lado dos liberais, no México com trabalhadores grevistas, atendendo pobres em Tacámbaro, Michoacán; e, é claro, com sua querida Frida. E como todos aqueles que se comprometem a fazer o bem, despertou receios entre os burocratas engravatados do governo; chegou até a ser perseguido pela CIA.

"Esse bonde fez um bom serviço: partiu totalmente seu útero."

"Não precisa nem dizer, mas para garantir meu destino mandaram o Diego como remate."

"Se você já sobreviveu mais de um ano a Diego, então poderá sobreviver com essa coluna como um vaso partido. Você tem uma deformação congênita na espinha dorsal."

"Soa como algo incurável, doutorzinho", disse Frida, angustiada.

O doutor Leo a olhou, beijou-lhe as mãos e a abraçou como nunca seu frio pai o fizera. Mas não lhe respondeu nada.

Leo Eloesser sabia-se unido àquela mulher por um projeto de destino. Muitos anos depois, de lugares distantes, escrevia com carinho à sua protegida Frida: "Beijo suas mãos, minha linda, e sua perna truncada, você não sabe quanto sinto saudade de suas anáguas tepehuanas e de seus lábios de carne viva".

"Quero ter um Dieguito dentro da minha barriga, será que é pedir demais à natureza?", perguntou Frida, levantando a blusa tehuana e mostrando seu branco ventre que lutava para não se confundir com as vasilhas do hospital.

"Seu quadril é como um edifício sustentado por pedaços de pau, qualquer pressão poderia fazê-lo desmoronar. Esse Dieguito iria terminar o que o bonde e Diego não conseguiram", explicou o doutor enquanto torcia seu elegante bigode com uma careta marota.

"Se ele sobrevivesse e eu não, não me importaria de correr o risco. Afinal, no pior dos casos eu morreria e, não estou mentindo, isso eu já fiz", confessou Frida.

"É muito nobre de sua parte oferecer-se em sacrifício ao grande chefe Diego para dar-lhe um guri, mas esse menino teria menos oportunidades do que você, minha linda."

"E eu tenho por acaso outra opção a não ser me resignar a viver essa meia vida?"

"É a mesma opção que temos eu, ou Diego, ou a minha enfermeira... Ou o resto do mundo. Todos fazemos de conta que vivemos, mas eu lhe lembro que a vida é apenas a transição entre nascer e morrer."

"É uma merda de opção", reclamou Frida.

O doutor Leo teve que concordar com a cabeça, enquanto seus olhos já estavam planejando salvar alguma comunidade perdida na mais afastada região do mundo.

"Nem me fale, é uma merda de opção."

Leo seria a testemunha de toda a história de Frida e Diego. Convencido de que os dois eram como semideuses e, como tais, conseguiriam viver entre os habitantes da Terra, o doutor Leo desfrutava cada momento de sua relação com eles. Embora tivesse que compartilhar momentos desoladores com ambos, como sábio que era, assimilou que o bom e o mau são duas faces da moeda que sempre está no ar. Frida foi o açúcar que lhe temperou a vida, encontrou naquela mulher de saias carameladas e blusas de mercado o mais doce mel.

"O mural de Diego está terminado e sua enorme bunda sorri para todos nós. E agora, o que vão fazer os senhores?", perguntou o doutor com picardia, pois em sua nova obra, Diego, meio de brincadeira, meio a sério, pintou a si mesmo de costas, sentado num andaime, realizando a obra.

"Às vezes acho que a bunda é a melhor cara dele. Não fala, não reclama e é rosadinha como bochecha de bebê. Imagino que a pintou como quem pinta uma imagem sagrada, para que seus discípulos vão lá beijá-la", acrescentou Frida, sarcástica. Com certeza, a comunidade cultural americana não gostou do gesto humorístico, mas ele era assim; como qualquer outro mexicano, adora trocadilhos e gracejos. "Agora Diego decidiu que a gente vai mudar para uma nova jaula, onde poderá mostrar melhor suas penas de pavão."

"Vão voltar para o México, Frida?"

"Não sei, pois apareceram novos trabalhos, mas ele gastou nossas economias num par de casas que encomendou ao bom Juanito, que entre murais, edifícios e problemas pessoais conseguiu construí-las. Não posso me queixar, são bonitas e inúteis como uma floreira de Talavera, que de tão desajeitada ninguém sabe onde colocar."

O doutor riu com vontade. Frida sabia que as casas que Diego construíra no bairro de San Ángel para consumar "seu ninho de amor" tinham pouco de amor e muito de política. Juan, um arquiteto jovem que seguia Diego como um cãozinho e adorava sua arte como monge devoto, convenceu Diego de que aquelas casas equivaleriam a um manifesto socialista de arquitetura de vanguarda. O'Gorman queria demonstrar com elas que era possível construir com um máximo de eficiência por um custo mínimo. Como nenhum dos dois era bobo, Diego conseguiu os terrenos, e Juan um patrocinador. Frida ficou no meio, com uma abominável cozinha elétrica do tamanho de um feijão, onde não dava para preparar nem uma xícara de café.

Mas elas fizeram tanto sucesso que, quando Diego as apresentou ao secretário de Educação Pública, este ficou impressionado pelo baixo custo e contratou imediatamente Juanito para que construísse vinte e tantas escolas tão básicas e desconfortáveis como as casas; afinal, eram só moleques e em nenhuma delas iriam precisar de uma boa cozinha para fazer *mole*.

"Diego me mostrou as plantas. Gosto do simbolismo. São duas casas separadas: rosa a dele e azul a sua, ambas unidas por uma ponte, como o amor entre vocês."

"Juanito cuidou de colocar uma ponte muito pequena."

"Você gostou?"

"Digamos que explicam perfeitamente como Diego vê a nossa relação: ele é a casa grande e eu 'a casa pequena'."

O doutor Leo sentou-se ao lado do sofá onde estava Frida. Com a delicadeza de um cirurgião trazendo uma nova vida, tomou-lhe as mãos e acariciou-as para reconfortá-la.

"Não é só minha perna e minha coluna que sofrem, doutorzinho. Preciso de outra consulta, mas prometa que não vai rir de uma tonta como eu, pois já tenho gringos estúpidos demais zombando de mim", murmurou Frida num ritmo de voz tão lento que só um camundongo e um bom amigo seriam capazes de ouvir.

"Pode falar..."

"Como homem de ciência, responda-me, é possível que eu seja uma defunta e que só esteja vivendo por um favor da morte? Será que todos os meus males se devem ao fato de eu já ter batido as botas e andar por aqui numa espécie de tempo extra? Não ria, não estou brincando. Acho que a Morte está querendo me cobrar uma dívida."

O doutor acariciou-lhe o bem torneado pescoço. Lambeu o bigode, pois para essas respostas de cérebro e coração é preciso muita saliva nos lábios, e apertou com mais força as mãos, como uma criança que esfregasse uma batida depois de levar um tombo.

"Olhe, Frida, se o que você diz é verdade, eu, que para ser franco sou apenas um doutor rebelde que não sabe nem tocar bem um violão, acho que toda a vida tem um equilíbrio. Para todo fato, há uma resposta. Sou ateu porque a matemática é o melhor deus, e no meu mundo, onde tudo está em seu devido lugar, se você tirar dois de quatro, vai ficar com dois. Entende?"

Frida moveu a cabeça afirmando. Não que compreendesse totalmente, mas sabia que pelo menos ambos já estavam falando no mesmo aposento em que convivem a loucura e o desespero.

"Bem, se você está roubando dias da sua morte, a própria vida terá que ir tirando coisas de você. Não podemos enganá-la. Se é um ano a mais, talvez tenha sido seu aborto. Se você tira uma pedra de um lado da balança, vai ter que tirar outra igual do outro lado... Mas é para isso que eu estou aqui, para que a balança penda a seu favor."

"O senhor me diagnostica como louca, doutorzinho?", perguntou Frida ao amigo.

Ele de novo ofereceu-lhe seu reconfortante sorriso e, aproveitando do já reconhecido talento de Frida para cozinha, ditou-lhe:

"Não, mas apenas com uma condição vou deixar você ir embora sem mandar interná-la num hospício: prepare-me umas costeletas como as que comi em Michoacán, com tudo e mais os feijõezinhos, porque aqui toda a comida me parece insípida."

Frida cumpriu a promessa. E como agradecimento por suas palavras medicinais e seu carinho reconfortante, também lhe pintaria um quadro antes de partir de São Francisco. Desenhou-o como um velho retrato: com a inocência da desproporção, o pescoço como o de um pássaro, vestido como um dândi com camisa engomada e colarinho alto. Parecia um homem jovem que tivesse ficado velho de repente. Atrás do doutor Leo colocou uma maquete de seu veleiro, com o qual velejava pela baía. Frida nunca pintara um barco antes, por isso perguntou a Diego como traçar as velas.

"Pinte do jeito que achar", respondeu, sem dar muita importância, muito preocupado em começar seu novo projeto em Detroit. Frida pintou-as planas, com rebordos e unidas ao mastro com grandes anéis, como cortinas.

"Não é assim que se pintam as velas de um barco", criticou-a Diego, procurando vingar-se do cavalo de Zapata.

Frida deu de ombros.

"Pois foi assim que as vi no meu sonho", respondeu ela.

As costeletas do doutorzinho Leo

Quando o doutorzinho vem me ver, só manda um telegrama dizendo: "prepare-me minhas costeletas". Eu sei que é preciso cozinhar para ele aquele prato pelo qual se apaixonou quando andava curando indiozinhos. Eu o amo, é meu melhor amigo.

2 costeletas de porco em 2 pedaços
½ colher (chá) de cominho moído
6 dentes de alho bem picados
6 dentes de alho inteiros
1 colher (chá) de sal
2 colheres (sopa) de banha de porco
4 xícaras de água
¼ de cebola em pedaços
8 *chiles serranos*
1 kg de tomate verde sem casca
8 ramos de coentro fresco
sal e pimenta

Misture o cominho com o alho picado e o sal e passe essa mistura nas costeletas. Se possível, tempere na véspera, para que tome bem o sabor. Coloque as costeletas numa panela grande ou num caldeirão de ferro com água até cobri-las e leve ao fogo até que fervam. Cozinhe até que um garfo penetre na carne com facilidade. Tire-as do caldo e frite na manteiga por 10 minutos, depois reserve. Em outra panela, coloque a água e os outros dentes de alho. Quando abrir fervura, junte as pimentas e a cebola e deixe cozinhar por 5 minutos. Junte o tomate verde e deixe cozinhar por mais 5 minutos. Então, triture tudo no morteiro até virar um purê. Acrescente a essa mistura 2 xícaras do caldo em que se cozinhou as costeletas e coloque o coentro picado. Se o molho ficar espesso, dilua em um pouco mais de água. Numa frigideira grande, aqueça 2 colheres (sopa) da banha em que se fritou as costeletas, junte o purê e deixe ferver tampado para que cozinhe por 10 minutos. Introduza as costeletas nesse molho, tempere com sal e pimenta, misture bem e deixe cozinhar em fogo lento por 20 minutos.

Capítulo XIII

Não foi estranho que Diego parasse de bancar o homem perfeito e que sua cota de tolerância em relação à mulher se esgotasse. Ficar bem com Frida passou para segundo plano, e ele preferiu cair nas graças de outra pessoa. Nada mais fácil para esse pintor de velhas astúcias e coração volúvel do que encontrar uma amante. E a atitude de Frida não ajudava: não gostava do lugar em que viviam, andava sempre deprimida e com a raiva pronta para explodir a qualquer momento. Assim, Diego simplesmente procurou um lugar para esconder-se, e um corpo jovem disposto a ceder seu sexo em troca do renome de ser amante do artista. Encarando de frente esse áspero panorama, a pior parte era que as fraquezas de Diego se sucediam, enquanto em sua vida conjugal parecia não acontecer nada.

Detroit foi para Frida a encarnação de todas as agonias descritas por Dante. Para Diego, ao contrário, era o coração da engrenagem dos Estados Unidos, a partir de onde iniciaria a revolução por meio de seus murais. A tortura de Frida começava com a comida, rude e sem vida, continuava com o cinza da paisagem, sempre nublada pelas contínuas emanações das fábricas. Aquela cidade de tijolos aparentes, chaminés altas e pesada fumaça não era o melhor lugar para seu filho nascer, mas, como tudo em sua vida, nem mesmo sua concepção foi planejada. Frida estava grávida, e sua cabeça era uma panela em ebulição, onde fervilhavam perguntas sobre seu futuro com uma criança que não era bem recebida pelo famoso pai, a quem temia revelar o segredo que guardava no ventre.

Desde seus primeiros dias em Detroit, Frida sentiu a solidão como um calafrio em suas costas doentes. Passava muito tempo sozinha, dando voltas pelo quarto do hotel, procurando com o que se ocupar. O quarto era tão ínfimo quanto sua esperança, e o cartaz dependurado na entrada do hotel proibindo o acesso a judeus reduzia ainda mais o espaço, que parecia construído com navalhas de racismo. Detroit era uma cidade difícil para ela; o mesmo valia também para o mecenas de Diego, o senhor Edsel Ford, tão robótico e frio como uma de suas máquinas armadas com perfeição operária na linha de montagem. Frida não conseguia encontrar nenhum respiro de humanidade entre os utensílios de aço e a maquinaria fria.

Quando foram convidados para uma festa em homenagem a Diego, que iria plasmar o herói coletivo do homem e a máquina como o espírito liberador de um povo que estranhamente não desejava ser liberado, ela engoliu a língua e, trajada como uma estrela de cinema, deixou-se arrastar para ser exibida como uma bela joia. Mas o ambiente falso e superficial a incomodou tanto que ao ouvir os comentários despóticos e racistas de Ford, o milionário da indústria automobilística, não conseguiu conter-se e cheia de malícia disparou:

"O senhor é judeu, senhor Ford?"

A pergunta provocou alvoroço entre os presentes e desagradou ao anfitrião. Diego estava surpreso de ver que o ódio que suas infidelidades provocavam na esposa era desafogado contra o empresário que lhes dava casa, comida e sustento. Aborrecido, afastou-se de seu grupo de aduladores profissionais e a levou até um terraço da mansão Ford para tirar satisfações:

"Frida, você ficou louca?"

"Não, fiquei grávida", respondeu ela com raiva.

A notícia que deveria trazer felicidade foi lançada como uma cusparada no rosto. Mas Diego era massa volúvel, e a primeira coisa que pensou foi nos problemas que envolviam ter um filho. Já tinha duas meninas de seu antigo casamento com Lupe e não sobrava humor para receber uma criança que o prendesse a algum lugar, interrompendo sua carreira em ascensão como muralista, agora favorito dos empresários norte-americanos.

"É verdade isso que você está dizendo, Friducha? É preciso pensar bem e ver qual a melhor coisa a fazer."

"O melhor quem vai resolver é um homem mais inteligente do que você. Hoje pelo menos finja que ficou alegre com a notícia", reclamou Frida.

Diego segurou-a pelos ombros com força e quando parecia a ponto de agitá-la para poder atirá-la do terraço, abaixou a cabeça com a lentidão de um trem engatando num vagão e colou seus lábios aos da mulher. A saliva tinha gosto diferente, de hortelã e menta. O beijo continuou por um tempo, apagando da mente dos dois o resto dos convidados da festa. Se Frida desejava ter um Dieguito, essa decisão seria dela. A parte difícil podia ficar para outro dia, hoje era ela quem mandava.

No dia seguinte, Frida permaneceu no quarto para comunicar o endereço a seu confidente, o doutor Eloesser.

Doutorzinho,

De mim tenho muitas coisas para contar, embora não sejam muito agradáveis. Preciso lhe dizer que minha saúde não anda bem. Gostaria de lhe falar de tudo, menos disso, pois compreendo que já deve estar cheio de ouvir queixas de todo o mundo.

Achei que, devido a meu estado de saúde, o melhor seria abortar, e por isso o médico daqui me deu uma dose de quinina e um purgante muito forte. Quando me examinou, disse que tinha total certeza de que eu não havia abortado, e que na opinião dele deveria levar adiante a gravidez, pois, apesar das más condições do meu organismo, poderia ter meu filho sem grandes dificuldades, com uma cesariana. Ele diz que, se ficarmos em Detroit sete meses, poderá me atender. Quero que me dê sua opinião, com toda a confiança, pois não sei o que fazer.

Frida não esperou a resposta de seu amigo. Decidiu não abortar, com base na esperança que lhe fora dada pelo médico de Detroit. Não havia como saber quem podia ser inimigo ou aliado. Qualquer mulher jovem que se aproximasse de Diego em busca de aceitação, conhecimento ou simplesmente pela vontade de relacionar-se com ele, podia desatar a fúria do tornado que Frida guardava dentro de si. Parecia não lembrar mais que fora dessa maneira que ela mesma chegara até ele, enquanto ainda mantinha relações com Lupe. Por isso, quando apareceu Lucienne, a filha de um compositor suíço, procurando orientação de Diego em sua arte escultórica, as suspeitas emergiam em cada esquina, com cada ausência de Diego. Numa reunião com a comunidade intelectual, Diego ficou encantando a loira com discursos de elogio à estética das máquinas. A mulher tinha uma conversa inteligente e replicava com respostas acertadas. Não se podia dizer que fosse uma qualquer. Por mais de uma hora o papo entre o grande pintor e a jovem escultora continuou saltando das influências de cada um para as opiniões que tinham a respeito de outros artistas. Quando Lucienne levantou para servir-se de algo para comer, encontrou Frida no umbral do salão. Como sempre, tinha aspecto deslumbrante, enfeitada por lindas joias, presentes caros motivados pela nova gravidez. Obstruiu-lhe a passagem como uma leoa que defende o que é seu.

"Odeio você", disparou-lhe Frida na cara.

Lucienne ficou desarmada, tentou procurar o apoio de Diego, mas ele já estava ocupado com outra estudante, que também enfeitiçaria com suas palavras de encantador de serpentes.

"Não culpo você por amá-lo. Se estivesse em seu lugar, eu também lutaria por ele", respondeu a fria escultora. Se lhe ofereciam verdades, ela devolveria verdades também.

"Afaste-se dele", sentenciou Frida, sem mexer um músculo.

As duas mulheres ficaram vários minutos se encarando, simulando um duelo à moda antiga.

"Isso será um problema. Ele me pediu que seja sua assistente no mural", explicou Lucienne.

"Ele não quer você como assistente, ele a deseja como amante. Primeiro vai envolvê-la com frases gentis e um tratamento amável. Depois, quando ficar cansado, irá desprezá-la e trocá-la por uma nova amante. Se você for inteligente não vai aceitar o cargo", explicou Frida, finalmente decidida a lutar.

"Eu sei que trabalhar com Diego é conveniente para a minha carreira. E ele terá a surpresa de saber que não me interessa deitar com ele. Ele é seu na vida privada, mas eu serei dele nas horas de trabalho.

Vou fazer tudo o que me pedir, exceto sexo. Se você pode viver com essas regras, então eu também posso."

Frida ficou aturdida. Era uma surpresa deparar com uma resposta assim no meio da habitual quantidade de mulheres ávidas para seduzir seu marido. Aquela jovem loira de olhos cristalinos admirava-o somente por sua pintura e seu talento.

"Você gosta de cozinhar?", perguntou a pintora.

"Minhas mãos foram feitas para esculpir. Cozinhar é uma arte sutil. Vou ter que procurar um mestre tão bom quanto Diego é para a pintura."

"Se você for ao nosso apartamento amanhã a gente pode cozinhar para esse barrigudo", convidou Frida. Lucienne aceitou na hora. Ganhara dois mestres.

A relação entre elas foi crescendo com o tempo. Diego, ao perceber que suas tentativas de sedução não eram bem recebidas, deixou-se levar pela inteligência de sua assistente e a converteu em sua colaboradora mais próxima. Frida descobriu uma aliada num lugar hostil e num momento difícil. Diego acabou pedindo a Lucienne para ir morar com eles, a fim de cuidar de Frida, e Lucienne aceitou de bom grado, pois suas aulas de espanhol e cozinha mexicana eram uma experiência importante.

Lucienne permaneceu ao lado de Frida tal como prometera a Diego. Um dia em que ambas contemplavam do hotel os fogos de artifício dos festejos da independência dos Estados Unidos, Frida não conseguiu ficar mais tempo em pé e voltou para o quarto, queixando-se de dor, que era parte física, parte fruto da depressão. Diego exigiu-lhe que dormisse para descansar.

De madrugada, o grito de Frida rasgou a paz do lugar. Correndo, Lucienne foi vê-la em seu quarto e deparou com um charco carmesim salpicado de pequenos vultos de sangue coagulado. Frida chorava.

Foi removida imediatamente para o Hospital Henry Ford. Enquanto os enfermeiros a transportavam na maca de primeiros socorros, Frida notou no teto do hospital o impressionante tráfego de tubos pintados em várias cores. Seus olhos se perderam naquele labirinto, e ela disse ao marido, que lhe segurava a mão:

"Olhe, Diego, que bonito!"

E as cores se tornaram escuridão.

Frida descobriu-se nua numa cama de hospital, com a barriga inchada como um balão, mas vazia como uma xícara sem água. Um redemoinho escuro entre as pernas manchava a brancura de sua pele. O sangue tingia os lençóis com figuras de corações oferecidos em sacrifício. Era lenta a investida vermelha, como se fosse um caracol arrastando-se pelo piso. De sua maternidade saíam tubos transbordando de sangue que alimentavam sua coluna partida, uma orquídea azul que agonizava no chão, aparelhos ortopédicos e o embrião que flutuava em cima dela. O rosto de seu filho nonato ficou encarando-a quando ele girou a cabeça, e antes que se lhe extinguisse o último sopro de vida, mostrou-lhe seus olhos e lábios grossos; inconfundivelmente, eram os traços de Diego. Aos pés da cama, Frida notou que uma pequena vela se apagava; com a morte da chama, o nonato desapareceu. Gritou de dor: haviam-lhe arrancado seu filho do mundo dos vivos. Não poderia nunca sentir o ar em seu rosto nem jamais degustaria uma comida preparada por sua mãe. A Madrinha o levara embora.

"Sinto muito, querida", disse-lhe a mulher, colocando-se do seu lado na cama.

Um grande chapéu coroava o rosto com véu. A estola de plumas brancas murchava como árvore de outono. Sua Madrinha mostrava-se triste por trás do véu escuro que lhe cobria o rosto.

"Por que não me leva embora e deixa que Dieguito viva?", recriminou-a Frida entre prantos, mas a senhora do final dos dias não respondeu. Pegou com as duas mãos o círio apagado e apertou-o contra o coração até que o dissolveu entre seus dedos.

"Todos vocês me pertencem", sentenciou a Madrinha. "Estou unida ao primeiro que existiu e continuarei aqui até o último. Quando não houver mais ninguém, minha tarefa estará concluída e só então deixaremos de estar unidos."

"Por quê?"

"Porque para uns é um alívio e para outros são muitos romances. Cada um conta sua história, não importa o quanto seja curta ou longa. Para ele foi suficiente. Já teve o necessário. Nem um minuto a mais, nem um minuto a menos. É assim que funciona", explicou sua Madrinha.

Frida sentia ódio. Não queria mais tratar com aquela mulher fria, que não compreendia a dor de ser mãe. Infelizmente, só entenderia muitos dias depois que aquela era a mãe de todos, e cada vez que fechava uma vida sofria à sua maneira, pois não há dor maior do que a perda de um filho.

"Não quero viver mais", disse Frida, desafiadora.

A morte deu um passo atrás, afastando-se da cama. Sua estola se perdia no horizonte, no qual uma fábrica soltava seus vapores.

"Será quando combinamos. Nem um minuto a mais, nem um minuto a menos."

"E esse momento quando é? Você não pode chegar e me arrancar tudo o que eu amo na hora em que você quer!"

A mulher do véu pegou a mão de Frida. Esticou cada um dos dedos, expondo sua palma ao céu cinza. Colocou um ovo de galinha que permanecia misteriosamente quente. Entre as manchas cor de café que o enfeitavam, na ponta de cima, havia uma inconfundível marca: uma pinta vermelha em forma de coração.

"Este aqui irá selar nosso pacto. Quem nascer desse ovo irá lembrá-la com seu canto o sol do novo dia que você continuará vivendo porque foi isso que combinamos. No dia em que não cantar ao sol, você morrerá."

Não houve despedida. Frida acordou no hospital rodeada de médicos. Seus olhos se encontraram com os de Diego. Depois sentiu o ar enchendo seus pulmões e apalpou o ventre vazio.

Cinco dias depois, Frida começou a desenhar como uma psicopata. Queria plasmar em suas obras o menino que perdera, tal como era quando literalmente se desfez em pedaços dentro de seu ventre, conforme lhe explicara o médico. Frida pediu que lhe arrumasse um feto em formol. O médico ficou assustado com a ideia, achando que se tratasse de um desvio mental causado por perda. Foi Diego que o fez entender que Frida estava fazendo arte, que estava expulsando seus fantasmas com lápis e papel. Inspirada pelas ilustrações de livros que mostravam as etapas da gestação, Frida passava horas desenhando fetos masculinos e autorretratos nos quais aparecia estendida na cama rodeada de estranhas imagens que arrancara da visita que lhe fizera a Madrinha: seus cabelos convertidos em tentáculos, depois em raízes. Não pronunciou nenhuma palavra durante a convalescença, apenas desenhava, traçava, voltava a desenhar. Lucienne e Diego a observavam sentados no aposento. De vez em quando derramava lágrimas e na mesma hora as limpava com o lençol e prosseguia com seus desesperados traços.

Escreveu ao doutor Leo no mesmo dia em que lhe deram alta do hospital. Foi uma carta longa, na qual lhe agradecia a atenção. Dar forma àquele sentimento contribuiu para que sua férrea vontade começasse a impor-se sobre a dor e recuperou a razão. No final, escreveu: "Não tenho outro remédio a não ser me aguentar. Tenho a sorte de um gato com sete vidas". Fechou a carta, acrescentou um beijo desenhado com batom e a entregou a Lucienne.

"Mande para o doutorzinho."

"Quer fazer mais alguma coisa, Frida?", perguntou, nervosa, diante da mudança.

"Quero pintar", respondeu.

De novo, como fizera depois do acidente, começou a trabalhar com todas as suas forças para poder extirpar de seu corpo o fracasso maternal por meio dos pincéis.

O abalo provocado pelo aborto e a aceitação da terrível verdade de que nunca teria filhos a fizeram dizer a Diego várias vezes que desejava morrer. Embora estivesse muito compenetrado na obra mural, Diego deixou suas amantes e começou a cuidar de Frida, a tolerá-la como se fosse uma menina. Assim que Frida recuperou as forças, voltou a levantar cedo para preparar-lhe comida e levá-la até o recinto onde trabalhava na grande obra. O ritual de chegar com a cesta arrastando aromas exóticos de *moles*, *enchiladas* e pratos mexicanos acabou tornando-se familiar para os ajudantes de Diego. Ao vê-la aproximar-se, Diego descia do andaime para beijá-la, conversar com ela e mostrar-lhe os avanços da obra. Enquanto punha a mesa, Frida fazia comentários sobre seu aprimoramento artístico. Era o mais próximo da relação que ela teria gostado de manter com seu marido. Lucienne se dispôs a tentar organizar sua vida de modo a abrir espaço para cada uma de suas paixões, pois percebera que Frida era pouco afeita a manter horários. Inculcou-lhe trabalhar em sua pintura de manhã, conseguindo fazer com que tivesse maior rapidez, sem demérito dos detalhes que seus quadros com paciência iam ganhando.

Um eclipse mergulhou a cidade na total escuridão no meio do dia, e Frida sentiu uma corrente gelada circulando entre Diego e seus ajudantes, que observavam o fenômeno da parte externa do edifício, onde realizava o mural. Para eles, era normal a ventania fria que acompanhava essa classe de fenômenos, mas, para Frida, eram símbolos de transformação: enquanto todos olhavam para o Sol através de lentes fumês, ela baixou o rosto procurando aquele que deveria chegar com a corrente fria: o Mensageiro.

Não se equivocou. No meio dos automóveis e caminhões estacionados, trotava um ginete em seu cavalo branco. O Mensageiro não olhou em momento nenhum para Frida, simplesmente se limitou a desfilar em silêncio. O repicar dos cascos do cavalo pouco a pouco se confundiu com os ruídos das fábricas distantes. Quando o primeiro raio de sol emergiu da sombra, o ginete desapareceu.

"O que você achou do eclipse, Frida?", perguntou Lucienne.

"Não é bonito. Parece só um dia nublado", respondeu ela, muito aturdida pela presença do homem que lhe pressagiava alguma fatalidade.

Diego riu sem entender, pois às vezes o homem só reage com humor diante do desconhecimento dos assuntos profundos e prefere esconder-se atrás de uma brincadeira ou comentário sarcástico.

Quando entraram de novo no salão onde pintavam o mural, um pacote de cartas esperava ser aberto. Muitas delas continham propostas para novos murais, havia até um convite de Nelson Rockefeller para Nova York. Mas havia também um telegrama urgente em nome de Frida. Diego pressentiu que era má notícia vinda do México. Sem dizer nada, ele leu o telegrama. Frida se assustou ao ver que ele empalidecia.

"Sua mamãe Matilde está morrendo."

O Mensageiro anunciara a tragédia. O desejo de Frida de voltar para o México cumpria-se, mas de uma maneira macabra. Era uma jogada sarcástica da Madrinha. Frida e Lucienne partiram para o México no dia seguinte.

Para a pintora, os acontecimentos foram esculpindo-a, dando-lhe uma complacência sarcástica a respeito de sua situação, e, se em princípio parecia conformista, sua atitude era a de uma sobrevivente. Sabia que viveria com os desmandos de Diego e da Morte. Cada um a seu turno se encarregaria de golpeá-la para que se rendesse. Mas este mundo lhe oferecia algo mais do que apenas respirar. Antes de chegar à Cidade do México, ressoaram dentro dela as palavras do seu sonho: "Nem um minuto mais, nem um minuto menos".

Suas irmãs Cristina e Matilde as receberam na estação. Choravam como se a mãe já tivesse morrido, mas parecia que ela ainda iria aguentar o suficiente para poder despedir-se de Frida. O câncer a consumia rapidamente. Seu pai enlouquecia com a ideia de perder a mulher que, embora nunca o tivesse amado, o prendera com os laços do hábito.

Na casa de Coyoacán, a mãe aguardava o desfecho final. Frida encontrou-a reduzida a um saco de ossos repousando na cama. Ao vê-la, não pôde conter o pranto. A mulher mal conseguiu dar-lhe uns tapinhas na cabeça.

"Frida, filha...", murmurou.

"Estou aqui, eu voltei."

"Você nunca foi embora. Sei que você nunca irá embora desta casa", respondeu a mãe.

Fechou os olhos e, aceitando que eram seus últimos dias na Terra, suas filhas começaram a rezar-lhe um rosário.

Morreu uma semana mais tarde. As irmãs desfilaram diante do corpo envolvidas em xales pretos e com os olhos irritados. Entre ave-marias e pai-nossos, enterraram mamãe Matilde. No túmulo deixaram flores amarelas e velas para iluminar-lhe o caminho no além. Voltaram todos à casa de Coyoacán para acompanhar papai Guillermo. Frida pediu um momento de privacidade a Lucienne e foi passear pelos jardins. Algumas galinhas picavam a parte de trás de sua saia preta, na esperança de ganhar algumas sementes. Frida notou que num dos ninhos das aves havia um único ovo com a marca em forma de coração na ponta. Surpresa, tentou tocá-lo, mas, para seu espanto, ele se moveu sozinho. A casca rangeu como uma fenda num deserto. O milagre estranho e impressionante da vida se desenrolou diante de seus olhos: emergiu um bico pequeno, depois a cabeça, molhada e sem pelugem. No final, saiu um pintinho, amarelo e preto. Abria e fechava os olhos tentando controlar a vista. A primeira coisa que viu não foi a mãe, que certamente era alguma das anônimas galinhas da casa, e sim Frida, que chorava sem parar. "Bom dia, senhor Cui-cui-ri", disse ao pintinho que tentava ficar em pé.

Pegou-o com as duas mãos e o levou até seu quarto para cuidar dele. Fez um ninho com uma caixa, panos velhos e uma lâmpada. O pintinho não pareceu incomodado por ser ela quem cuidava dele. Os dois se sentiam à vontade. Durante os dois meses em que permaneceu com a família, o pintinho a seguia por todo canto. Frida supôs que aquele pequeno frango era quem iria marcar o pacto com sua Madrinha e que, ao crescer, seu canto anunciaria o novo dia que ela viveria emprestado. Sabia que seria assim até que já não o fizesse mais e ela deixasse de existir.

Quando partiu para Detroit acompanhada de Lucienne, de volta para Diego, encarregou Cristina de cuidar do pequeno frango, que já começava a tomar a forma de um galo bastante magro e frágil. Frida pegou suas malas e suas lembranças e fez o longo trajeto.

Depois de vários dias de uma viagem cansativa, quando chegou à plataforma da estação da cidade de Detroit, viu que quem esperava por elas era um homem de terno. Frida não o reconheceu. Magro, de cabelo curto. Chegou perto dela e disse: "Sou eu". Frida compreendeu que era o marido, Diego, que se submetera a uma dieta por causa de um problema gastrintestinal, estava incrivelmente magro, tanto que tiveram de emprestar-lhe um terno. Não houve mais palavras entre eles. Frida se atirou nos seus braços, e ele a aconchegou em seu corpo como se fosse uma pombinha. E assim ficaram, abraçados por vários minutos, chorando.

As cestas para o barrigudo

Não gosto de Detroit. É uma cidade que dá a impressão de uma aldeia antiga e pobre. Mas estou contente porque Diego está trabalhando muito feliz aqui, encontrou inspiração para seus afrescos. Esta é a capital da indústria moderna, um monstro de engrenagens e chaminés. Contra isso só me resta lutar com minhas anáguas compridas, minhas blusas do istmo e os pratos mexicanos que meu marido barrigudo adora. É só dar-lhe um bom mole *para que fique contente enquanto trabalha.*

Mole tapatío

1 kg de lombo de porco em pedaços pequenos
4 pimentões grandes, sem sementes, assados
4 *chiles pasilla*, sem sementes, assados
1 cebola assada
2 dentes de alho assados
100 g de amendoim torrado sem sal
1 colher (chá) de sementes das pimentas
4 pimentões grandes
2 cravos
1 lasca de canela
banha de porco
sal

Numa boa panela, cozinhe a carne com água suficiente e um pouco de sal. Quando estiver macia, retire a carne e reserve o caldo. Deixe as pimentas já assadas de molho por 5 minutos em água quente, para que fiquem macias. Triture com a cebola, o alho e um pouco do caldo reservado. À parte, triture o amendoim, as sementes de pimenta, os pimentões, o cravo e a canela com mais um pouco do caldo reservado. Aqueça umas 3 ou 4 colheres (sopa) de banha numa caçarola e frite a mistura de amendoim. Então acrescente a mistura de pimentões. Enquanto as duas pastas se misturam, vá acrescentando um pouco de caldo para que o molho não fique muito espesso. Deixe ferver por 30 minutos em fogo baixo. Tempere com sal, acrescente a carne de porco e deixe ferver mais 5 ou 10 minutos. Sirva com arroz, *tortillas* e feijão frito. Você pode pôr uma pitada de amendoim moído em cima de cada prato quando já estiver servido.

Capítulo XIV

Quando Frida levantou os olhos, enquanto se enfeitava como uma vaidosa *guacamaya* de cores explosivas, encontrou um par de olhos glaciais que passearam por seu corpo, como um pequeno cubo de gelo rondando a pele para dar-lhe uma sensação de prazer misturada com o nervosismo de uma virgem. O olhar das duas mulheres se uniu de maneira estranha, sincronizando sua respiração e seus desejos. Um par de olhos frios percorreu a blusa oaxaquenha que ocultava os peitos de Frida. Ela se aprumou, com o porte de um pavão que estica as plumas durante a corte. Aqueles olhos a despojaram das anáguas, da blusa e da pesada joalheria para deixá-la perturbada como se estivesse pisando em brasas.

"Você está flertando com a Georgia O'Keeffe?", perguntou-lhe Diego ao pé do ouvido quando descobriu o espetáculo entre as duas pintoras.

Frida teve de baixar o olhar para o chão e soltar uma risadinha infantil. Diego manteve o sorriso. Aquela expressão melhorava ainda mais seu aspecto, pois o *smoking* que vestia o favorecia e, apesar de já estar recuperando o peso, dava-lhe um toque interessante. Frida, como sempre, impecável princesa pré-hispânica, musa artística feita obra de arte. Depois dos graves acontecimentos vividos em Detroit e no México, concentrara-se em recuperar seu papel de mulher, com tudo o que isso implica, como apresentar-se sempre invejável, pois não há inveja boa, e se ela vem de outra mulher, com certeza é inveja má.

"Você sabe que eu não me importo. Acho as mulheres mais civilizadas e sensíveis que os homens, nós somos toscos no que se refere ao sexo. Temos nosso órgão num só lugar, enquanto vocês o tem distribuído por todo o corpo", disse Diego, dando-lhe um beijinho sonoro na testa, com todo o carinho que sentia por sua mulher.

Frida, desconfiada, suspeitava que essa era uma maneira que ele tinha de marcar sua esposa, uma forma sutil de dizer a todos os presentes: "Podem flertar com ela, mas lembrem-se de que no final ela é minha". Não era um recado que pudesse ser esquecido, pois Diego era o dono do momento. Não só naquela noite, mas durante os últimos meses. Seu encanto se propagava por toda Nova York. Uma versão moderna do flautista de Hamelin, adorado e divinizado, à espera de que com seus pincéis mágicos levasse prosperidade à parede do mais importante complexo de negócios, cultural e político da ilha: o Rockefeller Center. Agora, como convidado da poderosa família, que não precisava da cadeira presidencial para manipular os fios das decisões nos Estados Unidos, o artista sabia-se em seu melhor momento. Se os Rockefeller queriam que Diego se convertesse em divindade, então todos os habitantes de Manhattan deveriam render-lhe homenagem.

"Não preciso de sua autorização para isso. Você não me pediu a minha para deitar com sua ajudante Louise. E mesmo que eu a tivesse negado, você não teria levado em conta", respondeu a Diego.

O tom não era ácido como um limão, apenas sarcástico como melancia fatiada que morre de rir do crepúsculo de uma relação matrimonial.

Diego fumou seu aromático charuto cubano, tragando-o continuamente como bebê resmungão empenhado em sugar a chupeta.

"Diego! Venha conhecer minha esposa, Georgia!", convidou o dono da galeria, Alfred Stieglitz, abraçando-o pelas costas.

O fotógrafo e dono de galeria via-se desproporcionado ao lado do muralista. Ambos pareciam ser de raças tão diferentes como um elefante e um periquito. Com a mão livre, Alfred fez sinais à mulher dos olhos glaciais, e com lentidão ela se aproximou deles abrindo caminho entre os convidados, que se afastavam diante de seu porte de traços delgados, pele branca e cabelo dourado. Georgia O'Keeffe vestia calça preta e camisa de seda transparente, o que lhe dava um toque de amazona transportada para o centro daquela cidade. Suas sardas reluziam como brilhantina no seu corpo queimado pelo sol do Novo México. Frida se consumia de desejo ao vê-la caminhar qual guerreiro apache, com galhardia masculina e delicadeza de cristal.

"Georgia, acho que você conhece Diego e sua esposa", apresentou-os Alfred, abraçando sua mulher, que continuava ereta, com altivez monárquica.

Frida a devorou com os olhos como se devorasse uma suculenta maçã.

"É um prazer", disse Georgia, sem soltar a mão de Frida, que em seu papel de rainha maia deixava-se também consumir pelo olhar gelado. Enquanto Diego e Alfred discutiam sobre o projeto Rockefeller, as mulheres conversavam com os olhos.

"Gostaria de tirar uma foto da senhora Rivera", disse um intruso.

Era um fotógrafo de baixa estatura e chapéu largo que carregava uma câmera fotográfica do tamanho de uma fábrica. Frida soltou Georgia, surpreendida pela interrupção. De maneira natural, colocou-se junto a uma das obras da galeria e posou com olhar profundo. Quando o refletor explodiu à sua frente, Georgia estava perdida no meio de um grupo de convidados que riam em volta dela. Frida tentou segui-la, mas o jornalista voltou a atacar:

"A senhora deve se divertir bastante enquanto o mestre Rivera trabalha em seus murais. Há muita coisa para ver na cidade. O que é que o senhor Rivera faz nas horas de lazer?"

"Faz amor", respondeu Frida, afastando-se com um sorriso.

Talvez tivesse gostado de acrescentar "mas não comigo", porém estava decidida a encontrar Georgia.

Infelizmente, foi impossível. A festa era uma loucura e terminaram num bar do Harlem. As brasas que Georgia acendeu não poderiam ser sufocadas naquela noite, mas Frida conservava em sua mente aquele par de olhos desnudando-a. Nunca ninguém a olhara desse jeito. Jamais se sentira tão desejada nem desejara com tanta intensidade. Para dar por encerrada sua frustração, tomou seu conhaque naquele bar que ainda tinha cheiro de trabalhadores, enquanto Diego dormitava bêbado e um grupo de *jazz* tocava "Dead man blues".

Nova York foi uma cidade de sonhos. Sonhos de triunfo, de reinados imortais sobre os dogmáticos críticos de arte, mas também de sonhos inócuos de uma felicidade matrimonial que aparentava perfeição sobre uma realidade cheia de fissuras. Diego, o consumado comunista que se autodenominava o pintor que romperia as correntes da opressão capitalista com seus pincéis, adorava estar onde se encontrava: no templo do dinheiro, no mausoléu dos empresários, no panteão divino dos milionários. Ele se proclamava vermelho, mas seu interior era o branco de uma camisa apertada dentro do *smoking*, que trajava com falsa modéstia nas elegantes reuniões que pareciam não ter fim. Frida gostava de se ver como centro das atenções, mas não conseguia dissipar sua nostalgia pela maternidade, pela família e pela comida picante com *tortillas*. Enquanto Diego trabalhava, ela suspirava durante horas enfiada em sua tina de banho, acreditando ser um casulo de mariposa à espera de sua transformação ou de um milagre. Era em vão, tudo continuaria igual. Diego ia e vinha com mulheres dependuradas no braço como se fossem bolsas de compras depois de uma liquidação; os repórteres a perseguiam como a atração principal de um circo; e as reuniões boêmias que esparramavam álcool pareciam uma instituição diária, pois todos os intelectuais ou *socialites* queriam divertir-se com o casal Rivera.

Enfiada em sua tina, enquanto observava só com parte do rosto fora da água, pensava que o trato com sua Madrinha era uma questão sem importância. São poucos os humanos que têm uma segunda oportunidade, e se ela era a escolhida no meio do bando de inúteis que era o resto das pessoas que a acompanhavam nesta viagem pela vida, pelo menos devia levar uma boa vida e divertir-se nesse trajeto. Assim, enquanto seus dedos salpicavam a água, movendo-se como vermes nervosos que estão a ponto de ser fritos para um *taco*, começou a rir como uma louca. Suas recordações flutuavam em desordem diante dela, fazendo-lhe divertidas cócegas nos pés. Ali estavam os momentos mais dolorosos vividos numa parafernália psicótica que sua condição de mulher assimilava como delírios saudáveis. Sua mente começava a divagar. A água oferecia-lhe imagens do passado e do presente, de vida e de morte, de consolo e de perda, e assim adormeceu na tina, para ser gravada como placa fotográfica e poder ser exibida num de seus quadros anos mais tarde.

"Você vai ficar assim o dia inteiro? Parece que está querendo virar peixe", disse Lucienne, com ar brincalhão, ao despertá-la umas duas horas depois entregando-lhe uma toalha. Frida abriu os olhos, sentindo um calafrio pelo corpo inteiro. Seus dedos começavam a ficar ligeiramente azulados de frio.

"Não é má ideia, dizem que a vida deles é divertida. Imagine as orgias que eu não iria organizar num cardume", brincou, tiritando enquanto se cobria com a toalha.

"Eu não iria gostar. Muito molhado, muito escorregadio", soltou Lucienne, com careta de nojo, e com uma escova começou a pentear o longo cabelo de Frida, que lhe escorria pelo corpo nu imitando o breu.

"Não precisa ser peixe para ficar molhada e escorregadia", disse Frida, temperando a conversa e passando a palma da mão pela toalha que a cobria.

Lucienne não respondeu, deixando que os rostos das duas com o sorriso desenhado se refletisse no espelho da parede. Restou apenas o ruído da escova em contato com o cabelo musicando a cena.

"Ainda estamos falando de peixes, não é mesmo?", perguntou Lucienne, aturdida.

Como resposta recebeu um par de olhos marotos e brincalhões, que riam dela debaixo das sobrancelhas densas. A travessa confiança que Frida tinha nela mesma transbordava com todos os seus conhecidos.

"Vamos sair hoje", desafiou Frida.

"E Diego?"

"Fodendo com alguma gringa."

"Tem certeza?"

"Diego só faz quatro coisas na vida: pinta, come, dorme e fode. Não está trabalhando, e hoje eu não cozinhei para ele a *cochinita pibil* que ele come às toneladas. Se der uma olhada na cama você vai ver que não tem nenhum gordo dormindo, por isso, só resta uma opção, e nesta eu não estou incluída, porque desde Detroit ele não toca em mim."

A escova se deteve em seu jogo de subir e descer. A mão de Lucienne foi caindo de um lado, como quando as meninas recebem a notícia de que seus pais vão separar-se. Frida ergueu os ombros como se fosse um incômodo menor, tão insignificante como se esquecer do aniversário de alguém. Ao vê-la tão segura, tão mulher, Lucienne continuou penteando-a.

"E o que você quer fazer?"

"A gente podia ir ao cinema. Talvez esteja passando algum filme de Tarzan em que apareçam gorilas."

"Você é doida! Por que gosta de filmes em que apareçam macacos?"

"Eles me lembram Diego. Mas eu gosto mais deles, são mais bem--humorados e não falam."

Deixando-se massagear pela escova, começou a arrumar-se com sedutores coques e intrincadas tranças.

"Hoje eu quero que seja a nossa noite, pois amanhã temos o jantar com os peixes grandes dos Rockefeller, e suas festas são um porre só."

Lucienne murmurou alguns palavrões, ela e Frida brincavam de ensinar uma à outra grosserias em vários idiomas. Frida tinha um amplo repertório em espanhol.

"Faz só dois dias que a gente foi ao cinema, melhor a gente ir até o bairro chinês. Depois a gente desce até o Village e bebe alguma coisa. Vamos convidar a comitiva da *Vanity Fair*."

"Será que a Georgia O'Keeffe vai?"

"Acho que ela já voltou a morar com os coiotes no Novo México, é um bicho esquisito que se refugia no deserto sempre que pode."

"É uma pena, queria seduzi-la", rematou Frida, dando de ombros, decepcionada.

Para Lucienne, a homossexualidade de Frida era novidade; descobriu isso quando Diego, brincando, disse: "É claro que você sabe que Frida é homossexual. Você precisava ver como ela flertou com a Georgia O'Keeffe na exposição do marido dela".

Frida não imaginava que a festa de Nelson Rockefeller seria sua despedida daquele mundo da elite. O jovem Nelson Rockefeller contratara Diego na qualidade de vice-presidente do centro que levava seu sobrenome. Era um admirador da obra de Diego e, talvez pela ingenuidade e rebeldia que traz a juventude, considerou boa ideia que um renomado capitalista desse trabalho a um comunista importante para pintar o próximo templo das finanças. Seu primeiro encontro acontecera anos antes, na casa de Diego no México, quando Frida começava a ser uma aprendiz avançada no manejo das poções culinárias. Desde que o rapaz chegou, elegantemente trajado, e aproximou o nariz do cozido yucateco que Frida preparava para celebrar aquela reunião, ela compreendeu as palavras de Lupe Marín. "Uma comida bem-servida pode ser o mais fascinante dos encantos". O jovem esqueceu Diego e encheu Frida de perguntas sobre cozinha mexicana, que ela limitou-se a responder friamente. Depois daquele banquete, Nelson ficou encantado com o jeito de ser daquele casal, com as rústicas pinceladas de Diego e, é claro, com os matizes gastronômicos de Frida. Introduzido naquele mundo mágico, foi convertendo-se num estudioso da arte pré-hispânica e da arte popular mexicana. Nelson, totalmente embriagado pelo carisma de Diego, propôs-lhe que pintasse o mural em Nova York, e o pintor imediatamente deu título ao que acreditou que seria o auge de sua carreira: "O homem na encruzilhada olhando a esperança de um novo porvir". Rockefeller aprovou o tema na hora.

Mas as críticas à obra do Rockefeller Center não demoraram a aparecer. Quando o mural estava quase pronto, e astutamente Diego mudou o personagem do operário do esboço pela figura de Lenin, os jornais gastaram tinta criticando o viés comunista da obra. Assim, o jovem Nelson tomou pé do assunto e chegou alguns dias antes da festa para acompanhar a realização da obra que iria enfeitar seus edifícios. Era um homem magro e de olhar inteligente, com nariz afilado como a decoração metálica da capota de um automóvel de luxo; vestia-se com sobriedade e suas mãos descansavam em seus bolsos numa atitude desinteressada, a mesma que poderia assumir a morte depois de uma eternidade ceifando almas.

"Mestre Diego, senhora Rivera, venho convidá-los para uma pequena festa em minha casa", disse-lhes ao pé do andaime sem tirar a vista do traçado de Lenin, que parecia olhá-lo com expressão sarcástica.

"E a que se deve esse prazer?", disse Diego como um trovão enquanto descia do andaime.

"A isso, ao prazer." Sua mão então se apresentou, saindo do bolso e apontando para a cabeça de Lenin. "Esse seu operário está muito careca, de cavanhaque, muito vermelho. Talvez tenha se equivocado, pois no esboço não era assim."

Diego murmurou algumas palavras indecifráveis, como se ruminasse seus pensamentos.

"Se eu o eliminar vou alterar todo o conceito do mural... Se quiser algo patriótico que ressalte suas listras e estrelas, ponho ao lado dele o presidente Lincoln", sugeriu Diego, como se barganhasse num mercado.

"O senhor já deve estar sabendo que será um edifício com empresários importantes, sinto que talvez alguns de meus clientes possam se ofender. É só uma pequena mudança", insistiu o jovem Nelson. Diego coçou as nádegas, incomodado.

"Não posso... É impossível."

Nelson Rockefeller, com gentileza, ergueu os braços, como senhor feudal que só precisasse esperar que os fios das marionetes que ele manejava fizessem seu trabalho. Deu um sorriso para Frida e se despediu:

"Senhora Rivera, eu a espero em minha casa. Também posso fazer maravilhas com os coquetéis; não vão ficar tão mágicos como seus pratos, mas reconfortam a alma igualmente." Dito isto, foi-se embora com a mesma graça com que chegou.

A bem da verdade, a reunião foi agradável: um pequeno encontro entre amigos, artistas da alta sociedade e intelectuais, no apartamento do jovem Nelson, que era em si um museu, com quadros e esculturas de grandes mestres.

"Quando minha família expressou o desejo de um mural que fizesse as pessoas pararem e pensarem, eu sugeri Picasso ou Matisse. A arte moderna é um ato de libertação", explicou a Frida, que brilhava de tão linda, e a Diego, orgulhoso como um leão que domina a selva. Ambos haviam chegado à reunião rodeados de fotógrafos que procuravam uma boa foto para a capa da revista *Life*. "Mas lembrei que minha mãe era admiradora de Diego, e depois de nossa visita à sua casa, onde comi aquela deliciosa *cochinita pibil*, senti o impulso de contratá-lo.

"Você é inteligente, rapaz", afirmou Diego.

Frida baixou a cabeça, como agradecendo pelo elogio à sua comida.

"Espero que nossa discussão seja encarada apenas como uma comparação de ideologias", explicou a Diego, levando Frida pelo braço em direção ao bar. "Por isso, terei que roubar sua esposa, para mostrar-lhe que em minhas mãos também há uma feitiçaria culinária."

Nelson e Frida caminharam entre os presentes, cumprimentando e apresentando-se como se fossem um casal de quinze anos em sua noite de debutantes. Instalaram-se numa sala onde sua esposa, Tod, conversava com algumas amigas da igreja. Ao ver Frida, examinou-a com um sorriso falso, como se estivesse diante da exibição de um réptil exótico em algum zoológico.

"É um prazer, senhora Rivera. Nelson afirma que a senhora pinta e cozinha maravilhosamente."

"Ela pinta melhor do que eu!", gritou de longe Diego, que já bebia de um copo grande e estava reunido com uma corte de aduladores.

Frida apenas sorriu e baixou o rosto.

"Minha mãe era indígena, me ensinou algumas receitas antes de morrer", respondeu Frida com o orgulho de sua raça transpirando por cada poro do corpo.

"É uma pena que tenha falecido. Tomara que tenha encontrado um bom guia do Crossroad Club", desculpou-se Nelson, pedindo a um garçom que o deixasse preparar as bebidas.

Frida imediatamente fez uma cara de estranhamento.

"Bom, com certeza já ouviu a história do Crossroad Club", disparou Nelson, enquanto, com a destreza de um alquimista moderno, misturava o gim e o vermute para preparar um martíni seco. "O Crossroad Club? Soa interessante." Frida arqueou as densas sobrancelhas com curiosidade.

"É apenas uma lenda urbana. Histórias antigas de lavadeiras e faxineiras", resmungou a esposa, como se tivessem caído de repente numa vizinhança pobre.

Nelson terminou de servir seu copo e colocou o de Frida nas mãos dela com um gesto cavalheiresco e reconfortante.

"Conte-me, parece ser muito interessante", convidou ela, molhando os lábios vermelho-cereja no frio líquido do coquetel. Não foi ela que saltou ao sentir o perfume do gim e do vermute, ao contrário, foi o próprio martíni que tremeu luxurioso ao experimentar o beijo caramelado de Frida no copo.

"Preciso admitir que é uma espécie de lenda urbana, do tipo daquelas que se contam às crianças antes de dormir. Quem me passou foi um velho funcionário de meu pai. Um homem de cabelo branco que dizia que sua linhagem vinha do primeiro escravo africano em terras americanas. Era um bom papo. Conseguia me deixar pasmo por horas com seus relatos. Todos o chamavam de "Old Pickles", e ele nunca parava de assobiar canções dos prostíbulos de Chicago…"

"Às vezes ele é tão fútil que eu preferiria morrer de tédio ouvindo como Diego beija a bunda dos comunistas", murmurou em segredo a senhora Rockefeller para uma amiga, mas Frida conseguiu ouvir o comentário venenoso. Tod Rockefeller levantou do sofá com o porte de um guarda inglês e se afastou caminhando como um pavão até o grupo em que Diego cuspia histórias sobre política e narrava falsas conquistas.

"… Um dia decidi comer os restos do peru de Ação de Graças no terraço, e lá estava Old Pickles, devorando seu almoço de sardinhas e uma maçã vermelha. Imediatamente me pediu para sentar ao lado dele, sem importar-se com o fato de que eu era o filho de seu chefe. Para ele, durante a hora das refeições, as classes e posições eram um estorvo, afinal todos comemos sentados à mesma altura", continuou Nelson, agradecido por ter uma interlocutora tão apaixonada por seu relato.

"Uma mulher de San Francisco me disse algo parecido", completou Frida, recordando a aromática torta de maçã de Mommy Eve.

"Ele começou a me contar a vida e obra de todos os funcionários da empresa. Quem dormia com quem, quem odiava meu pai. Mas quando contou de um velho contador polonês que havia morrido na rua, fez o sinal da cruz e disse: 'Que tenha encontrado um bom guia no Crossroad Club'." Rockefeller se deteve para refrescar a boca com o martíni que segurava na mão. O gim inflamou-lhe os olhos.

"Perguntei o que era aquele Crossroad Club, e Old Pickles me explicou sem parar de mastigar suas cheirosas sardinhas. Disse que, ao morrer, todos temos de percorrer um caminho para chegar ao nosso destino, e para guiar-nos por esse caminho escuro foi fundado o Crossroad Club: um grupo de almas que trabalham como guias para que cada humano chegue ao seu destino. Como se me explicasse o funcionamento de uma empresa, deu-me a entender que seus membros foram em vida pessoas admiradas, reconhecidas e queridas por muita gente. Por isso são escolhidas, porque as pessoas as reconhecem quando morrem, pois, quando chega a hora, todo o mundo quer ver um rosto conhecido."

Frida ficou encantada com a narração, que lhe explicava sua complicada realidade em poucas palavras. Em sua cabeça, as imagens recorrentes do ginete revolucionário desfilavam como um redemoinho de acontecimentos.

"Como quem? Quem são esses guias?", balbuciou Frida.

"Não sei, talvez George Washington, Dante ou Matisse. Suponho que cada pessoa deve ter um diferente."

"Se eu morresse, gostaria de encontrar Mary Pickford nua", gritou um convidado que ouvia de enxerido a conversa.

Nelson achou graça na intervenção e apontou para Diego, que continuava de copo na mão enfeitiçando os presentes com seu discurso.

"Com certeza, para seu marido seria o Lenin. Ao que parece, está obcecado por ele. Eu acharia estranho que um homem quisesse aquele comunista como acompanhante, mas cada mente é diferente, sem dúvida", murmurou Nelson para si mesmo, permanecendo pensativo por algum tempo. Voltou para Frida como se acordasse de uma sesta e lhe arremessou a pergunta como se fosse uma bola:

"Quem a senhora escolheria como guia do Crossroad Club? Quem seria seu Guia da Morte, senhora Rivera?".

Frida esculpiu um sorriso tonto para não responder, pois com certeza seria complicado revelar que ela já conhecia aquele misterioso personagem, que a visitava nas horas-chave de sua vida, sempre com seu largo chapéu montado a cavalo, o mesmo que encontrou de menina quando os revolucionários entraram em sua casa.

"Sou ateia", respondeu com frieza, encerrando o assunto.

Nelson Rockefeller tomou-lhe a mão abarrotada de anéis.

"Pode negar o Deus cristão, tem o direito de fazê-lo. Se conhecesse o pastor da Quinta Avenida tão bem quanto eu, me diria que você tem razão. Mas não pode negar que a morte existe. Está aí, a cada esquina, esperando em silêncio para chegar até nós e nos oferecer a mão. E isso não é questão de acreditar ou não, trata-se apenas de deixar de existir", expôs com um murmúrio.

Frida ficou em silêncio, suportando aquele olhar de bloco de gelo que só carregava dólares e poder e cujos lábios se abriam lentamente para oferecer-lhe um sorriso aterrador. Às vezes, o poder absoluto mete mais medo do que a morte.

Nelson levantou do sofá com o copo vazio. Pôs a mão no bolso da calça e piscou um olho para Frida:

"Eu acho que no dia em que a senhora morrer passará a fazer parte do Crossroad Club. A senhora é uma escolhida da morte. Foi um prazer conhecê-la, espero que algum dia me perdoe pelo que irá acontecer."

Deu meia-volta e se perdeu entre os convidados. Frida tentou pensar que tudo aquilo era apenas uma história para assustá-la, que não devia confiar num homem com tantos dólares, pois estes não nascem de sonhos, crescem no meio de realidades, e decidiu esquecer tudo e curtir a festa.

Mas estava certa ao desconfiar do jovem Rockefeller: no dia seguinte, ele foi até o local onde Diego dava os últimos retoques em sua obra, acompanhado por um grupo de guardas, que ficaram rondando seus ajudantes. Nelson não aparentava estar ofendido, ao contrário, mostrava o mesmo sorriso cavalheiresco que mantivera na noite anterior durante toda a festa. E, com aquele sorriso de deus-que-esmaga-formigas-humanas, estendeu um envelope para Diego que continha o resto do pagamento combinado para o mural.

"Não pode fazer isso comigo", murmurou Diego, raivoso, partindo ao meio seus pincéis.

"O senhor sabe que posso fazer qualquer coisa. A solução em relação à imagem que eu lhe pedi para tirar do mural é simples: se tiver um Lenin na parede, não haverá parede." E tendo dito isto, com uma elegante inclinação de cabeça dirigida a Frida, pôs os dois para fora de seu edifício, pois os serviços de Diego como artista já não eram mais requeridos. Não havia volta. Diego, antes de cuspir labaredas, espumou como um cão raivoso que tomou cerveja choca. Não eram as armas dos guardas o que o dissuadia de tentar opor-se à decisão de Rockefeller, mas seu sorriso e as duas mãos escondidas dentro da calça, como um capataz que tranquilamente assessora a construção de seu império. Naquela mesma tarde, martelos e cinzéis começaram a trabalhar. Os traços do grande mural que consagraria sua majestade Diego como o artista que salvaria o povo por meio de seus pincéis caíram em pedaços. Diego nunca compreendeu aquele dito mexicano que avisa: "*No hay que mear en el pesebre*".[1]

Três meses mais tarde e depois de mais de quatro anos morando nos Estados Unidos, o sonho de Frida de voltar para casa iria se tornar realidade.

Eu e a grande cidade

Nossa estada em Nova York foi paga por um peixe grande. Dólares ele tem de sobra, mas admito que no fundo sempre gostei dele. O Rockefeller gastava o dinheiro do papai colecionando estátuas pré-hispânicas, assim como Diego. Mesmo depois da grosseria que nos fez, foi visitar-nos em casa no México. Sempre pedia sua cochinita *com tortillas de milho azul. Dizia que há três fases na vida: jovem, meia-idade e "como você está bem hoje!".*

---

[1] O sentido literal é: "Não se deve urinar no comedouro". Em outras palavras, não se cospe no prato em que se come. (N.T.)

Cochinita pibil

Dizem as más-línguas que o Yucatán foi o primeiro lugar do continente americano onde os índios na conquista provaram a carne de porco. Por isso, logo, logo passaram a inventar coisas como a cochinita pibil. *O preparo da* cochinita *deve ser extremamente cuidadoso, dando a cada ingrediente seu tempo de cocção para obter-se o prato como ele deve ser. Muitos gostam de usar o lombo, mas Eulália a prepara com o ombro, que é mais suculento.*

4 folhas de bananeira
1 ½ kg de pernil de porco ou paleta
½ kg de lombo de porco com costela
200 g de urucum
1 xícara de suco de laranja-azeda
¼ de colher (chá) de cominho em pó
1 colher (chá) de orégano seco
1 colher (chá) de pimenta-do-reino branca moída
½ colher (chá) de pimenta-do-reino preta moída
½ colher (chá) de canela em pó
5 pimentas grandes grosseiramente moídas
4 folhas de louro
3 dentes de alho espremidos
½ colher (chá) de *chile piquín*[2]
125 g de banha de porco

Passe as folhas de bananeira pelo fogo para amaciá-las, sem deixar que se partam, e com elas forre uma travessa refratária, deixando sobra nas bordas para posteriormente envolver o cozido. Arrume as carnes na travessa. Dissolva o urucum no suco de laranja-azeda, acrescente as especiarias e banhe a carne com a mistura. Deixe marinar por pelo menos 8 horas ou de um dia para o outro. Derreta a banha e unte a carne, que deve ser bem embrulhada com as

---

[2] Pimenta-confete (*Capsicum annuum*). (N.T.)

pontas das folhas de bananeira e pulverizada com um pouco de água para evitar que queime. Leve ao forno preaquecido a 175 °C e deixe cozinhar por 1 hora e 30 minutos ou até que a carne esteja se desmanchando. Desfie a carne e sirva no mesmo prato, com as folhas abertas, acompanhada de tortillas.

O molho da *COCHINITA*

3 cebolas-roxas picadas
4 *chiles habaneros* picados
½ xícara de coentro picado
1 xícara de suco de laranja-azeda ou vinagre

Misture todos os ingredientes e deixe repousar por 3 horas. Sirva como tempero da *cochinita* em *tacos*.

Capítulo XV

No dia em que Frida ficou sabendo que seu marido jogara sujo, decidiu que aquele barrigudo estava morto para ela. Seu sangue em ebulição exalava vapores de ódio. Sentia-se culpada por ter propiciado aquele ato doloso, mas havia também outras razões para sua raiva. Merecia aquilo, por ser tonta. Não há dor pior do que descobrir que o engano esteve sempre debaixo de nosso nariz. Aquela sensação de sentir-se uma tonta a irritava tanto que mal podia conter a vontade de quebrar toda a louça. Desde que o casal Rivera voltara do exílio nos Estados Unidos, Frida sentia que seu país lhe era estranho. O público se esquecera de Diego; depois de tanto tempo no exterior, os jornais já não se ocupavam mais dele. Tudo mudara, até a música provinciana dos *mariachis* desaparecera das rádios para dar lugar aos boleros de Guty Cárdenas e às canções dor de cotovelo de Agustín Lara. Verdade que o governo do general Cárdenas simpatizava com os movimentos revolucionários e comunistas, mas a era dourada dos grandes muralistas já se extinguia diante dos ares da guerra na Europa.

Diego também mudara, agora era apenas uma sombra daquele ogro glutão pelo qual ela se apaixonara. A dieta que lhe prescreveram nos Estados Unidos e que proibia todas aquelas delícias que Frida preparava maravilhosamente o transformara num reclamão, explosivo, enrugado e decaído. Para o fleumático pintor tudo estava mal. As telas em branco permaneciam assim durante semanas, enquanto as garrafas de bebida desfilavam à sua frente. Desesperada, Frida escrevia a seu doutorzinho querido procurando a compreensão de um amigo: "Como Diego não se sente bem, ainda não voltou a pintar. Isso me deixa triste como nunca fiquei, pois, se eu não o vejo feliz, não posso ficar tranquila de jeito nenhum, e a saúde dele me preocupa mais que a minha".

Frida não tinha nada de tonta. Sabia que Diego a culpava por todos os seus males, como se ela tivesse influído em cada uma das decisões que o fizeram cair do pedestal onde placidamente se balançava. Frida não aceitava de maneira nenhuma entrar para o clube das mulheres que carregavam as infelicidades de seus maridos no trabalho simplesmente pedindo-lhes que conseguissem algo melhor. Se ele preferia esconder-se em sua toca de coiote ferido por medo de fracassar, essa covardia era dele e de mais ninguém.

Assim, enquanto Diego se encerrava em seu suposto fracasso, eles estavam de casa nova. Os edifícios cúbicos de cor azul e rosa no bairro de San Ángel acordavam todo dia com o ruído de cachorros, papagaios e o canto do galo desplumado, aquele que Frida continuava chamando de senhor Cui-cui-ri. As novas casas pareciam refletir o estado de sua relação amorosa: bonitas mas frias. Frida decidiu que não se deixaria vencer: iria apropriar-se daquelas quatro paredes de alvenaria nuas, iria enfeitá-las com caçarolas, pinhatas, árvores da vida, judas de papelão e pinturas. Era uma tentativa de apagar a fria modernidade com seu toque folclórico e explosivo.

A única coisa que não conseguia fazer era cozinhar, e isso sim era grave. Quando entrava para trabalhar naquele diminuto espaço, sua saia tehuana ocupava tanto espaço que invadia portas e janelas. Um dia quis levantar o ânimo de Diego e se enfiou na cozinha para preparar-lhe um *mole pipián*, e então descobriu que o minúsculo fogão só dava para esquentar um ovo. Irritada, levou um fogareiro a carvão e uma frigideira até o terraço e lá preparou o *pipián*, como guerreira combatendo a modernidade arquitetônica. Inconformada com aquela ridícula cozinha própria de casinha de bonecas apertada, convidou para jantar o projetista de sua casa. Juanito já ouvira dizer que Frida era excelente cozinheira, assim chegou muito animado pelo convite. Frida então serviu-lhe dois feijões, meia asa de frango e uma *tortilla*, belamente acomodados num pratinho bem pequeno.

"A sua cozinha só permite fazer isso, bom apetite", disse Frida e em seguida serviu o fumegante e delicioso *mole pipián* para Diego.

As teorias arquitetônicas de O'Gorman bateram de frente com o sólido muro da mulher mexicana representada por Frida: a cozinha é o coração da casa. Naquele dia, Diego riu à custa de seu companheiro e discípulo. É claro, nunca revelou a Frida que ele mesmo influenciara nas decisões sobre os espaços de sua casa.

Frida ficou contente ao ver que sua tirada pelo menos devolvera um pouco de felicidade a Diego. Seu esposo glutão devorou o primeiro prato de *pipián* sem perguntar se alguém estava servido; encarou o segundo quando ficou com pena de Juanito e lhe ofereceu um pouco. No final da refeição, falaram a respeito de Trótski, da revolução, de arte e dos safados capitalistas do outro lado do rio Bravo. Depois Diego fumou um charuto tão cheiroso quanto um engenho de açúcar e tão grande quanto um rolo de macarrão, tomou uma garrafa de tequila e deu por encerrada a visita de O'Gorman para trancar-se de novo no estúdio.

"Ele está fraco", comentou Juanito antes de ir embora.

"Não, ele está fodido", corrigiu Frida.

E naquele momento decidiu que Diego precisava de alguém que o ajudasse a pôr em ordem seus papéis, que organizasse seu estúdio e até que posasse para o novo mural que lhe haviam encomendado. E essa pessoa tinha de ser sua melhor amiga: sua irmã Cristina. Cristi era seu porto seguro, seu refúgio, sua manta. Desde garotinhas tinham um vínculo emocional muito forte, apesar de serem tão diferentes. Frida era a intelectual, a artista, a mulher do mundo, casada com o pintor famoso; Cristi era o oposto, com dois filhos, um casamento tão insuportavelmente equivocado que o simples fato de comentá-lo já fazia mal, submissa, apanhava, era boba e simplória. Os livros não haviam sido feitos para ela, exceto quando precisava ajustar uma mesa; esquecera o bom senso em algum desvão de sua mente.

No momento em que seu marido, que a tratava como a um saco de pancada, a abandonou quando do nascimento de seu segundo filho, Cristi foi morar com os pais. Foi ela quem cuidou da mãe e agora tinha sob sua responsabilidade o papai Guillermo, que costumava ficar trancado horas olhando as fotos da família, como se tentasse resgatar algum punhado de felicidade que nunca tivera.

Frida e Cristina se complementavam em todos os aspectos, eram pilares da sensível vida que carregavam. Por isso, Frida pegou-a imediatamente pela mão, adotou seus dois filhos como sobrinhos preferidos, encheu-a de presentes e de dinheiro e a levou até as casas de San Ángel. Os gritos de felicidade das crianças perseguindo o coitado do Cui-cui-ri e as risadas generosas da voluptuosa Cristina encheram as lacunas que haviam sido criadas entre Diego e Frida. Naquela época, o contato com Diego limitava-se a algumas suaves palmadas. Desde o aborto em Detroit, o sexo parecia uma ilusão. Como as pirâmides de Teotihuacán, dizia Frida, você sabe que estão ali, mas nunca vai até lá.

Frida chegava com seus sobrinhos no ateliê para alegrar a tarde. Diego, como um duende ranzinza, ficava num canto fumando e lendo o jornal enquanto as irmãs, sem parar de conversar, serviam a comida preparada nos fogareiros a carvão colocados no terraço. A tela em branco continuava ali, esperando uma pincelada.

"Você precisa trabalhar", dizia-lhe Frida. "Eu sei que essa gente que anda por aí é absolutamente estúpida, mas você precisa esquecer esses vagabundos. Você é mais do que eles."

"Não gosto."

"De pintar ou da pintura?"

"De nenhuma das duas coisas", resmungou Diego, escondendo-se atrás do jornal para fugir da vista das crianças e da cunhada.

Frida servia a comida cantarolando um corrido ou qualquer outra canção, e Cristina cantava junto, soltando sua risada contagiante, de mel derramado. Diego limitava-se a sorrir para elas. Talvez um pouco mais para Cristina.

"Vou levar as crianças para que você possa ficar trabalhando nessa tela, que está mais do que triste porque você nem molhou o pincel na tinta. Cristi pode ajudá-lo com todos os recibos e a papelada, não é?"

"Claro, Friducha, eu cuido do Dieguito para você."

"E se você se comportar bem, vamos ver se a gente dá um pulo no domingo para passear em Xochimilco", propôs Frida.

E esse foi seu erro. Não a história de Xochimilco, pois desde que estava nos Estados Unidos tinha vontade de voltar àquele encantador canto do paraíso onde as traineiras flutuam como nuvens preguiçosas entre lírios e cantos de pintassilgos, mas todo o resto. Todo.

Justamente em Xochimilco, diante dos olhos de seus dois sobrinhos, tia Frida explodiu como uma caldeira.

Aquele dia começou alegre e promissor. No primeiro canto do senhor Cui-cui-ri, Frida abriu os olhos. Sentiu que era um prazer estar ali, na vida, circulando ainda. O canto diário daquele galináceo era mágico; fazia com que ela se lembrasse de que estava brincando com o destino e que até agora, apesar de suas dores, estava ganhando.

Vestiu-se com uma sedutora blusa do istmo, com bordados carmesins e verdes sobre tecido preto; uma saia longa e pesada com babados, que ocultava perfeitamente o verde cadavérico da perna, depois que lhe haviam cortado alguns dedos. Ao vê-la, não conseguiu deixar de imaginar que literalmente estava morrendo, mas se acalmou ao pensar: "melhor que minha Madrinha leve embora minha perna do que meu coração". Convencida disso, fez um complicado penteado de tranças que se cruzavam como uma orgia de serpentes, enfeitou-se com um pesado colar de ametista e jade, brincos oaxaquenhos ligeiramente menores que o candelabro central da catedral e um par de anéis de prata. Estava pronta para ir a Xochimilco.

Atravessou a ponte até a casa do marido, mas encontrou a porta fechada. Começou a bater ao ritmo de "La paloma", cantarolando como se fosse uma pombinha. Ouviram-se as imprecações e palavrões de Diego. Na noite anterior, deixara-o com meia garrafa de tequila e uma discussão sobre a arte socialista com um convidado. Sem importar-se que a festa tivesse terminado apenas umas poucas horas antes, insistiu para que fossem embora.

"Porra, Frida, pare de fazer tanto barulho! Aqui os mortos descansam!"

Ouviram-se ruídos e passos. Muitos. Diego devia estar indo e voltando, procurando as chaves. A porta abriu. Diego nem esperou Frida entrar, voltou voando para a cama para enfiar-se no meio dos lençóis, que Frida começou a puxar como uma moleca travessa.

"Está escuro. Quero abrir as persianas."

"Que teimosa você é, Friducha, tenha dó de alguém quase morto", resmungou Diego, pelado, enrolando-se como uma panqueca no lençol. Ao ver que estava perdendo o jogo, sentou e começou a acariciar Frida.

"Você está fedendo!"

"Sim, cheiro de operário livre. Puro tabaco, suor e tequila."

"Vista a roupa, vamos até Xochimilco com Cristina e as crianças."

Diego voltou a enfiar-se nos lençóis, como uma ostra. Murmurou várias palavras ininteligíveis. Frida observou o quarto. A tela, que por muito tempo permanecera em branco sobre o cavalete, perdera a simplicidade com poderosas pinceladas. Um nu feminino, de costas e apoiado, abraçava o enorme ramo de lírio que preenchia a obra. A imagem era bonita, tão fortemente demolidora como um beijo apaixonado, como uma trepada matutina, como uma carícia proibida. Era Diego, tal como Frida gostava.

"A Cristi não me avisou nada", replicou Diego.

"Deveria ter avisado. Com certeza esqueceu. Você já sabe que a cabeça dela nunca a acompanha aonde ela vai. A gente combinou há uma semana. Preparei um pudim asteca pra você."

Com os pratos preparados, guardados em cestas e prontos para ser consumidos com garrafas de tequila, ele já não tinha como safar-se. Diego levantou, atirando os lençóis de lado. O ar fez revoar alguns esboços enquanto Diego andava procurando sua roupa. Ao descobrir a cama, um cheiro forte esbofeteou Frida. Era o aroma adocicado do sêmen derramado, sexo misturado com suor. Por um momento teve vontade de fugir correndo daquele lugar, ir até Coyoacán para cair nos braços da irmã e esquecer de tudo, mas uma voz fria a tranquilizou, fazendo-a lembrar que no dia anterior só havia conhecidos e familiares, ninguém que Diego pudesse ter seduzido. Pensou que a loucura e o ciúme são uma combinação pouco inteligente e esqueceu aquilo.

Cristina e as crianças chegaram depois de meia hora. Ela parecia maldormida, cansada.

"O que aconteceu?", perguntou Frida.

"Nada. Depois de ajudar Diego fui pra casa e encontrei o Carlos. Não consegui dormir."

A resposta foi um forte abraço e um beijo na testa. Cristina recebeu isso com frieza, dura como estátua de gelo, mas Frida nem se apercebeu.

A cesta com os feitiços gastronômicos foi colocada no porta-malas do carro com a mesma delicadeza que se usa para descer um ataúde ao fosso, e em seguida a família toda subiu no carro. Vieram junto o bom Chamaco Covarrubias e sua esposa Rosita, que também era excelente cozinheira, os ajudantes de Diego e dois jornalistas.

No provinciano povoado de Xochimilco alugaram duas traineiras. Todas elas são coroadas com um nome, às vezes feminino, outras vezes popular. As duas barcaças alugadas, pintadas com cores vistosas e com o teto enfeitado com flores, tinham nomes que Frida nunca mais iria esquecer: *Traiçoeira* e *A Chorona*.

E foi justamente com essa canção que os receberam uns *mariachis*. Frida e as crianças se sentaram na frente para brincar com a água dos canais. Acomodada em suas traineiras com o grupo de *mariachis* numa lancha anexa, a comitiva partiu empurrada pelas hábeis mãos dos barqueiros, que empurravam a prancha de madeira remando com enormes varas que lhes serviam também para abrir caminho entre lírios, rãs saltitantes e libélulas. Ao fundo, viam-se os campos de flores, os ciprestes e os *ahuehuetes*;[1] mais além, o céu, tão azul que doía na vista. Os *mariachis* continuaram com a marcha de Zacatecas, depois com uma valsa melancólica. Algumas andorinhas decidiram dançar essa valsa no céu, entre as nuvens e as risadas dos navegantes. Frida bebia satisfeita, abraçando os amigos e brincando a respeito da vida, da gordura de Diego, da atitude rancorosa dos Rockefeller e do infortúnio do México. Não havia espaço para sua própria desgraça. A comida apareceu como num passe de mágica: *tacos, quesadillas, pambazos* e *picadas*[2] eram passados de mão em mão, acompanhados de cerveja e guloseimas compradas dos ambulantes que chegavam junto às balsas.

---

[1] O *ahuehuete,* também chamado de cipreste de Montezuma, é a árvore mais famosa do México. (N.T.)

[2] Comidas típicas do México: os *tacos* são panquecas de milho (*tortillas*) dobradas que envolvem grande variedade de recheios pré-cozidos, à base de carne, frango, legumes, etc. As *quesadillas* são um tipo de empanada de queijo. Os *pambazos* são uma espécie de sanduíche de pão com recheio de chouriço e molho de pimenta despejado por cima. As *picadas* são petiscos. (N.T.)

Frida terminou de cantar um corrido junto com os músicos e deu um grande suspiro. Ajeitou o sedutor lenço provinciano na cintura para prender melhor a saia. Sentiu uma brisa banhar-lhe o rosto, refrescando-o como um mergulho na água. O céu rugiu com uma chuva distante, queixando-se invejoso da alegria daquele dia. Virou o rosto para ver seu sobrinho brincando na ponta da balsa com um pequeno carrinho de madeira vermelho: aquele que ela dera de presente a Diego. O garotinho brincava inocentemente, sem virar-se para vê--la. Surpreendida, mexeu a cabeça para lá, para cá, evitando gritar. A princípio imaginou que o menino pegara o carrinho da casa de Diego, mas um certo quê, próprio da intuição feminina, despertou suas suspeitas. Deu duas passadas e chegou até onde o filho de Cristina brincava com o carrinho de madeira e pegou o menino pelo ombro para levantá-lo; ao ser surpreendido, o menino soltou sem querer o brinquedo, que caiu no canal. Frida sufocou um grito de terror mordendo a mão. O vermelho palpitante do carrinho foi afundando nas águas até perder-se.

"Como é que você foi pegar esse brinquedo, Toñito? Era do tio Diego!", reclamou, muito brava.

O menino continuava assustado. Acostumado aos tapas do pai, levou a mão ao rosto para proteger-se.

"Desculpe, tia. Eu me assustei e deixei o carrinho cair na água."

Impossível para Frida recuperá-lo. Parecia que ninguém percebera o ocorrido, a festa continuava, e a traineira seguia preguiçosamente pelos canais.

"Você não devia ter pegado sem pedir!", continuou Frida, cada vez mais brava.

O menino baixou os olhos, assustado. Seu rostinho encontrou coragem para olhar a tia de frente e dizer-lhe:

"Eu não peguei. Foi o tio Diego que me deu, para eu ficar brincando com ele e não o incomodar enquanto ele trabalhava com a minha mãe."

Frida sentiu a perna ruim virar gelo e aquele frio subir por toda a sua coluna até congelá-la completamente. Cravou os olhos em Diego, sentado ao lado da sua Cristina, que ria melosamente às gargalhadas, abraçada com ele. Diego dava-lhe de beber de seu copo, e Cristi mostrava sua reticência com tapinhas carinhosos. Frida notou que, cada vez que os dedos da irmã roçavam os de seu esposo, estes se sentiam à vontade. Não havia dúvida de que aqueles dedos já haviam percorrido o corpo de Diego. E Diego ficava só levantando o focinho como leitãozinho pedindo milho, demonstrando que seus lábios conheciam a boca de Cristina. Sua irmã sussurrou algo no ouvido do pintor, e Frida sentiu que seu corpo afundava nas águas do canal como o brinquedo onde guardava o amor por Diego. Não precisou ver Cristina rolando naquela manhã com Diego, não precisou vê-la posar para o quadro dos lírios, não precisou vê-los dormindo juntos até o amanhecer. Não precisava de provas: Diego a traíra.

Ninguém entendeu quando Frida partiu a tapas para cima de Diego. O Chamaco Covarrubias e sua esposa a apartaram, sem que ela parasse de dar-lhe pontapés e gritar palavrões. Apesar dos esforços deles, Frida conseguiu acertar um tapa na irmã Cristina: "Sua puta".

Cristina chorou, mas não acariciou o local onde levara o tapa. Tentou desculpar-se, explicar que Diego a seduzira... mas Frida já contratara outra balsa para voltar. Diego não disse nada, só baixou os olhos, olhando a profundidade do canal que agora, entre algas e peixes, guardava seu amor por Frida.

A casa de San Ángel

Hoje montamos nosso primeiro altar do Dia dos Mortos em nossa nova casa.

Arrumamos tudo com a ajuda de Isolda e Antonio, os filhos de Cristi, num canto do estúdio. Coloquei uma foto bonita de mamãe Matilde e outra de Lenin. Pusemos também uma caçarola de mole verde, *que tivemos de cozinhar no terraço da casa, porque a cozinha que o Juanito fez só serve para dar pena.*

Mole verde

2 *chiles serranos*
2 *chiles cuaresmeños*
1 *chile poblano*[3]
150 g de sementes de abóbora sem casca
15 tomates verdes
2 dentes de alho
2 cravos de cheiro
3 pimentões grandes
1 xícara de coentro picado
½ xícara de erva-de-santa-maria picada
3 folhas de alface picadas
1 colher (chá) de açúcar
½ xícara de banha de porco
100 g de gergelim
8 pedaços de frango cozidos
100 g de amendoim
1 colher (chá) de sementes de coentro
1 folha de abacate

Asse as pimentas, os amendoins, as sementes de abóbora, o gergelim, os tomates, o alho, o cravo e os pimentões. Depois triture tudo num morteiro ou pilão junto com os demais ingredientes, exceto o frango e a banha. Aqueça a banha numa caçarola e frite em fogo médio os ingredientes triturados, sem parar de mexer, até conseguir uma pasta espessa. Você pode guardar um pouco dela para usar depois. Dissolva a pasta com um pouco do caldo do cozimento do frango, acrescente os pedaços de frango e espere abrir fervura. Sirva acompanhado de *tortillas*.

---

[3] Pimenta nativa do estado mexicano de Puebla. É uma variedade maior, própria para receber recheios e pouco picante. (N.T.)

Capítulo XVI

Quando foi até a janela, Frida percebeu que um de seus novos demônios esfregava-lhe a realidade na cara com uma gargalhada sarcástica. Olhou atônita para Cristina, que estava no posto de gasolina que dava exatamente para seu apartamento. Poderia ter ficado ali, olhando como zombava dela, mas seu lado cachorro doido escapou dela como uma comida apimentada e decidiu então que, já que era pimenta, ia arder naquela noite mesmo. Pôs de lado a xícara de café e levou o cigarro à boca para que seus lábios o prendessem com expressão de ódio. Sem mais, deixou seu ex-namorado Alejandro sozinho, que ficou lá boquiaberto. Desceu a escada dando pequenos saltos, por causa da perna desajeitada, e, imitando um touro furioso indo ao encontro da capa vermelha, chegou até onde estava a irmã, que esperava para abastecer o carro. Arrancou-a pela janela do carro e, como se fosse um saleiro, sacudiu-a para temperar-lhe uma fieira de grosserias: "Sua safada! Venha cá! Me achou com cara de otária, ou o quê? Você sabe que eu moro aqui agora! Então, vem aqui fazer o quê? Não quero vê-la mais por aqui, entendeu? Caia fora já, sua vadia!".

Alejandro já conseguira apartar as irmãs, que se empurravam como menininhas disputando os doces de uma *piñata*. Frida, ao sentir-se agarrada, redobrou os pontapés e insultos contra Cristina, que com um supremo terror e um pouquinho de decoro decidiu partir a toda a velocidade. Frida ainda a perseguiu alguns metros, gritando-lhe cobras e lagartos. No entanto, as duas irmãs tinham nos olhos as mesmas lágrimas, idênticas em forma, cor e dor. Ambas se amavam, mas a traição cortara qualquer fio de perdão.

Alejandro compreendeu que a dor estava enlouquecendo Frida. Além disso, ela estava agora muito diferente de quando a conhecera. Num arroubo de vingança, cortara o cabelo curto, deixando para trás aquelas tranças elaboradas que tanto agradavam ao marido. Também já não vestia seus trajes tehuanos, nem se enfeitava com joias; usava agora roupa no estilo europeu, saias justas e jaquetas sóbrias, arrancadas da última edição da revista *Vogue*.

Frida e Alejandro voltaram ao silêncio do apartamento. Ela deixou-se cair na poltrona de couro, como se a tivessem derrubado a porretadas. Apagou o cigarro que já era só cinzas e acendeu outro no mesmo instante, fumando com desespero.

"Bonita sala, Frida. Sua casinha é encantadora", murmurou Alex para quebrar a tensão depois da extravagante cena de ciúme que acabara de presenciar.

Frida curvou os lábios e passou a mão pela poltrona como se fosse a pele nua de um de seus amantes.

"Gostou? Diego comprou para mim. Escolhi poltronas de cor azul, pois as vermelhas ele comprou para Cristi", explicou, terminando o cigarro com um longo suspiro.

Aquela declaração surrealista fez Alejandro lembrar-se de que o bizarro era algo comum no cotidiano de Frida. Embora ela tivesse decidido viver sozinha, continuava vendo Diego, e por isso Alejandro tomou a salomônica decisão de afastar-se daquela vida complicada e evitar mais situações incômodas. Despediu-se com um conselho:

"Frida, vá embora daqui. Você não precisa se machucar ainda mais com essas coisas."

A sugestão era tentadora para Frida. Alejandro a conhecia bem. Na porta, despediram-se com um beijo na boca. Assim que Alejandro se foi, ela se viu sozinha com seus quadros. Ficou contemplando-os com nostalgia. E maldisse a Morte, que a mantinha com vida enquanto seu coração se esvaía em sangue. Em suas telas, encontrou a dor que a martirizava, pois em cada pincelada estava a penitência de suas lágrimas. Limpou os vestígios do pranto e decidiu seguir o conselho do amigo. Falou imediatamente com um advogado para que providenciasse os papéis do divórcio e certificou-se de que iria parar bem longe dali, em Nova York. Frida empacotou suas coisas e pegou um voo, durante o qual escreveu ao doutor Eloesser: "Coloquei todo o meu esforço para esquecer o que houve entre mim e

Diego. Não acredito que consiga isso inteiramente, algumas coisas são mais fortes que a vontade, mas já não podia continuar mais num estado de tristeza tão grande, pois a passos de gigante estava virando uma histérica, dessas tão chocantes, que se comportam como idiotas e são totalmente antipáticas. Pelo menos estou um pouco feliz de saber que consegui controlar aquele estado de semi-idiotia em que me encontrava...".

Em Manhattan, Frida retomou aquela vida despreocupada, à qual se entregara anos antes naquela mesma cidade. Reencontrou suas amigas Lucienne e Ella Wolf e voltou ao Harlem para ver filmes absurdos de gorilas e entregar-se a maratonas de noitadas e farras pelos bares do Village.

À tarde, ia até a sacada para ver o sol enfiar-se entre os arranha-céus e maldizia o trato feito com sua Madrinha, principalmente agora que a ausência de Diego fazia seu coração sangrar.

Uma tarde veio-lhe o impulso de encontrar Georgia O'Keeffe. Sentiu-se afortunada ao saber que Georgia estava na cidade. Ligou para ela e conversaram horas, como duas amigas de infância que voltam a encontrar-se depois de anos. Arte e maridos infiéis foram os assuntos comuns dessas duas esposas condoídas. Num arroubo de autoconfiança, Frida convidou-a para jantar em seu quarto, e combinaram de encontrar-se na noite seguinte.

Bem cedo, Frida levantou para ir até o bairro latino do alto de Manhattan, onde conseguiu encontrar os produtos necessários para o jantar. Vestida com um elegante terninho, caminhou pelas *grocery stores* de porto-riquenhos, procurando *chiles*, *tortillas* e especiarias. Dos edifícios escapavam os sons do *danzón* e de boleros, que a faziam sentir-se em casa. Inspirada e alegre, preparou o jantar ao ritmo de jazz.

Georgia chegou ao entardecer, vestida com uma sóbria camisa de algodão e calça preta. Frida, ao contrário, decidiu assumir de novo sua personalidade exótica e ostentava pesados colares de jade, uma longa saia cor framboesa e blusa bordada. As mulheres beberam, deixando que os vapores etílicos de um *brandy* abrandassem a tensão do corpo e desembaraçassem a língua. Frida serviu vários pratos, que

Georgia desfrutou em êxtase. Foi um desfile de pratos escolhidos premeditadamente para funcionarem como um estopim, mas que talvez tenham sido os responsáveis pela emergência da tensão sexual que experimentaram no seu primeiro encontro.

"Seu olhar é estranho", disse Georgia, já sentadas as duas na sala bebendo.

"De que jeito eu olho?", perguntou Frida, sustentando o olhar e curvando os lábios numa careta, meio sorriso, meio interrogação.

Diante do questionamento, Georgia tomou-lhe as mãos delicadamente, como esposo recebendo sua noiva diante do altar.

"Você olha profundamente, como se mergulhasse no oceano dos meus olhos; mas, se você ri, seu olhar se transforma num feixe de luz."

"Talvez eu deseje hipnotizá-la", respondeu Frida com certo toque brincalhão, que tentava esconder o nervosismo.

Georgia riu com tal deleite que contagiou Frida, e as duas finalmente conseguiram relaxar.

Frida pegou a mão da amiga e beijou-a docemente. Com a mão livre, Georgia brincou com o cabelo curto de Frida e deixou que o olhar dela mergulhasse em seus olhos e fizesse piruetas de dançarina aquática. Assim entraram as duas mulheres num jogo de reconhecimento de seus corpos: Frida beijava de leve o rosto de Georgia, enquanto esta começava a acariciar-lhe os seios firmes por cima da blusa de exaltadas tonalidades florais.

"Adoro seus seios."

"Verdade?"

"Sim, adoro."

"São bem pequenos, como dois pêssegos."

"Têm o tamanho certo, exatamente o das minhas mãos", respondeu Georgia, pegando-os com as duas mãos e massageando-os.

Frida suspirou, deixando que seu busto, inútil para alimentar o não nascido filho de Diego, se sentisse desejado e sensível às carícias. Quando Georgia começou a levantar a blusa colorida, Frida ergueu os braços para deixar que ela a tirasse. Beijaram-se suavemente, com lentidão, enquanto seus dedos percorriam as costas. Quando seus lábios se separaram, Frida já desabotoara a camisa da amiga, que sem pudor exibia uma pele leitosa decorada com sardas que formavam um redemoinho em volta dos seios cobertos por um simples sutiã branco. O rosto de Frida procurou um refúgio no pescoço da outra para beijá-lo e desceu, acompanhando a suave curva dos seios. Depois beijou-lhe o ventre, até encontrar o umbigo, que remexeu com a ponta da língua. Depois, Georgia passou a língua em volta dos mamilos intumescidos de Frida, retribuindo-lhe a excitação. Assim subiu até a orelha e lhe sussurrou:

"Eu te quero..."

Em resposta, Frida desabotoou a calça da nova amante e, com a mão, abriu caminho em direção ao sexo para acariciá-lo pausadamente, até sentir que ambas se moviam no mesmo ritmo.

"Também te quero", disse Frida finalmente, com um suspiro, desvencilhando-se da pesada saia de algodão, dos sapatos e da calcinha branca. O sexo de Frida era pequeno, de lábios apertados e pelos estranhamente ralos. As delgadas mãos de Georgia logo localizaram o clitóris e entregaram-se a uma delicada massagem, que fez Frida ficar molhada e começar a mexer os quadris à procura da pressão da mão no meio de suas pernas, enquanto se dedicava a chupar-lhe os seios com força contida, pois o fogo a dominava. Buscou com a mão o sexo da ruiva, que suspirou forte e pediu:

"Mais..."

Frida começou a satisfazer Georgia num ritmo mais intenso, pois os movimentos que recebia dela lhe indicavam que estava próxima do orgasmo e não desejava que se perdesse com sua falta de jeito. Não se equivocou, pois logo depois ouviu os gemidos e sentiu nos dedos as contrações, intensas e descontroladas. Continuou até vê-la ficar quieta e transpirando sobre o sofá. Aconchegou-se no peito da amante e se beijaram com ternura.

"Obrigada."

"Por quê?", perguntou Georgia.

"Por me lembrar que sou capaz de mudar."

"Você sempre esteve aí, Frida", disse-lhe a pálida artista, virando-se para olhá-la e voltando a recostar-se sobre seu peito nu. "Desde que eu a conheci, você me faz lembrar de uma história dos índios navajos que ouvi no Novo México. Chama-se 'A mulher que muda'."

"A mulher que muda?", perguntou Frida com um sorriso, ansiosa por ver a noite estender-se com a conversa íntima das duas, pois sempre achou que não é o sexo o que se desfruta, mas as palavras que flutuam sobre os corpos nus.

"Todo verão, quando fujo de meu marido para minha casa no meio do deserto, eu me junto a meus irmãos índios para ouvir suas histórias, pois sei que eles falam com verdades. Foi deles que ouvi *'A mulher que muda, Nádleehé de Asdzá'*. Ela é a Mãe Terra, por isso acreditam que é um ser mutável como as estações: seu nascimento é a primavera; a maturidade, o verão; a velhice, o outono; e a morte, o inverno. Mas sua existência não termina aí. Para eles, o universo é formado por vários mundos, acreditam que o primeiro homem e a primeira mulher originaram-se dos grãos do milho branco. A princípio, foram criados juntos, mas como um não apreciava as contribuições do outro, separaram-se e trouxeram a desgraça às pessoas. Assim, cada vez que você vai de um mundo para outro, você muda. Algumas coisas você deixa para trás e outras você traz para ajudar a reconstruir o novo mundo. Mas a morte nunca deixa de existir nesses mundos, ela está aferrada a nós e os deuses nos deram as cerimônias para lembrar-nos disso."

"E eu sou o quê?"

"A mulher que muda a cada estação, que luta para ter um filho para poder vencer a morte... mas você não vai conseguir vencê-la, porque ela está em você", explicou Georgia.

Com essas palavras, Frida ficou deitada olhando a própria nudez, o corpo despojado do dom da procriação. Entendeu que a dor era parte do trato que fizera com a mulher do véu, mas, acima de tudo, entendeu sua natureza verdadeira como uma mulher única. Diante do silêncio, retomaram as carícias e beijos até alcançarem novo clímax. Do sofá, passaram para a cama, e à meia-noite voltaram a ficar em silêncio, abraçadas, descansando nuas, apenas ouvindo sua respiração agitada e o trânsito noturno da rua.

"Você é feliz?", perguntou Georgia com timidez, como se tivesse quebrado uma porcelana.

"Agora sou. Amanhã volto para meu calvário. É meu destino. Preciso voltar ao México, vou ver Diego, me escreveu dizendo que quer me pedir um favor."

Não soube o que responder, pois, de certo modo, a compreendia e se identificava com ela mais do que com qualquer uma de suas amantes. Sabia que esses momentos eram roubados, que no dia seguinte acordariam com a cara de colegas artistas, para falar sobre traços, cores e texturas. Não se importou, pois aquela noite ambas sentiram que haviam realizado uma obra de arte. Dormiram em paz até que Frida sonhou com o canto do senhor Cui-cui-ri, que, de maneira sedutora e cúmplice, piscava-lhe o olho para anunciar-lhe o novo dia.

Resignada a voltar à sua vida, escreveu a Diego: "Agora sei que todas aquelas cartas e aventuras com todas aquelas mulheres eram só flertes. No fundo, você e eu nos gostamos muitíssimo, por isso suportamos um sem-número de aventuras, batidas de portas, xingamentos, insultos e reclamações internacionais, mas sempre vamos nos amar…".

Ao chegar ao México, Frida levou para a irmã Cristina uma cesta com sobremesas e flores em sinal de perdão. Cristina a abraçou e choraram juntas a tarde inteira. O carinho entre as duas era maior do que o deslize com Diego. Embora tenha dito à irmã que também perdoara Diego, Cristina não acreditou.

As delícias de Georgia

Georgia me fez rir quando disse que pinta flores porque são mais baratas que as modelos e não se mexem. E eu acrescentei que, além do mais, elas nunca iriam deitar com seu marido. Ela concordou. Gosto de preparar pratos para as pessoas que eu amo. Pensar na comida como uma série de reverências, de carícias, para que se sintam extasiadas.

Mole de panela

½ kg de carne bovina
1 kg de mocotó com osso
4 dentes de alho picados
½ cebola picada
5 *chiles guajillo*
2 *chiles anchos*
4 tomates *guajillo*
1 espiga de milho limpa em rodelas
2 cenouras descascadas em rodelas
2 abóboras em fatias
1 ramo de erva-de-santa-maria
1 *xoconostle* sem pele em quadrados pequenos
400 g de massa em bolinhas

                Para acompanhar
cebola picada
folhas de coentro
limões

Cozinhe a carne com 2 dentes de alho e ¼ de cebola. Enquanto isso, misture os *chiles guajillo* e *ancho*, o tomate, o alho e a cebola restantes, coe e despeje na panela em que cozinhou a carne. Acrescente sal, o milho e a cenoura. Tampe e deixe cozinhar por mais 45 minutos. Depois desse tempo, junte a abóbora, a erva-de-santa-maria, os *xoconostles* e as bolinhas de massa e deixe cozinhar por mais 10 minutos. Sirva acompanhado de cebola, coentro e limão.

Capítulo XVII

AO VÊ-LO PELA PRIMEIRA VEZ, FRIDA ACHOU-O ARCAICO, VELHO, passado de moda, entediante, chato, solene; um daqueles móveis que a gente herda da avó e que encosta num canto do quarto. Apesar disso, era um herói revolucionário. Todos os comunistas do mundo o admiravam; nenhum deles lhe oferecia asilo. A inimizade de Stalin não era brincadeira. Despertar o ódio do líder do partido russo era algo mortal. Mesmo assim, o presidente Cárdenas decidira receber Trótski no México, embora isso o convertesse em alvo das críticas da extrema direita e da extrema esquerda, fazendo-o ficar mal com Deus e o diabo.

Parecia uma situação pouco favorável, mas Diego abraçou-a sem objeções, por suas convicções políticas. Foi ele mesmo quem intercedeu em favor do revolucionário, consciente de que em cada esquina poderiam estar espreitando-o os assassinos que se disporiam a decapitar o último obstáculo para que Stalin se coroasse o único senhor de seu país. Por isso pediu que Frida fosse a anfitriã que hospedaria um dos principais arquitetos da revolução comunista soviética. Era isso o que ele queria comunicar-lhe quando ela estava em viagem pelos Estados Unidos, e Frida aceitou sem melindres.

"Vocês, mulheres, são as rodas do progresso da humanidade. Poderíamos dizer que são uma força absoluta em si mesmas, mas isso seria mentir. São mais uma condição de harmonia e equilíbrio, que as religiões, governos e esposos temos convertido numa cômoda almofada onde nos apoiamos", começou a falar El Piochitas,[1] como Frida o chamava reservadamente.

---

1 *Piochitas*, diminutivo de *piochas*, plaquinhas. Provável alusão a seus óculos pequenos. (N.T.)

Trótski fez um brinde, erguendo seu copo de tequila. Diego, calado, sentou a seu lado para ouvi-lo. Frida serviu tequila a todos, feliz em receber seus convidados. Oferecia uma grande refeição aos membros do partido trotskista, a parentes e amigos. Da França, veio o surrealista André Breton com a esposa, para conhecer o pensador comunista.

"Nessa sociedade imperfeita, as mulheres têm sido capazes de costurar peles que com o tempo se convertem em tecidos com preciosos bordados; de cuidar de crianças que se transformaram em operários, soldados ou médicos lutando pela liberdade; de semear campos para cultivar as sementes do futuro; de ensinar as letras que marcam a educação do povo. Mas o tempo delas é consumido penosamente atrás de uma panela na cozinha. Nisso têm perdido no mínimo metade de suas vidas." Trótski voltou-se para Frida com olhos brilhantes, mas escravizados pelos óculos. Umedeceu os lábios, como quem deseja a sobremesa atrás da vitrine. "Tanto têm cozinhado as mulheres, que, se tivessem dedicado esse tempo a libertar a humanidade de qualquer jugo, esta viveria em plena liberdade há muito tempo. Mesmo assim, é impossível para mim imaginar um mundo livre sem o prazer da comida, por isso elogio esta mesa, e ainda mais as mãos que a proporcionaram. Obrigado, senhora Rivera, cada bocado é uma batalha ganha em prol do povo", encerrou Trótski, tomando a tequila.

Todos os presentes o imitaram. Frida soube que sua comida estava fazendo efeito no corpo do refugiado, como um elixir capaz de rejuvenescê-lo e aliviar-lhe a dor do exílio. Frida sorriu para ele, deixando-se acariciar pelo ronronar dos aplausos dos presentes. Preparara cada prato com a intenção de homenagear Trótski. Cada prato estava recoberto com o sentimento que Lupe lhe ensinara: "Com a mesa, qualquer um lhe rende homenagens". Talvez para competir com Diego, talvez pelo desejo de destacar-se, ou pela simples razão de que era capaz disso, decidira ganhar o apreço do homem a quem seu esposo mais admirava. Frida desejava que Trótski se rendesse a ela e lhe permitisse executar sua imatura vingança.

Assim, não se surpreendeu quando, por baixo da mesa, a mão de Trótski lhe acariciou a coxa. Essa sedução clandestina pôs nela uma expressão de triunfo que ostentou diante de Diego, e este não conseguia sequer imaginar a razão.

Com a guerra da Espanha e as tormentas políticas mundiais rondando o destino da humanidade no final da década de 1930, Frida comprometeu-se inteiramente com o movimento comunista. Já que aceitara estar ligada a Diego pela vida afora, voltou ao México para apoiá-lo no asilo a Leon Trótski.

Ela mesma foi até Tampico receber os exilados russos, como se fosse uma embaixatriz asteca, uma versão vermelha de Malintzin. A primeira impressão que Trótski lhe causou não foi muito agradável. Vestindo bombachas de lã, gorro xadrez, bengala e com uma enorme pasta de documentos, aparentava ser mais baixo do que era. Peculiar também era seu volumoso paletó, que parecia esperar uma nova glaciação que viesse cobrir outra vez a Terra. E embora caminhasse ereto, com sua barba de bode empinada como se fosse um general aposentado, a idade comprometia um pouco seu porte. Isso para não falar da sua esposa, Natália, que para Frida sempre foi uma burocrata amargurada. Eram esses seus convidados, e por causa deles arrumara a casa de seus pais na *calle* de Londres, em Coyoacán, por causa deles mandara Cristi ir morar numa casa a umas duas quadras dali, por causa deles mudara seu pai para a casa de uma irmã mais velha. Papai Guillermo, ao saber que seu castelo de Coyoacán seria emprestado a um russo importante, só conseguiu dizer à filha: "Se você tem consideração por esse senhor, aconselhe-o a não se envolver com política, porque não vale a pena".

Essa nova situação de ser a anfitriã do revolucionário e da esposa dele a enchia de orgulho e lhe dava razões para viver. Ela mesma serviu de tradutora, pois ninguém falava espanhol e, para cúmulo, Natália tampouco entendia inglês. Por isso decidiu usar uma linguagem universal: a comida. E se de alguma coisa ela entendia, era disso. Suas delícias gastronômicas podiam ser apreciadas em qualquer *língua* e claro que deleitariam o paladar do casal soviético, acostumado a comidas austeras de arenques frios, verduras insípidas e sabores planos. Foi na casa de Frida que seus paladares descobriam o estranho tempero do *mole*, a consagração perfeita do *chile*, do chocolate, da fruta e do pão.

"Cada bocado deste prato me faz pensar que a comida no México se rebelou contra os cânones europeus. Luta por sua autenticidade. Mas a insurreição é uma arte e, como todas as artes, tem suas leis", exclamou Trótski uma manhã, ao levantar e encontrar Frida e Eulália, a cozinheira, preparando a comida.

Para ajudá-lo a despertar, deleitaram-no com uma xícara de *café de olla*.[2] Ao vê-lo refeito, encostado ao batente da porta com um grande sorriso, Frida lançou-lhe um olhar avaliador, atraente e cheio de sensualidade. E depois voltou ao trabalho na cozinha, deixando o aguilhão do desejo cravado em Trótski.

"Quais são as leis na cozinha, Frida?", perguntou ele. Frida limpou as mãos e mostrou a Eulália a receita escrita no "Livro da erva santa", que ela deveria seguir para conseguir a magia dos sabores. Pegou um cigarro e colocou-o nos lábios como se fosse um colibri que alcança o mel de uma flor. Fez aquele movimento com a calma necessária para deixar que o veneno da luxúria se estendesse por cada parte do corpo do velho. Pegou seu cigarro. Deu uma grande tragada e exalou lentamente a fumaça, que dançou pelo ar para acariciar as barbas brancas de Trótski, enfiando-se pelas fossas nasais. O russo deleitou-se com um sabor de hortelã, baunilha e limões. Precisou recompor-se, surpreendido ao sentir como sua calça se avolumava.

"São mais simples do que o senhor pensa. A primeira é que ninguém se mete na cozinha de uma mulher sem a autorização dela, é uma falta tão grave quanto deitar com o marido dela. Talvez até mais grave", começou Frida, sentando ao lado dele. "Na cozinha, você pode ser ignorante, mesquinho ou descuidado, mas nunca as três coisas juntas, e por isso sempre tem alguém mexendo o arroz quando ferve, deixando de pôr algum ingrediente porque esqueceu de comprar, cozinhando ao mesmo tempo a massa e o molho, fritando a carne com mais óleo do que o lago de Chapala, servindo feijão queimado."

---

2 É um café mexicano preparado com grãos grosseiramente moídos (alguns até inteiros) numa panela de barro em que se adicionam canela e rapadura (*piloncillo*). (N.T.)

Em Trótski foi se desenhando um sorriso que se ampliou numa gargalhada, e, sem querer, suas risadas se tornaram tão altas que fizeram com que o senhor Cui-cui-ri, que andava ciscando restos de comida, saísse correndo dali.

"Com o que você vai nos deleitar hoje que temos convidados?", consultou Trótski.

"Caldo de peixe de Veracruz, peixe com coentro de Costa Chica e um pão de creme de leite, receita da família. Tequila e pulque, para alegrar o dia, que todos precisam de bebida e tabaco para que fique divertido."

"Pulque?", perguntou de novo o russo.

Frida fez um sinal a Eulália para que lhe servisse um pouco do recém-comprado na pulqueria da esquina. Aquele pulque fora curtido com o aromático sabor de goiaba, que lhe dava um tom de bochecha corada.

"Antigamente, os indígenas pré-hispânicos tomavam essa bebida em cerimônias religiosas. Era usada pelos sacerdotes para se comunicarem com os deuses."

O velho não se atreveu a tomar aquela beberagem de consistência gosmenta que lhe lembrava fluidos corporais. Sem conseguir esconder sua repugnância, perguntou:

"O que é isso?"

"É suco de *maguey*[3] fermentado", respondeu Frida, tirando o copo da mão dele. "Não se deve insistir com ninguém para que prove algo. O paladar é uma questão de prazer, não de obrigação."

"Tem algo de bruxa na senhora que encanta e deslumbra. Talvez esteja me envenenando com sua comida, pois desde que cheguei ao México estou vendo tudo de outro modo."

Frida jogou o corpo para trás, ao mesmo tempo que soltava a fumaça de seu cigarro. No fundo da cozinha, Agustín Lara cantava no rádio "Solo tú".

---

[3] Espécie de agave, do qual se obtém a bebida alcoólica de mesmo nome, muito popular no México. (N.T.)

"Por acaso, agora o verde do pasto faz você lembrar da melancia, o sangue lhe lembra as cerejas e a felicidade contagiante de uma tarde lhe lembra um doce de mel?", perguntou Frida.

"Isso mesmo, isso mesmo", respondeu Trótski com movimentos afirmativos, muito próprios dele. De professor, de encantador de palavras.

"Então, devo estar lhe passando alguma coisa minha junto com o sal, pois para viver esta vida é preciso temperá-la. O senhor já vê que estou doente, por isso acabo ficando tolerante, embora às vezes a vida seja danada além da conta, pois ou faz você sofrer ou faz você aprender. Para isso é que se coloca tomilho, pimenta, cravo e canela, para tirar o gosto ruim." Frida pegou-lhe a mão e ficou passando a almofada de seus dedos pelas rugas dos nós dos dedos dele. "Se não, veja, o senhor sem pátria, e eu sem pata."

Eulália virou as costas, tentando silenciar sua risada. Trótski não entendeu nada, pois Frida falara em espanhol; assim, diante do súbito ataque de riso de Eulália, teve de lhe traduzir as palavras para que ambos continuassem com o festival de gargalhadas.

Para acompanhar o café, Frida lhe ofereceu pão de creme de leite, que acabaram dividindo entre os dois. Quando só sobravam migalhas, ela pegou-as com os dedos e foi comendo lentamente, como se desse beijos no ar. Trótski poderia ter ficado horas contemplando-a, mas Diego entrou na cozinha como um furacão que toca terra firme levando embora palmeiras e barcos.

E foi naquele mesmo dia, durante a sobremesa, que o russo se levantou para pronunciar seu discurso sobre as mulheres, rematando-o com as carícias na coxa, que fizeram eco ao descarado jogo de sedução daquela manhã.

Para digerir a comilança daquela tarde, Diego levou Trótski para ver os quadros de Frida, enquanto ela se mantinha num canto, fumando entre as sombras, à espreita de algum comentário.

"É maravilhoso, é como se tivesse conseguido concentrar tudo o que é este país na alma de uma mulher."

"São apenas meus retratos", disse Frida, esquivando-se do elogio.

"Porra, Frida! Suas telas são melhores que as minhas", trovejou Diego.

"As suas mãos têm muito poder. Uma pessoa que é capaz de fazer isso com os pincéis e de preparar uma comida como a que desfrutamos todo dia, só pode ser uma grande artista", disse Trótski enquanto apertava as mãos de Frida.

Ergueu o dedo como se lembrasse de algo e, escapulindo como um gnomo, foi atrás de um livro que guardava em seu quarto para entregá-lo a Frida, como se fosse um plebeu rendendo submissão a uma imperatriz. Frida leu o título *Concerning the spiritual in art*. Era de Kandinsky, o pintor russo. Trótski foi se afastando, enquanto Diego já iniciava outro de seus projetos para uma reunião, um mural ou qualquer outra coisa que lhe permitissem.

Frida abriu o livro e encontrou uma página marcada. Alguém grifara a lápis: "A cor é geralmente um meio de exercer influência direta sobre a alma. O olho é o martelo que tempera. A alma é um piano com muitas cordas. O artista é a mão que, por meio de uma determinada tecla, faz vibrar a alma humana".

Entre as páginas daquele livro desgastado, Trótski deixara uma anotação que dizia: "Na casa de Cristina, amanhã às dez". Frida precisou apaziguar seu sorriso para não delatar o amorico com o líder da revolução russa.

Quando Diego lhe pediu para ajudar Trótski, ela aceitou sem muitas condições, sabendo que a relação com o esposo seria como as ondas que vão e vêm na areia: às vezes ele estaria em casa, outras vezes não. Continuavam sendo marido e mulher, e o tema do divórcio não era mais ventilado. Em algumas noites de bebedeira, Diego a procurava, e Frida se deixava amar.

Não havia nada que a impedisse de continuar sua aventura amorosa com o russo: Cristina e as crianças estariam fora da casa mais da metade do dia, e sua irmã se encarregou de deixar tudo em ordem para que ela pudesse encobrir sua aventura. Os dois amantes chegaram pontualmente na hora combinada.

Depois de se amarem, Frida olhou para a rua pela janela, coberta apenas por uma velha manta colorida que há muito tempo haviam trazido de presente de Saltillo para o pai dela. Seu cabelo estava revolto pelo sexo lento e cheio de carícias que tivera com o Piochitas.

Suas maçãs do rosto estavam coradas como carne passada pela brasa, e seu corpo apagando a chama do desejo, apenas com as brasas que restam aquecendo o regaço.

"Frida, seu traço é maravilhoso. Cada vez que você luta com a tela, cria uma guerra. Quando se fala de arte revolucionária, só consigo pensar em dois tipos de fenômenos artísticos: as obras cujos temas refletem a revolução, e as obras que, mesmo sem estarem vinculadas à revolução pelo seu tema, estão profundamente imbuídas, coloridas pela nova consciência que surge com a revolução. É a essas que você pertence", disse-lhe Trótski, que não parava de admirar um autorretrato de Frida que Cristina dependurara em seu quarto.

O revolucionário parecia menos velho quando falava; ao vê-lo pelo canto do olho, Frida pensou que ele seria capaz de enfrentar o exército russo inteiro com o fio de suas palavras. Embora seu corpo não negasse os anos que trazia, era vigoroso e altivo como um rapaz briguento que não encontra rival à altura. Estava de cuecas, camiseta e óculos. Suas pernas magras, como galhos brancos, o sustentavam como um tronco descascado que enfrenta qualquer furacão.

"Você acredita na morte?", consultou Frida.

"A morte é uma realidade. Não se trata de um dogma de fé, Frida", respondeu o pensador, ajeitando os óculos.

"É inútil falar a respeito disso... melhor você esquecer", resmungou Frida.

Trótski não se deixou vencer tão rápido. Aproximou-se de Frida e observou o que havia lá fora que tanto atraía a atenção de sua amante. Surpreendeu-se ao ver um pequeno pássaro recém-nascido, sem penas, morto no chão. Em cima, no galho de uma figueira, a mãe o chamava do ninho vazio sem encontrar resposta. Supôs que o pequeno animal tentara voar ou simplesmente se assustara e pulara do acolhedor lar para encontrar a perdição.

"Meu pai me contava uma história da velha Rússia em que o bom soldado volta para casa com apenas três pedaços de pão e decide dá--los a três mendigos. Estes, que eram duendes disfarçados, dão-lhe três presentes com os quais consegue enganar uns demônios. Mas o melhor de seus tesouros é um saco capaz de guardar tudo, até mesmo a morte. E assim faz: prende a morte, salva seu reino e vive para sempre. Mas é apenas uma história para assustar crianças. Uma sombra medieval do velho mundo, em que os imperadores eram reis. A única maneira de enganar a morte hoje em dia é por meio da ciência.

"A morte não tem medo dos microscópios, disso eu tenho certeza."

Trótski começou a brincar com o cabelo dela. Frida permitia, emitindo murmúrios de prazer.

"Você conseguirá superar a própria morte com a sua arte, Frida. Desconheço qual será o destino da arte, mas sei que, se o homem alcança os níveis que você possui, a arte será incomparavelmente mais forte, mais sábia e mais sutil. Seu corpo será mais harmonioso, seus movimentos mais rítmicos, sua voz mais melodiosa. As formas da sua existência irão adquirir uma qualidade dinamicamente dramática. O homem comum alcançará o porte de um Aristóteles, de um Goethe, de um Marx. E, acima dessas alturas, novos cumes irão se elevar."

"Você já pensou que a gente poderia ter feito sexo de novo durante o tempo em que você esteve falando?", perguntou Frida, esmagando o cigarro no cinzeiro já um pouco cansada dos fogos de artifício do Piochitas. Trótski considerou isso e, é claro, sorriu.

Diego monopolizava o tempo livre de seus convidados. Assim como Trótski, tinha obsessão por seu trabalho, mas isso não o impedia de levar o velho a cada semana para conhecer lugares próximos à capital. Trótski, como metódico professor, limitava-se a mover a cabeça afirmativamente diante da paisagem mostrada, fossem pirâmides, aldeias coloniais ou algum bosque. Durante essas viagens, começou a colecionar pequenos cactos que semeava em vasos, que depois enfileirava no pátio da Casa Azul.

Diego controlava-se na frente de Trótski, já que sua admiração ia além das loquazes fantasias que costumava vomitar aos jornalistas a fim de chamar a atenção sobre si. Sempre deixava que o revolucionário explicasse seu ponto de vista para imediatamente concordar com ele, conformando-se com o papel de simples fanático de seu líder político. A ironia era que, diante de toda essa série de elogios, honras e descarada paparicação de Diego em relação a Trótski, este só tivesse sua atenção voltada para Frida. Escrevia-lhe ardentes cartas de amor, que escondia dentro dos livros que toda noite, antes de despedir-se, lhe emprestava. Frida, por sua vez, comunicava-se por meio da sutil linguagem da comida.

A aventura entre os dois não durou muito. Frida ainda sentia a ferida da traição de Diego e tinha certeza de que tudo era uma vingança contra o marido. Esperava como amante outro tipo de pessoa, o Piochitas nunca conseguiria saciar seu apetite por homens e mulheres. A crise eclodiu quando os dois casais, fortemente escoltados por vários membros do partido, decidiram fazer uma viagem pelas terras de Hidalgo, a leste da cidade. O comboio de automóveis parou no bonito paraíso da fazenda de San Miguel Regla, com o plano de visitar as pirâmides na manhã seguinte.

Trótski e Natália deleitavam-se com um café da manhã à sombra de um carvalho, extasiados diante da paisagem que os rodeava. Não era para menos, a fazenda ocupava um lugar privilegiado, circundada por frondosas árvores. A magnífica construção fora propriedade de Pedro Romero de Terreros, primeiro conde de Regla, que enriqueceu com a extração das minas de Real del Monte no século XVIII.

Diego e Frida caminhavam pausadamente sobre uma romântica ponte de pedra enquanto alimentavam os patos do laguinho. Sua conversa, quase anódina, limitada ao intercâmbio de acontecimentos cotidianos, foi interrompida por um dos guardas, que se aproximou de Frida e lhe entregou um livro.

"É da parte do senhor Trótski", informou.

Frida abriu-o e encontrou uma grossa carta que tentou esconder de Diego.

"Que mistério é esse, Frida?", interrogou curioso.

"Algumas anotações sobre os conceitos da arte de Kandinsky."

"Como você é safada! Você não dá a menor importância a isso, só está dando corda ao velho. Devia ter vergonha", resmungou Diego.

"É mais falso oferecer vãs esperanças a um homem do que a uma mulher, para ver se ela se deita com você? Quantas gringuinhas você enrola com seu palavreado para poder se deitar com elas, Diego?", devolveu Frida, na defensiva.

"Isso foi desnecessário. Se você quer brigar comigo porque está de ovo virado hoje, pode ir procurar outro para brigar. Não vou ser seu saco de pancadas", retrucou ele com coragem, pois a traição não tem armas para defender-se de si mesma.

Afastou-se deixando Frida com a carta de Trótski. Nove folhas nas quais, como um adolescente perdido, suplicava-lhe que não o abandonasse e aceitasse que podiam viver juntos. Frida sentiu asco. Se alguma vez hesitara em deixá-lo, aquela carta suplicante deu-lhe todas as razões do mundo para fazê-lo. Diria isso a ele no dia seguinte.

De noite, Frida não conseguiu dormir. Pegar no sono era-lhe ridiculamente vetado diante da culpa que lhe provocava o desespero de Trótski. Caminhou pelo terraço da casa que os hospedava, olhando os vaga-lumes dançando para atrair a chuva. Surpreendeu-se ao ver relinchar um cavalo, e ao cabo de uns minutos viu emergir o Mensageiro entre as sombras dos salgueiros. Seus olhos brancos resplandeciam como a cor do cavalo. "O que o traz por aqui? Será que meu tempo terminou? Esse não foi o trato, e você sabe disso, e se meu galo Cui-cui-ri continua cantando todo dia, vou continuar por aqui", desafiou-o Frida.

O homem ficou ali. Não era ela a razão da visita, mas outra pessoa. O Mensageiro era arauto de sua Madrinha.

Os vaga-lumes começaram a agrupar-se de modo estranho, reproduzindo-se com tal rapidez que logo formaram um caleidoscópio, resplandecendo no escuro. O ruído da bateção de asas dos insetos ressoou pela noite. Frida ficou pasma com o prodígio, observando as imagens que se desenrolavam diante dela. Com o toque de Seurat,[4] cada bicho participava da criação de uma imagem em estilo pontilhista, que a retina de Frida pouco a pouco foi identificando. Primeiro, distinguiu Trótski lendo, sentado, tranquilo, simplesmente olhando por uma janela ao levantar a vista do livro. Do outro lado da janela, um automóvel, do qual desciam homens escuros de olhos luminosos. As chispas, sem dúvida alguma, eram disparos contra o revolucionário. Trótski caindo no chão, abatido pelas balas. Seu tempo

---

4 George-Pierre Seurat (1859-91) foi um pintor francês e um dos pioneiros do pontilhismo. (N.T.)

na terra terminara. Frida deixou escapar um murmúrio de lamento diante da visão que lhe presenteava sua Madrinha. "Você não pode matá-lo depois do tanto que fugiu. Talvez possa fazer um trato como o meu. Dê-lhe mais tempo", suplicou. "Diga a ela que tome uma parte de minha vida."

O Mensageiro se perdeu na noite, iluminado pelos vaga-lumes.

As pirâmides de Teotihuacan erguiam-se imponentes diante do olhar de Trótski, que balançava a cabeça, divertido, em seu típico gesto de aprovação. Diego narrava-lhe estranhos episódios de canibalismo entre os indígenas pré-hispânicos, enquanto Frida permanecia em silêncio, pensando na melhor maneira de alertar Trótski de que uma bala acabaria com sua vida. Quando pararam na Calçada dos Mortos, no meio das pirâmides do Sol e da Lua, os visitantes começaram a sentir um calor intenso, como se uma enorme lupa estivesse sendo focalizada neles.

"Preciso tomar alguma coisa", pediu Natália, sentando numa escadaria e abanando-se com um lenço.

Diego imitou-a. Trótski, em compensação, insistia em subir até o alto da majestosa Pirâmide do Sol.

"Por que não tomamos alguma coisa?", perguntou Frida.

Todos se entreolharam sem encontrar resposta. Como se a pergunta tivesse sido uma invocação, apareceu um vendedor de pulque oferecendo seu produto. O indígena carregava nos ombros duas garrafas com pulque da região.

"Agora se animam a provar o pulque?" Diego sorriu, parando para chamar o vendedor.

"É um bom dia para isso", respondeu Trótski, oferecendo sua mão a Frida. E seguidos por dois guardas que escoltavam o velho, dirigiram-se até o vendedor, deixando Diego como a um menino de castigo.

"Você leu minha carta?", sussurrou-lhe Trótski ao ouvido movendo a língua nervosamente.

Frida tentou não fazer nenhum movimento que levantasse suspeitas em seus respectivos parceiros. Continuou caminhando com porte real.

"Sim, eu li. Você sabe qual é a minha decisão. Por mais que você insista, acho que é melhor terminar. Mas antes preciso lhe dizer uma coisa mais importante, que não tem relação com seus caprichos juvenis." E com muita seriedade disse: "Leon, vão matar você. Vai ser a bala e será feito por vários homens. Quando ouvir um carro durante a noite, vai saber que seu dia chegou."

"Como você sabe? Há algum espião infiltrado em nosso grupo?"

"Não. É uma coisa que você jamais entenderia. Por isso pedi que lhe dessem uma segunda oportunidade, como me deram. Você só precisa selar esse pacto com ela para que sua vida não lhe seja arrancada de forma tão violenta", explicou Frida.

O guarda já detivera o ambulante com os copos de pulque. Frida viu o copo de líquido espesso com filamentos viscosos e soube que aquele era o sinal.

"Como eu lhe disse aquela manhã, esta é a bebida dos deuses. Esta será a nossa cerimônia. Tome e queira viver mais um dia, ela irá ouvi-lo."

"Não vou fazer isso, Frida. De que serve viver uma vida sem você ao meu lado?"

"Essa vida se chama casamento. Lá está Natália esperando você", insistiu ela.

Trótski cravou o olhar em Frida. Não compreendia o que ela estava dizendo, mas achou que seria um ritual para terminar com aquela relação amorosa dos dois. Levou a bebida aos lábios. Detestou a densidade da bebida, e seu estômago roncou querendo vomitar. Mas tomou tudo. No final, sentiu que o sabor ácido era reconfortante e refrescante. O álcool do pulque foi se dissolvendo por todo o seu organismo como se caminhasse reconstruindo células mortas de seu corpo. Seus olhos cansados ganharam novo brilho, e as dores pareceram dissipar-se. Trótski sentiu que alguma coisa mudara.

"Agora você também tem um pacto com ela", murmurou Frida, dando-lhe um beijo nas mãos, e voltou ao grupo, que não parara de observá-los.

Trótski simplesmente fez um gesto de aprovação. Tentou fazer com que a esposa provasse o pulque, mas ela recusou com nojo.

Havia detalhes quase imperceptíveis que a esposa de Trótski começara a notar. Não conseguia explicar, mas sentia um mal-estar. A suspeita de que poderia ser abandonada como esposa imprestável deixou-a tão deprimida que começou a emagrecer, esquecer coisas, dizer tolices e ficar sempre doente à procura da atenção do homem com quem estava casada havia trinta e cinco anos. O séquito de segurança em torno de Trótski percebeu a mudança e, como nenhum dos guardas era bobo, logo deduziram as razões daquelas aflições. Como homens pragmáticos, decidiram tomar o problema nas mãos: sugeriram a Trótski que parasse de seguir Frida como um cãozinho de estimação e lhe explicaram que um escândalo iria desacreditá-lo e lhe roubaria seu papel de herói mundial. Assim, "convidaram-no" a mudar-se. O velho optou por uma casa na *calle* de Viena, muito perto da Casa Azul. Também tinha um pátio grande, onde escreveria e poderia ver sua esposa envelhecer, aceitando não só sua condição de exilado da Rússia, mas também de exilado do coração de Frida. Diego foi o único que não encarou as coisas com calma, gritou que era uma grosseria ele ir embora assim, um desrespeito para com ele, seu anfitrião.

"Cale a boca, Diego", murmurou Frida ao ouvido dele antes que continuasse com seu escândalo melodramático.

Diego ficou pasmo.

"Mas você não entende, Frida?", perguntou, irritado, quando se esconderam num quarto para discutir o assunto.

Frida não queria aumentar o problema. Acendeu um cigarro e atirou-lhe a verdade na cara como um pastelão:

"Quem não está entendendo é você. Deixe ele ir, vai ficar melhor comigo ausente da vida dele. Já fiz muito mais do que ele esperava."

Diego compreendeu de repente tudo o que acontecera debaixo de seu nariz. Frida se vingara, mas o que ele não sabia é que aquela vingança não era doce, deixava nela um gosto desagradável de laranja estragada e azeda.

No dia em que Trótski saiu da Casa Azul, escreveu: "Natasha se aproxima da janela e a abre do pátio, para que entre mais ar em meu quarto. Posso ver o trecho brilhante de grama verde que se estende atrás da parede, mais acima o céu límpido e azul e o sol que brilha por toda a parte. A vida é bela. Que as futuras gerações a livrem de todo o mal, opressão e violência e desfrutem dela plenamente".

Alguém poderia entender isso como uma ode à sua mulher e à vida, mas apenas Frida soube que se tratava de um sermão de agradecimento por ela ter-lhe oferecido um pouco daquela vida que a Morte concedia a Frida em troca de suas oferendas. Frida imaginou que salvara Trótski do atentado com metralhadoras, mas, meses depois, uma piqueta enfiada na cabeça do revolucionário terminaria aquilo que a Morte postergara. Ela se perguntou se Leon conseguira de fato ganhar apenas alguns meses de misericórdia ou se nunca houvera qualquer condescendência em relação a ele. A resposta nunca veio, pois a morte é sempre um mistério.

Frida consumara sua vingança contra Diego. Virou a página da sua vida e retomou seu caminho segurando as rédeas do destino, para dar seus próximos passos como mulher independente.

A REFEIÇÃO DE TRÓTSKI E BRETON

O Piochitas gostava de ser surpreendido. Não havia muito para dizer, pois Diego me roubava a palavra, a mim e a qualquer um que estivesse perto de Trótski, por isso eu só cozinhava, pois conseguia dizer mais com meus sabores sobre minha visão de um mundo do que poderia ter dito com palavras. Os dois desejávamos apenas isso: um mundo melhor. Quem é que não quer isso na vida...?

HUACHINANGO[5] COM COENTRO

1 *huachinango* de mais de 2 kg limpo e sem escamas

---

5 *Lutjanus campechanus*, espécie de peixe similar ao vermelho. (N.T.)

8 xícaras de coentro bem picado
5 pimentas ao escabeche em fatias grossas
2 cebolas grandes em rodelas
4 xícaras de azeite de oliva
sal e pimenta

Faça três cortes no lombo do peixe para que o tempero penetre bem. Forre uma panela grande ou travessa com metade do coentro picado, metade das pimentas e metade da cebola, cubra com metade do azeite e tempere com sal e pimenta. Sobre essa cama, coloque o peixe inteiro, cubra com uma camada igual à primeira, decorando com as pimentas, o coentro e a cebola, e despeje o resto do azeite. Leve ao forno preaquecido a 200 °C por uns 40 minutos, banhando-o com o molho de vez em quando para que não resseque. Sirva na própria panela.

Capítulo XVIII

Quando o papel de embrulho caiu no chão, o grito ressoou pelos quatro cantos do edifício da Quinta Avenida. No saguão de recepção dos elegantes escritórios da Condé Nast, o famoso grupo editorial, aquele grito aterrador continuou reverberando como os sinos do Apocalipse. Algumas secretárias assustadas deixaram cair no chão as pomposas capas das revistas *Vogue* e os desenhos do Chamaco Covarrubias para a *The New Yorker*. Estremecidas, correram para averiguar a origem daquele grito lancinante. Um segurança entrou com o revólver na mão, temendo que fosse um assalto. O murmúrio de incerteza e angústia circulou por todos os funcionários, que se entreolharam perguntando-se se deveriam abrir a porta de onde emergia o lamento. A secretária-chefe criou coragem e escancarou o acesso para cruzar a porta do escritório de sua chefe, Clare Boothe Luce, editora da cosmopolita revista *Vanity Fair*.

No meio daquele elegante recinto, que tinha espaço suficiente para acomodar um circo, encontraram a aparatosa mesa preta, as poltronas de couro e vários papéis jogados no chão. De um lado, um pacote aberto pela metade. Madame Clare não estava em sua poltrona. Refugiava-se num canto da sala perto da grande janela que emoldurava a vista do Central Park, que já perdia suas cores no outono. Estava ajoelhada, as mãos cobrindo a boca, tentando sufocar outro grito. Os olhos como que enlouquecidos, e um par de lágrimas rolando pelo rosto, levando com elas a caríssima maquiagem. Tinha a expressão alterada, como se tivesse sido esmagada por uma onda terrível. Nada dos gestos despóticos de quando falava sobre moda, gastronomia ou coquetéis. Nenhum vestígio da vaidade à qual estavam acostumados seus funcionários. Só havia espaço para um terror absoluto. Levantou-se trêmula, a mão apontando para o pacote. O segurança e a secretária caminharam até ele. Chegara de manhã, da Europa. Ambos precisaram sufocar um grito ao descobrirem o teor inconcebivelmente doentio da imagem. Se era uma brincadeira, era de extremo mau gosto. Ninguém mentalmente são teria se atrevido a fazer algo assim. A autora de um quadro tão horripilante como aquele acabava de ser capa da *Vogue*, com vários artigos elogiando sua mais recente exposição.

A pintura, realizada com excelente técnica, documentava a queda da melhor amiga de Clare: Dorothy Hale, que se suicidara atirando-se de um arranha-céu em Nova York. O suicídio estava retratado em três fases: a figura diminuta da mulher saltando da janela do edifício, uma imagem maior da modelo caindo, e na parte inferior do quadro, sobre uma espécie de plataforma, o corpo inerte, sangrando, como se Dorothy acabasse de cair de sua viagem ao além. Seus olhos olhavam para a frente, abertos, como se pedissem ajuda. Embaixo, numa fita, o trágico evento era explicado com letras cor de sangue: "Na cidade de Nova York, no dia 21 do mês de outubro de 1938, às seis da manhã, suicidou-se a senhora Dorothy Hale atirando-se de uma janela muito alta do edifício Hampshire House. Em sua memória, pintado a pedido de Clare Boothe Luce, para a mãe de Dorothy, este retábulo, executado por Frida Kahlo". Um anjo passava pela parte de cima entre as nuvens que se distanciavam do arranha-céu. Ao que parece, Frida achara que a pintura não estava suficientemente sangrenta, por isso acrescentara à moldura manchas vermelhas, como se durante a queda o sangue de Dorothy tivesse salpicado.

"Destrua esse quadro!", ordenou madame Clare à sua secretária, mas nem ela nem o segurança saíram do lugar, hipnotizados diante daquela pintura inquietante.

Frida nunca ficou sabendo do terror que provocou no escritório de madame Clare. Estava afastada de tudo, totalmente submersa num éter temporal que faz com que mesmo as mulheres mais lúcidas fiquem completamente desvairadas. Aquele perfume inebriante só tem um nome: amor. E não era Diego quem lhe arrancava suspiros, mas um homem magro, de olhar sonhador, traços finos e modos de andorinha. Nickolas tinha ascendência húngara, e isso se notava a quilômetros no porte nobre e nos olhos árticos. Embora viesse de família pobre, aos vinte e um anos já era um dos fotógrafos mais famosos dos Estados Unidos e solicitado por revistas como *Harper's Bazaar* e *Vanity Fair*. Era o perfeito príncipe azul: piloto de aviões, campeão de esgrima, amoroso pai de duas filhas, um mecenas generoso com os artistas e um devorador de arte moderna. Apesar de toda essa energia, revelava-se na intimidade um ser simples e terno, que fazia Frida lembrar-se de papai Guillermo, e foi por isso que ela caiu rendida aos pés dele.

Ela o conhecera no México, tempos atrás, por meio de seu bom amigo e companheiro de farras o Chamaco Covarrubias, já que os dois trabalhavam para a mesma revista. Desde o princípio, o fotógrafo ficou envolvido pelos aromas, cores, texturas e sabores que Frida exalava. O simples fato de pisar na Casa Azul, em Coyoacán, foi uma viagem para seus sentidos, estimulada pelo desfile de pinturas, judas de papelão, vasilhas de Talavera e *xoloescuintles*[1] transbordando de suas saias, periquitos gritando e o desplumado senhor Cui-cui-ri correndo diante dos convidados. Tudo mesclado aos exóticos pratos de sua cozinha e a suas sobremesas aromáticas, capazes de eletrizar qualquer paladar.

Depois que Trótski saiu de sua casa, Frida retomou a vida, dando a entender a conhecidos e amigos que finalmente se divorciara de Diego, embora ela mesma soubesse que a relação entre os dois era uma droga difícil de largar, daquelas que causam estragos para a vida inteira, e não conseguia deixar de fazer comentários contraditórios sobre seu ex-esposo: "Estou farta daquele barrigudo, agora sou feliz vivendo minha própria vida", comentava em meio a uma refeição com artistas. "Aquele velho gordo faria qualquer coisa por mim, mas fico com aversão só de ter que lhe pedir alguma coisa", embora cinco minutos depois começasse a dizer com nostalgia: "Mas ele é tão carinhoso, sinto tanta saudade...".

Entre os presentes àquela reunião, em que Frida se desdobrava em diversas mulheres, estava Julián Levy, que ficara deslumbrado tanto

---

[1] Raça mexicana de cães. Seus exemplares são também chamados de cães astecas. (N.T.)

pela personalidade como pela obra de Frida e insistia em convencê-la a expor em sua galeria de Nova York.

"É uma oportunidade que você não deve deixar passar, menina", opinou Nickolas, flertando com ela, correspondido por um olhar apaixonado de Frida, daqueles que só brilham entre os casais que sabem apreciar o sexo.

"Por que estão interessados em minha obra? Não tem nada de especial", respondeu ela, erguendo os ombros e tomando tequila para afogar as mágoas, o caos e a pressão de estar à beira do sucesso, a ponto de atirar-se no vazio.

O divórcio de Diego dera-lhe incentivo para tentar refazer sua vida tendo Nickolas como amante. Além disso, havia pouco tempo um ator famoso, conhecido por seus papéis de gângster, pagara uma generosa quantia por vários de seus quadros. Assim, à parte seus infortúnios, sabia ser uma pintora por direito próprio. Se sua vida continuasse apesar de ter perdido Diego, seria pela paixão por sua pintura. Não daria nenhum pretexto para que sua Madrinha viesse arrancar-lhe a promessa de mantê-la viva.

"Eu vou ajudá-la com a exposição", prometeu-lhe Nickolas. E cumpriu a promessa, não só como amante, mas também como companheiro: ajudou-a a embarcar e desembarcar a obra e também na confecção do catálogo. Por isso, quando Frida partiu para Nova York com seu novo amor, despediu-se apenas do senhor Cui-cui-ri, que, com olhos esbugalhados, a viu falar com ele. "Eu vou deixar você com uma incumbência: não me venha com jogo sujo. Você tem que cantar a chegada do sol todos os dias, pois, de agora em diante, cada dia é muito importante para mim", e partiu para sua exposição.

Nickolas estava orgulhoso de ser o parceiro de Frida e profundamente apaixonado por ela. No entanto, nunca conseguiu perceber que ela era mais um jogo pirotécnico do que uma namorada. Não suspeitava de que continuava tendo contato com Diego e que fora ele quem a incentivara a procurar a editora da *Vanity Fair* para conseguir um trabalho. "É uma mulher agradável, peça-lhe para posar para você e você conseguirá vender-lhe o quadro", garantiu Diego dando-lhe um beijo de despedida na testa.

Frida sabia que Diego estava muito feliz com a exposição dela e que desfrutava daquele momento como um pai orgulhoso diante da certeza do sucesso da filha.

Já em Nova York, sua estada ao lado de Nickolas foi um preguiçoso vaivém entre nuvens cor-de-rosa. Além dos encantos do amante, o ar de liberdade que lhe batia no rosto levou-a a seduzir todo aquele que considerasse digno de levar para a cama, desde Levy, o dono da galeria, até um ancião comprador de obras de arte.

A noite do *vernissage* foi gloriosa. Frida estava radiante. Finalmente conseguia ser respeitada como artista, e isso acontecia na mesma cidade do fracasso de Diego. A crítica tratou-a muito bem, e todos os seus conhecidos compareceram à galeria.

"Muito bonita", sussurrou-lhe Georgia O'Keeffe enquanto lhe roubava um beijo no banheiro.

"A exposição?", perguntou Frida, sedutora, sabendo-se a rainha da noite.

"A pintora", completou. E trocaram o olhar agradecido de amantes distantes que se reencontram.

Depois de relembrarem suas noites de luxúria, saíram para circular entre os convidados da festa. De longe, viram Nickolas, que conversava com madame Clare Luce.

"Você gosta dele? É bom com você?", perguntou Georgia.

"Eu não o mereço. Eu o trato mal, porque estou acostumada aos maus-tratos de Diego."

"Seja feliz, Frida. Você é a mulher que muda. A que caminha com a morte", disse Georgia, despedindo-se.

Frida piscou-lhe o olho e foi aferrar-se à segurança do braço de seu novo parceiro.

"Frida, madame Clare adorou sua obra. Quer que você faça uma pintura para ela", explicou Nickolas, com um sorriso, expressão com a qual dominava todo o mundo.

"Será um prazer pintá-la."

"Quero dar um quadro de presente à mãe de Dorothy Hale, minha melhor amiga", explicou movimentando seu copo de vinho de um lado para o outro como um balanço. "Era linda, seria uma pena que seu rosto se perdesse para sempre. Você poderia imortalizá-la.

"É aquela que se suicidou? Poderia fazê-la como um ex-voto", explicou Frida, emocionada, feliz diante do desafio. Disse isso em espanhol, sem perceber o rosto de madame Clare, que sorria para ela sem entender nada.

E era verdade, madame Clare não tinha a menor ideia do que eram aquelas pequenas lâminas pintadas de modo rudimentar, com representações de acidentes nos quais a Virgem salvara a vítima e que eram colocadas nas igrejas do México como oferendas.

"O que você achar melhor. Sua pintura tem a força feminina que conseguirá fazer justiça a ela."

E o trato foi fechado.

Frida só voltou a ouvir o nome de Dorothy Hale horas depois, quando ela e Nickolas terminaram de fazer amor para celebrar o sucesso da exposição. Exaustos, repousavam nus na cama, abraçados, vendo os primeiros brilhos do amanhecer tornarem-se vermelhos ao baterem de encontro à fachada dos edifícios. Nickolas estava quase dormindo, aconchegado inocentemente, enquanto ela o acariciava com a delicadeza de seu peito. Frida cobriu-se com o lençol para esconder a perna disforme.

"Não se cubra. Tudo em você é bonito, defeitos e virtudes."

"Só alguém maluco pode dizer que minha perna é bonita… Deveria ser proibida à vista de todos os meus amantes. Por isso eu uso saias compridas."

"Eu gosto. Sou maluco. Gosto até disso que vocês fazem hoje, essa história de dar comida para a morte… É bem maluco, mas eu gosto."

Frida esbugalhou os olhos, levantando de um salto para ver os primeiros raios do sol que surgiam como braços de um gigante que se ergue. Por causa do alvoroço da exposição e de seu rompimento com Diego, esquecera-se da data: sua exposição fora na véspera do Dia dos Mortos.

"Hoje é o Dia dos Mortos! Preciso colocar uma oferenda! Mas, o que aconteceu com minha cabeça tonta? Como é que eu fui me esquecer?", vociferou, histérica.

Nickolas ficou recostado, limitando-se a vê-la andar de um lado para o outro como uma doida. Nua, Frida dava saltos pelo quarto, atirando anáguas e colares de jade pelo ar.

"Esqueça isso, Frida, durma. Amanhã a gente vê o que faz."

"Não! Não vai haver amanhã!", gritou a plenos pulmões, apertando os dentes. "Por acaso você pode me ajudar? É uma questão de vida ou morte!", exclamou Frida desesperada. Nickolas achou que ela estava bêbada, virou de lado e se cobriu com o lençol.

"Você bebeu demais, durma e depois a gente conversa."

Não houve discussão, apenas gritos e golpes desferidos junto com alucinadas maldições. Frida terminou de vestir-se e saiu xingando a mãe de Nickolas, que não entendia aquele ataque de histeria. Frida temia faltar com sua promessa. Se sua Madrinha se zangasse, poderia desfazer o trato de vez. Saiu até a rua, que começava a espreguiçar-se para reiniciar sua palpitante vida citadina. Sentiu-se perdida, náufraga no meio de uma cidade enorme, vestida de tehuana e a ponto de morrer.

Pensou em ir até algum templo para render-lhe homenagem ou em enfiar-se numa igreja, mas nada lhe parecia digno da imponência da altíssima Morte. Xingou, imaginando que se tivesse seu "Livro da erva santa" poderia cozinhar um banquete, mas o caderno descansava em sua escrivaninha na Casa Azul.

Quando as lágrimas escorreram por seu rosto para cair no vazio e se juntar aos vapores das lavanderias chinesas e ao orvalho da manhã, viu o Mensageiro no meio da rua, entre os táxis amarelo-canário e as luzes dos bombeiros. O cavalo branco resfolegou liberando um vapor azulado que lhe indicava que era real. O Mensageiro puxou as rédeas e com um ligeiro golpe de suas esporas dirigiu o equino até onde estava Frida. O Mensageiro ajeitou o chapéu de revolucionário e atravessou o caminho de dois rabinos, um padeiro fazendo suas entregas e um grupo de operários de macacão que discutiam a luta de boxe da noite anterior. Nenhum deles parou para olhá-lo, pela simples razão de que para eles não era visível. O cavalo branco chegou até onde estava Frida, que levantou os olhos angustiada para perguntar: "Veio por minha causa, não é? Ela o mandou, eu sei. Eu queria pedir para ela me desculpar pelo erro. Nunca deixei de lhe apresentar meus respeitos, mas eu deveria ter feito a oferenda. Eu sinto muito…", e sua voz embargou. O Mensageiro apenas cravou seu olhar faminto e lhe ofereceu a mão. "Você quer que eu vá?", perguntou Frida. Não houve resposta, é claro. A mão estendida continuava ali. Era uma mão curtida pelo arado e pelo trabalho. Frida segurou-a, não sem antes despedir-se do mundo. Sentiu a aspereza dos calos, os cortes na pele, a rusticidade do campo. De um salto sentou no lombo do cavalo e, antes que conseguisse acomodar-se, um vendaval açoitou-lhe o rosto.

Quando abriu os olhos, espantou-se ao ver-se num apartamento de Nova York. O Mensageiro desaparecera. Frida sentiu um enjoo, mas aquela náusea esfumou-se logo. Conseguia ouvir sua respiração, portanto supôs que continuava viva. Surpreendeu-se ao ver-se olhando para uma mulher que escovava o cabelo. Uma bela mulher, distinta, com um porte que só se adquire com cuidados caros. Vestia um elegante traje de noite confeccionado em cetim preto, que destacava seus mamilos de maneira sedutora. A mulher cantarolava "Dead man blues", a mesma canção que ela ouviu Eve Frederick assobiar. Em seus olhos claros, que olhavam para si mesmos no espelho do toucador, Frida reconheceu os olhos de uma mulher morta.

"Fui uma tonta de achar que tudo iria melhorar", disse uma voz a seu lado.

Frida virou-se e encontrou a mesma mulher refinada: o mesmo vestido, o mesmo penteado, mas enfeitada com um deslumbrante broche de flores amarelas. Não havia dúvida, era Dorothy Hale.

"As coisas nunca melhoram. Soube disso quando perdi meu filho. E isso você já deveria ter compreendido há muito tempo, querida", respondeu-lhe Frida, um pouco surpresa, voltando o olhar para a Dorothy que estava se arrumando.

"Como você conseguiu aguentar tanto? Você não sente uma dor na alma?"

"Todo dia."

A Dorothy do espelho ajeitou uma série de bilhetes de despedida que escrevera antecipadamente. A melodia que cantarolava continuava enchendo aquele apartamento vazio, cuja solidão era tanta que se podia sentir seu gosto.

"Ela me ofereceu de tudo para que a gente selasse o trato, mas não consegui aceitá-lo. A ideia de que haveria mais dor me atemorizava tanto que não consegui aceitar a oferta", explicou Dorothy, tentando ajeitar o cabelo molhado.

De sua nuca começou a escorrer sangue, molhando o vestido, que ficou grudado ao corpo. Frida notou que seu crânio parecia uma melancia recém-partida. Entendeu que Dorothy falava de sua Madrinha e de um trato não muito diferente daquele que fora oferecido a ela havia vários anos: continuar vivendo, em troca de um sacrifício a cada ano. Desde seu amor até sua saúde.

"Estender sua vida mesmo que você tivesse que sofrer? Trocar existência por dor? Se foi esse o trato que ela lhe ofereceu, não acho que seja ruim. Afinal, a gente nasce para sofrer", murmurou Frida.

A Dorothy do espelho punha um chapéu amarelo que seu outro eu agora manchava de carmesim. Frida voltou-se para a Dorothy, que sangrava oferecendo-lhe um sorriso muito feminino, e a elogiou como fazem as mulheres que se encontram num salão de beleza.

"É um belo chapéu."

"Gostou? Obrigado, foi presente de um dos meus namorados, Isamu Noguchi."

"Verdade? Não acredito. Ele também foi meu namorado!", respondeu Frida, com espanto, para a Dorothy ensanguentada.

As duas ficaram se olhando. Eram dois lados do espelho, mas o reflexo do desespero era o mesmo.

"Um dos melhores", completou a Dorothy ensanguentada, com um ar maroto.

Frida mordeu o lábio. A Dorothy do espelho espetou um beijo carmesim na carta de despedida a seu ex-namorado Noguchi.

"Quem diria. Diego o odiava, eu lhe contei que me fazia gritar mais do que ele."

A Dorothy ensanguentada soltou uma risadinha de esquilo. As duas se divertiram. Frida parou de falar, pois a Dorothy do espelho caminhava com grande elegância em direção a uma janela do apartamento. Ao abri-la, uma ventania entrou desastradamente, fazendo voar os papéis.

"Dei uma festa, convidei meus amigos, bebi e me diverti. Depois foram ao teatro, assistir a uma peça de Wilde, e eu disse a eles que iria fazer uma longa viagem", explicou a Dorothy ensanguentada, enquanto sua igual subia no parapeito. "Então me matei. Não tinha dinheiro. Perdi a beleza e o encanto. O que mais me restava?"

A Dorothy do espelho, em pé no parapeito da janela, hesitava um pouco. O zunido do vento fazia eco pelo apartamento. Seus dedos soltaram à janela a qual se agarravam, e ela saltou do décimo sexto andar para o precipício. Não se ouviu nenhum grito.

"Acha que devia ter aceitado a proposta?", perguntou em tom de desespero a Dorothy ensanguentada, que começava a ficar com a boca cheia de sangue.

"Não sei, eu mesma me pergunto se aceitar foi a melhor opção. É muito alto o preço da vida", respondeu Frida.

Dorothy não conseguiu nada além de oferecer-lhe aquele olhar que Frida retrataria posteriormente no quadro: olhos perdidos, não em razão da morte, mas da própria vida.

Frida fechou os olhos esperando também a própria morte, pois parara de ouvir seu coração. Ao abri-los, descobriu que estava na mesma rua onde parara ao ver o Mensageiro. Seu coração voltou a bater. Ao longe, como um eco, ouvia-se o canto de um galo. Era o senhor Cui-cui-ri anunciando o novo dia. Lembrou que pedira a Cristina que pusesse um altar de Dia dos Mortos na Casa Azul. A mulher que a traíra, agora a salvava. Seus pulmões se encheram de ar fresco.

Virou-se para ver o apartamento onde seu amor perfeito dormia. Era bonito demais, correto demais. Ninguém casa com quem de fato lhe rouba o coração. Isso é coisa de romance cor-de-rosa ou de filmes, pois na vida ficamos com quem nos coube ficar, e ninguém muda isso. Portanto, sabia que não podia ficar com Nickolas, estaria sempre ligada a Diego, embora continuasse a detestá-lo por sua traição. Tudo era parte do sacrifício que lhe era exigido pelo trato com sua Madrinha. Suspirou e decidiu voltar ao apartamento onde Nick certamente a aguardava preocupado. Seu futuro não era muito promissor: sozinha e sem parceiro. Mas suas pinturas estariam ali, e agora tinha um convite para expor em Paris. Seus pincéis, seus óleos e suas cores de fruteira seriam seus únicos parceiros fiéis.

Abriu a porta sem fazer barulho para não acordar Nickolas, que dormia como uma criança. Tirou a roupa, enfiou-se na cama e o abraçou. Reconfortada ao ouvir que suas respirações ficavam compassadas, decidiu desfrutar o momento enquanto durava. Logo depois adormeceu.

Madame Clare ficou horrorizada com o quadro. Sua reação inicial foi destruí-lo, mas seu amigo Nickolas Murray convenceu-a do contrário. Mesmo assim, pediu a outro artista que apagasse a linha que dizia "pintado a pedido de Clare Boothe Luce, para a mãe de Dorothy". Também, estranhamente, fez desaparecer o anjo que voava no céu.

Como detestava a obra, a famosa editora deu a pintura ao amigo Frank Crowninshield, admirador da arte de Frida. A pintura não foi mais vista por várias décadas. Um dia apareceu misteriosamente diante da porta principal do Museu de Arte de Phoenix, onde está exposta.

Receita para Nick

Nick conheceu o México porque Miguelito Covarrubias o convidou. Gostava de comer bem e sempre pensava no vinho correto para cada prato. No dia em que me trouxeram umas pimentas e uma garrafa de tequila, preparei o lombo para ele. Ficou encantado, apesar de sofrer um pouco com a pimenta.

Lombo com tequila

1 kg de lombo de porco

15 azeitonas descaroçadas
chile cuaresmeño em tiras
pimentões em tiras
4 dentes de alho amassados
1 copo de tequila *reposado*[2]
1 colher (sopa) de manteiga
1 colher (sopa) de farinha de trigo
sal e pimenta

Faça furos no lombo ao longo de toda a peça e neles enfie azeitonas e as tiras de pimenta e pimentão. Tempere a carne com o alho, sal e pimenta. Coloque numa travessa com uma xícara de água, cubra e leve ao fogo a 180 °C por 1 hora e 30 minutos. Pouco antes de terminar esse tempo, retire do forno, banhe a carne com a tequila e leve novamente ao forno até que fique pronta. Misture o suco da cocção com a manteiga e a farinha e sirva junto com o lombo.

---

2 Tequila suave, que fica de dois meses a um ano em barris de carvalho. (N.T.)

Capítulo XIX

Encontrou-os pela primeira vez num café em Montparnasse. Era um lugar que aglutinava sabores e aromas tão díspares como os de poeira, couro velho e vinho rançoso. Aquele cheiro que se torna textura e que só sentimos impregnado nos bares do Velho Mundo, como se cada xícara de café pusesse um tijolo a mais em seu histórico, tão remoto como a época em que os romanos dominavam essas terras. Frida permanecia sentada, com dores causadas por uma infecção nos rins e chateada com a incapacidade de sua perna ferida. O extravagante chegou-lhe pelas costas, e ela sentiu que o ar mudava de lado quando ele caminhava, afastando-se do homem, deixando-o com sua loucura e genialidade. O calafrio escalou sua coluna combalida. Virou-se lentamente para cruzar seu olhar com aquele par de olhos que se mexiam imitando minhocas nervosas, impondo a falta de sensatez. Só os longos bigodes competiam com o olhar de louco, finos e esticados, voando pelo ar como pérgolas. Era tamanho seu poder que parecia que o corpo de Dalí estava grudado a eles, não o contrário. Sua voz não era imponente, era uma falsidade em tudo. A imagem era arrebatadora, mas o caráter não contava. "Os olhos de obsidiana chamaram a concha do mar, para que juntos dancem a macabra sinfonia da morte", disse Dalí com pomposa atitude de gato de botas tentando convencer o rei sobre seu amo.

Frida sentiu um calafrio similar ao de seus encontros com o Mensageiro ou ao que lhe provocou a suicida Dorothy Hale. Aquela voz vinha de profundidades da mente, nas quais se habita em comunhão com o delírio.

Frida beijara uma taça de conhaque com goles de amante dedicada. O calor do álcool eletrizou seus membros quando Dalí, com capa de marquês e bengala de cavaleiro andaluz, acomodou-se numa cadeira como um rei católico lavrado em pedra para a catedral de Santiago de Compostela.

"O senhor sabe algo a respeito da morte?", perguntou Frida. Dalí acomodou-se em seu trono fictício.

"Ela é a que dá e permite. A que não outorga, mas tira. O fim de tudo, mas não o princípio. Existe porque nós existimos. No dia em que tudo parar de reinar, ela fará sua parte, e, como morte, morta estará", recitou o pintor.

Frida concordava com aquilo. Ninguém teria conseguido definir melhor sua Madrinha.

"A senhora Rivera está aqui para mostrar sua obra. É uma pena que ele, o que morreu, não possa ver", explicou André Breton, que não apresentou Dalí, e que de cachimbo na boca parecia um tedioso professor de escola inglesa, muito distante de sua imagem de líder do movimento surrealista, como ele mesmo gostava de intitular-se.

"Certo, Dalí teria gostado de ver a obra de madame Rivera. Para ele teria sido como encontrar uma igual... pena que morreu", rematou o poeta Paul Éluard.

Desde que Dalí aplaudira a vitória de Franco e se deixara abraçar pela religião dos dólares, seus companheiros surrealistas se referiam à sua pessoa no passado, como se ele literalmente tivesse morrido.

Mary Reynolds, a companheira de Marcel Duchamp, que hospedara Frida em sua casa depois de resgatá-la de seu primeiro anfitrião, o disperso e egocêntrico Breton, aproximou-se dela e cochichou-lhe ao ouvido:

"É puro teatro. É um *vaudeville* feito homem. Na verdade, é ingênuo como um eunuco. Gala cuidou de cortar-lhe as bolas".

Frida teve de soltar uma risinho maroto ao ouvir a definição. O risinho voltou a rodear quando viu o aparatoso artista, que continuava em sua cadeira contemplando o mortal mundo através de seus olhos de semideus. Aquela atitude de zombaria o desarmou um pouco, e ele começou a transpirar; sem a confiança que sentia quando sua mulher estava por perto, estava tão desamparado como uma criança que perde a mãe.

Breton levantou sua taça de vinho para aliviar a garganta. Marcel Duchamp o olhava com um sorriso de menino que está prestes a colocar uma tachinha em sua cadeira. O poeta Paul Éluard tirou o rosto do jornal com notícias sobre guerras que se avizinhavam, e Max Ernst ergueu seu nariz para apontar com o olhar anil para Frida. O cabelo branco de raposa velha parecia atraente para Frida, que desfrutava de sua companhia e conversa. Assim como Marcel Duchamp, Ernst era um dos poucos do círculo que agradavam a Frida. O resto, não só artistas, mas Paris inteira, parecia-lhe *pinchísimo*,[1] como escreveu ao doutorzinho Leo num postal. Achava tudo decadente, e as atitudes adotadas pelos criadores surrealistas pareciam-lhe inúteis e absurdas. Em sua mensagem ao doutor explicava: "Você não imagina como essa gente é babaca. Me dá nojo. É tão intelectual e corrompida que eu não consigo suportar. Verdade, é demais para meu caráter. Preferia sentar e vender *tortillas* no chão do mercado de Toluca a me associar a esses desprezíveis artistas parisienses, que passam longas horas esquentando suas valiosas bundas nos 'cafés'".

E era isso justamente o que ela estava fazendo. Duchamp insistira para que o acompanhasse numa reunião em sua homenagem. Faltava uma noite para sua exposição na galeria Pierre Colle. A ideia da mostra nasceu depois da visita de André Breton ao México. Desde que seus olhos se apaixonaram pelas pinturas de Frida, ele insistiu em expor a obra dela para os franceses. Na verdade, ele a seduzira com a proposta, mas foi sem dúvida uma má ideia: Breton deixou tudo no ar. Nunca foi recolher os quadros que Frida lhe mandou, nem buscar as autorizações para sua importação. Pior ainda, já na França, Frida precisou emprestar-lhe dinheiro, pois não tinha nem um centavo. Ele supôs que parte do sonho surrealista era viver com três tostões e sair à rua tão suntuoso quanto um pavão decrépito. Quando escreveu para Diego contando a situação, este ficou irado com a desfaçatez do francês. E encontrou uma solução simples: da próxima vez que Breton pisasse no México, ele mesmo se encarregaria de baleá-lo com seu revólver.

Mas havia muitas razões pelas quais Frida aceitara a exposição. Sabendo-se presa de seu destino, fugia de sua realidade. Estava

---

1 Superlativo de *pinche*, termo depreciativo que no México indica algo "pequeno, sem valor, xumbrega". (N.T.)

deixando o amor de sua vida, Nickolas, em Nova York, e não tinha ânimo de voltar para o México, onde as correntes a aprisionariam a Diego. Estava numa terra de ninguém, num deserto sentimental. Por essa razão abandonara-se ao Velho Mundo. Decisão da qual se arrependia a cada dia: tinha saudade de Murray, de Diego, da família e do México; além disso, ao chegar, adoeceu gravemente e passou a primeira semana em Paris convalescendo. Não era a melhor maneira de visitar a Cidade Luz.

"Salve, salve, salve! Vejam só, o clube dos lunáticos... Hei, André, hoje vamos ter lua cheia?!" gritou um homem bem fornido, que irrompeu no café como um pistoleiro do Velho Oeste.

Vestia uma jaqueta apertada sem gravata e calça pula brejo. Era taludo como uma árvore e ácido como vinagre. O bigode grosso de verme peludo se mexia quando ele falava. Atrás dele vinha um homem careca como uma bola de bilhar, com óculos inteligentes cobrindo seu olhar triste.

"Hemingway e Dos Passos", cochichou Mary Reynolds para Frida, que achou engraçada a agressividade do rude gringo; era como se uma manada de bois de chifres longos perseguida por vaqueiros tivesse desembestado pelo meio do bar.

"Fiquei sabendo que uma bela flor mexicana anda por estas plagas", disse Hemingway inclinando-se para beijar a mão cheia de anéis de Frida.

Ela aproveitou a onda, vendo que o resto dos surrealistas via o norte-americano como um café com leite no meio de um banquete de perdizes.

"O assassino de animais, Covarrubias me falou de você", disse Frida em inglês.

"Aquele 'negro' merece uma surra pela caricatura da *Vanity Fair*", resmungou o americano, estalando os dedos para a garçonete para que lhe servisse alguma coisa.

Frida adorou o comentário. Pelo jeito, era corajoso mesmo; o Chamaco Covarrubias desenhara Hemingway como um Tarzan colocando tônico capilar para fazer crescer pelos no peito. Um desenho delirante e pouco sutil. É claro que Hemingway odiou cada detalhe dele. Mas não era novidade. Os elogios eram bem recebidos, mas as críticas eram sempre retrucadas com uma agressão.

Frida tomou sua bebida, apesar da proibição dos médicos franceses, dos quais ela já estava farta. Queria encerrar sua viagem para poder ser tratada por médicos mais humanos.

"Sem fronteiras, nem ideias, estamos reunidos para festejar a mulher encarnada em liberdade", disse Breton, sem alterar sua expressão de tédio, como se a vida fosse tão banal que exigisse enlouquecer e virar surrealista para poder desfrutá-la. "Ela é uma bomba embrulhada em papel de presente."

Os demais ergueram seus copos. Antes de continuar o brinde, houve nova interrupção. Alguém estava aplaudindo do fundo do bar. Era algo que ressoava tão sardônico como a risada de um palhaço, tão pungente como um lamento suicida. Os presentes se viraram. Era outro grupo, tão estranho e dissimilar como eles: um careca de olhos rasgados e traje surrado. Parecia chinês, mas era sarcástico demais para sê-lo; junto, um inglês pomposo demais para ser rico. Ao lado dele, um homem de negócios, de cabelo lambido, terno sob medida e gravata-borboleta, e uma mulher pequena que transbordava sensualidade como um coito ainda não concluído.

"*Pauvres*", soltou Breton, com repugnância.

O grupo puxou suas cadeiras e copos para incorporar-se. O careca de olhos inteligentes sorriu com todos os dentes para Frida, piscando-lhe um olho.

"Eles parecem um queijo fedido, mas são apenas crianças brincando de intelectuais. Se você passá-los numa fatia de pão, o gosto não fica tão ruim", disse, dirigindo-se a Frida.

Havia alguma coisa em sua atitude que lhe lembrava Diego. Segurança e egocentrismo demais para caber num só homem. A mulher de cabelo de breu e grandes olhos de cometa estendeu-lhe sua mão de porcelana, suave como seda importada.

"Nin… Anaïs", disse a bela garota.

Frida a olhou com todo o prazer e luxúria com que se olha para uma fatia de bolo. Ela tocou o colar de jade de Frida como se fosse uma criança de quatro anos brincando com sua mãe.

"Você é bonita. Tudo em você é bonito."

"Obrigada", respondeu Frida em espanhol.

Anaïs virou toda olhos e plantou-lhe um beijo na face, afastando-se ruborizada.

"Amo suas pinturas. Reconheci você pelas fotos que fizeram para a *Vogue*", disse Anaïs em espanhol.

Frida e ela sustentaram o olhar. Não era preciso dizer mais nada, havia nelas um entendimento maior do que entre duas irmãs gêmeas. A mulher toda olhos desculpou-se pelos comentários sardônicos do amigo careca a respeito dos surrealistas.

"Perdoe o Henry, ele é um pouco rude."

"É um safado", explicou Frida em espanhol. E, com a cumplicidade a todo vapor, continuou: "Mas esses são os melhores na cama, não é mesmo?".

Explodiram as risadas reconfortantes daqueles que entenderam. Eram poucos, os presentes estavam mais fascinados por sua arte do que interessados em entender o espanhol. Até Dalí torceu seus bigodes numa careta que poderia ser considerada um sorriso em algumas partes do mundo.

"Querida, quero que você comece sua conversa com algo mais interessante do que os manifestos surrealistas ou o socialismo. O sexo diz respeito a todos nós, e toda expressão na arte fora da liberdade e do amor é falsa", disse a esposa de Breton, Jacqueline, uma linda boneca loira.

Breton conhecera Jacqueline também num café. Chamara-lhe a atenção aquela jovem "escandalosamente bonita" que escrevia sentada numa mesa, e imaginou que o destinatário daquilo que ela escrevia era ele mesmo. É claro, seguindo o princípio de que nada acontece como a gente imagina, aquilo era mentira, mas no final acabou casando com uma beldade.

"O sexo é falso?", perguntou Mary.

"O sexo é. Não precisamos mais", corrigiu a monumental loira, dando um beijo em Frida para relembrar do deslize entre elas no México.

Frida sempre se sentia à vontade rodeada de amantes. Quantos mais tivesse, mais cúmplices ganharia.

"A maternidade ou o sexo?", perguntou Anaïs.

"O que veio primeiro? O ovo ou a galinha?", respondeu Jacqueline.

"Nem todos possuem o milagre da galinha. Alguns de nós terão de se conformar com outras coisas", emendou Frida, entendendo que se formara um partido feminino de cérebros. "Por isso será preciso quebrar alguns ovos para encontrá-lo."

"Bem, uns ovos mornos são deliciosos como café da manhã", brincou Anaïs.

"E se forem de um galinheiro alheio, melhor ainda."

Depois desse último comentário, houve um silêncio entre as mulheres. O rosto dos homens ficou com uma interrogação plantada. Ficaram todos sem compreendê-las e tampouco tentavam fazê-lo. Era apenas para consumir sua intrínseca curiosidade que desejavam saber o conteúdo da conversa.

"Vamos brincar de Jogo da Verdade", disse Duchamp descongelando o momento.

"Quem se negar a dizer a verdade terá um castigo", explicou Breton. Mordiscou seu cachimbo e começou dando um tiro certeiro em Hemingway: "Ernest, você tem pelos nos peito?".

Os presentes soltaram uma grande gargalhada. O escritor, colérico, abriu a camisa fazendo saltar vários botões. Frida se irritou ao ver que ele não entendia bem o espírito do jogo e que, como todo norte-americano, levava as coisas a sério demais.

"Vocês são um bando de galinhas. Só ouço vocês cacarejando. Nunca viram um morto! Nem mesmo dispararam um tiro de revólver!", explodiu, irritado, o escritor. Gritava tão alto que soltava saliva como um sacerdote dando a bênção. "Se esse megalomaníaco alemão está ganhando terreno é porque vocês estão permitindo isso!"

Com a mesma força de redemoinho que mostrara ao entrar, Hemingway saiu do café. Frida pensou que talvez ele estivesse voltando para seu país em busca do sonho que os Estados Unidos haviam perdido com a invenção do ar-condicionado. Dos Passos levantou-se tranquilo. Beijou o rosto de Frida como se esta fosse uma imagem religiosa e desapareceu no meio da rua parisiense.

"Anaïs... Você é infiel a seu marido Hugo?", perguntou Jacqueline, voltando ao jogo.

Hugo, de gravata-borboleta, virou o rosto, desmanchando-se como leite azedado. Era ingênuo, mas não gostava de receber tapas na cara.

"Castigo", respondeu a mulher toda olhos.

"Coloque uma venda nos olhos e adivinhe de quem é o beijo que vai ganhar", ordenou Breton.

Anaïs tirou seu lenço de seda do cabelo e com a delicadeza de uma princesa hindu colocou-o sobre o rosto. O mel derramado pela delícia do movimento fez parar o jogo. Jacqueline fez um sinal a Frida, que na mesma hora chegou perto dela e deu um beijo delicado em seus lábios cor de cereja.

"Tem sabor de pimenta, hortelã e anis. Só uma mulher que cozinha pode ter esse sabor. Me lembra Cuba, me remete à Espanha, mas é um lugar mais selvagem", disse Anaïs.

Ao tirar o lenço, recebeu outro beijo no rosto. Dessa vez de Jacqueline.

O jogo era uma das especialidades dos surrealistas. Brincavam porque o mundo já não tinha tempo para brincar. Estavam convencidos de que, na hora em que se começou a usar gravata e pasta de documentos para ir trabalhar, a humanidade cresceu e todos haviam perdido a infância quando tiveram que parar de brincar à tarde. O homem fica velho quando a brincadeira termina.

"Gostaria de perguntar ao que está morto se era virgem quando se juntou com Gala", interveio Max Ernst, com toda a perversidade que lhe era possível.

"Meu corpo era puro. Mas eu estou além do prazer", murmurou Dalí, sem sequer olhar para eles. Seu olhar altivo estava acima deles, a apenas dois passos do deus mais próximo.

"Eu sabia", murmurou Jacqueline.

"Que idade você tem, Frida?", perguntou Duchamp.

Frida virou o rosto. Haviam acertado o ponto mais dolorido. Durante sua vida inteira, ela mentiu sobre a idade, dizendo que nascera em 1910, com a Revolução. Sempre diminuíra três anos.

"Castigo", admitiu Frida.

Breton arqueou as sobrancelhas, que quase lhe saltavam do rosto. Sem pensar, disse como quem pede para passar o sal:

"Trepe com a cadeira."

As sobrancelhas de Frida foram arqueando-se até soltarem-se do rosto. A expressão foi maliciosa. Sentou no chão, estendendo sua longa saia cor de maçã como uma cascata de cor. Começou a acariciar o móvel de maneira sutil, sedutora. Aos poucos seu ímpeto foi crescendo, agarrando-se ao pedaço de madeira, para, de repente, assumir uma postura sexual e gritar como se estivesse sendo levada ao êxtase do orgasmo. Ao terminar, levantou-se. Sacudiu a poeira da roupa e voltou a sentar. Todo o mundo aplaudiu.

"Não vou conseguir pegar no sono esta noite. Vou ficar pensando nesse seu teatro, senhora Rivera", disse Henry Miller, com seus olhos perspicazes.

Frida sabia que agradara.

"E quem disse que foi teatro?", respondeu, sem dar-lhe importância.

"É possível fazer obras que não sejam arte?", perguntou Duchamp a Breton.

"Qualquer obra de um homem livre é arte", respondeu Granell, tomando posse do jogo.

Era um trotskista consumado, como Breton, embora suas declarações fossem clamores no deserto. Stalin silenciava-os sem mexer um dedo. Houve silêncio entre a comitiva surrealista, como se tivesse entrado o convidado indesejado: a política.

"Tomem-me, sou uma droga! Tomem-me, sou um alucinógeno!", gritou dramaticamente Dalí. Agitou sua capa como um capote de toureiro e foi-se embora marchando.

A reunião ia se transformando em algo desagradável. Frida não se surpreendeu. Estava acostumada aos insultos entre Diego e os demais pintores, situações em que o álcool e as promessas de revolução sobravam.

"Precisamos de um novo jogo. Este deixou de ficar divertido", disse Jacqueline, devorando um cigarro.

De novo, houve silêncio. Eram tão longos esses preâmbulos nos quais apenas se entreolhavam, que pareciam óperas chatas e tediosas. Frida tinha certeza de que faziam isso de propósito, só para enfatizar sua falsa dramaticidade.

"Cadáver requintado", propôs Breton sem tirar o cachimbo da boca.

Não houve resposta imediata, de novo o silêncio necessário para criar tensão. A seguir, pegaram uma folha de papel e a dobraram várias vezes. O grupo aceitou o sinal e retomou a conversa. Max Ernst começou: desenharia na extremidade do papel a metade da cabeça de um personagem e dobraria então a folha para que o seguinte continuasse. Desse modo, cada um, ao continuar com seu traço, só veria o final do que o jogador anterior tivesse desenhado, e assim até chegar aos pés. Ao desdobrar-se o papel, apareceria um único personagem, resultado coletivo dos traços que cada um teria feito: *un cadavre exquis*. O próprio nome do jogo já era uma brincadeira: surgira durante um jogo com palavras, quando jogaram primeiro em francês e escreveram: "*Le cadavre-exquis-boira-le vin-nouveau*". Frida e Diego haviam-no encampado como seu jogo pessoal durante a estada nos Estados Unidos. Jogavam o tempo inteiro enquanto tomavam vinho em suas noitadas. Frida adorava o jogo, pois atiçava seus instintos infantis mais puros, mas ela os combinava com uma sexualidade natural única: sempre colocava grandes falos nos personagens ou então atributos sexuais fantásticos. E assumia entre risadas: "Sou uma libertina".

Para Breton, o jogo era uma maneira de revelar o inconsciente das pessoas. Estava convencido de que a criação tinha de ser intuitiva, espontânea, lúdica e, na medida do possível, automática. Por isso sempre apoiava que se realizasse com grandes doses de álcool ou drogas: quanto mais distantes da racionalidade estivessem os jogadores, melhores os resultados.

"Sua vez." Breton passou a folha a Frida, que na mesma hora começou a trabalhar.

A solenidade já fora escondida num baú, e as risadas aconteciam de graça. O vinho ajudava a lubrificar as palavras, e a noitada começava a tomar forma. Frida entregou a folha ao próximo desenhista. Cada um fez sua parte. Breton lentamente desdobrou o desenho. A imagem era ridícula para a maioria, mas não para Frida: uma mulher usando um grande chapéu com véu. Alguém desenhara nela grandes olhos felinos, dispostos a devorar o que houvesse à sua frente. Vestia uma blusa do istmo, como a de Frida, mas com um busto que transbordava. Uma saia preta, com uma abertura no meio, pela qual se podia apreciar sua genitália coberta de pelos pubianos. No final, os ossos dos pés. Frida olhou-a detidamente, com calma. Era como um postal recebido do lugar onde dormem os que já não estão mais. Pelo menos sabia que estava presente ali, embora estivesse muito longe de seu santuário: Diego.

A exposição na galeria tinha o título amplo de *Mexique*, já que Breton incorporou-lhe um sem-número de bugigangas que colecionara durante sua viagem. Mas elas não tiraram o brilho de Frida, sua obra manteve-se como a atração principal. A reunião foi um grande acontecimento, para o qual foram convidados todos aqueles que ousassem dizer-se importantes na França. Os jornais publicaram críticas elogiosas: "A obra da senhora Rivera é uma porta aberta ao infinito e à continuidade da arte". O próprio Museu do Louvre sentiu-se apaixonado pelos traços frutais de Frida e decidiu comprar para sua coleção um autorretrato.

Apesar de tudo, Frida sentia-se isolada, alheia àquele grupo de pessoas que se afogavam em sua própria retórica. Sentia-se fora de lugar. Durante a festa de inauguração, toda glamorosa com seu habitual traje de princesa asteca, permaneceu num canto vendo como as personalidades iam e vinham. Agarrada a seu copo e a seu xale, sentia o sucesso de sua obra como algo excessivo e asfixiante. Talvez fosse demais para uma mulher que pintava apenas para mitigar a dor de viver. Esse tipo de elogio e de congratulação podia alimentar Diego, mas não a Frida. Trocaria todo o seu sucesso por poder voltar para seu esposo e tê-lo fiel a ela.

"Sua obra é um sonho", disse-lhe um homem duro como carvalho.

Sua prematura calvície brilhava como um holofote, seus olhos penetrantes eram duas lâminas às quais as sobrancelhas caídas serviam de escudo, criando uma imagem de carinho. Sua expressão era agradável. Uma expressão de vitória.

"Eu não pinto sonhos nem pesadelos. Pinto minha própria realidade", respondeu Frida.

Pablo Picasso olhou-a, como se rebuscasse o segredo de sua obra na mulher. Descobriu que ela mesma era uma tela, pintada com cuidado a cada ano de sua vida.

"Eu sempre disse que a qualidade de um pintor depende da quantidade de passado que leva consigo. Em você vejo muito passado."

Frida sorriu. Talvez estivesse tentando flertar com Picasso, talvez só procurasse aceitação num mundo hostil. Conseguiu.

"Minha vida é minha pintura. Tudo começou como uma forma de afastar o tédio e a dor. Agora dizem que sou uma pintora surrealista."

"Pois é assim, minha linda... Eu queria ser pintor e me converti em Picasso."

Frida ofereceu-lhe uma expressão de carinho. Seus lábios finos se curvaram como uma meia-lua, ofuscando o carmesim da saia. Picasso se sentiu enfeitiçado.

"Você está triste. Seus olhos são mais transparentes do que seus óleos."

"Vou voltar para meu país e ter que tomar decisões. Não sei o que vem pela frente. Não sei o que fazer."

"Se a gente soubesse exatamente o que fazer, para que o fazer então? Se houvesse uma só verdade, não seria possível pintar cem telas sobre um mesmo tema", respondeu-lhe o pintor, tomando-a pela mão e passeando com ela entre as pessoas que admiravam suas obras. "Minha mãe cantava para mim uma canção espanhola que diz: 'Eu não tenho nem mãe nem pai que sofram minha pena/Sou órfão...'."

O canto de Picasso foi muito prazeroso. Frida ficou encantada com a melodia.

"Se você me ensinar essa canção, eu ensino a você canções mexicanas. Daquelas em que a dor borbulha na alma... Se a manhã nos alcançar, até um café da manhã mexicano eu vou lhe preparar. Você vai provar *enchiladas* e *frijoles gueros*",[2] convidou Frida, e Picasso aprovou o trato com a cabeça.

---

2 Feijões vermelhos. (N.T.)

A noite transcorreu entre conversas que compartilharam com o grupo surrealista. Para Frida, ser aceita por Picasso foi maravilhoso. Tinha fama de ser crítico duro, era um velho resmungão diante da arte alheia, mas mesmo assim se desmanchou em elogios para Frida. Desde a hora em que se conheceram na exposição até que Frida partiu para o México, dias mais tarde, ficou com ela, procurando fazer com que se sentisse bem e reconfortando-a com presentes. O mais afetuoso foi um par de brincos de casco de tartaruga e ouro no formato de pequenas mãos. Frida, ao recebê-los, tentou explicar-lhe que a morte a rondava e que há muito tempo vivia de favor, mas Picasso disse-lhe apenas, sem dar importância à sua história: "Lembre-se: tudo o que você conseguir imaginar é real".

Um café da manhã mexicano

Do que mais sinto saudade do México quando estou viajando é de poder levantar com o aroma de um café com canela e da manteiga na frigideira fritando um bom desjejum. É o início de um novo dia, e com ele vem a lembrança da maravilha que foi o dia anterior.

Huevos rancheros

½ xícara de azeite
4 ovos
4 *tortillas*
2 tomates cozidos
1 pitada de orégano
1 ou 2 *chiles de árbol* assados diretamente no fogo
1 colher (sopa) de cebola em rodelas
¼ de colher (chá) de alho picado finamente

Triture os tomates junto com o orégano, os *chiles*, o alho, o sal e um pouquinho de água. Passe as *tortillas* pelo azeite quente para que fiquem macias, mas não deixe dourar. À parte, frite no azeite quente, de dois em dois, os ovos, com cuidado para não arrebentar a gema. Coloque as *tortillas* no prato em que serão servidas, ponha os ovos fritos por cima e despeje o molho de tomate quente. Por último, junte a cebola em rodelas.

Capítulo XX

Tal como foi revelado a Frida no dia em que terminaram, numa noite de maio do início dos anos 1940, uma tempestade caiu sobre o bairro de Coyoacán. Não era uma tempestade climática, mas sim política. Um grupo de partidários de Stalin, incluindo o pintor David Alfaro Siqueiros, irrompeu no quarto de Trótski com metralhadoras e despejou centenas de balas. Nunca suspeitaram que o velho comunista naquele momento sonhava com a imagem descrita por Frida e já estava alertado de que morreria por uma bala. Assim, ao ouvir o ruído dos pneus parando em frente à sua casa, seguido pelo barulho dos freios, dos passos, das portas se abrindo... soube que era o sinal e deixou-se cair sobre o corpo da esposa, Natália, para desabar atrás da cama antes que chegasse a chuva de balas. Nenhuma delas acertou-os. Sobrevivera a seu chamado, a morte cumprira o pacto.

Diego foi considerado suspeito e teve de sair fugido. Foi ajudado por suas duas amantes de plantão: a ex-mulher de Charles Chaplin, Paulette Goddard, e Irene Bohus. Instalou-se em San Francisco para pintar um mural, sem virar o rosto para ver o que acontecia no México.

A partir do atentado, Trótski sentiu que Frida tinha razão em tudo, que se livrara da condenação à morte. Tornou-se descuidado e abriu sua casa para um homem que uma vez estivera com Frida na casa dela, em Coyoacán: Mercader. O espanhol lhe pediu opinião sobre alguns escritos. Enquanto Trótski lia aquelas anotações, pelo canto dos óculos distinguiu a silhueta de seu assassino levantando o gancho de gelo que iria cravar-lhe no crânio; atrás dele viu uma mulher com chapéu largo, vestido de renda e sorriso de caveira: era a dona do final, a ceifadora de vidas. Fora enganado: apenas lhe perdoara a vida havia uns poucos dias. Se tivesse tido tempo, teria amaldiçoado, mas o gancho abriu um buraco em sua cabeça, que se partiu como uma melancia. Trótski morreria no hospital.

A polícia soube que Mercader frequentava a casa de Frida. Que até foi visitá-la na França quando de sua exposição. Para ela, foi apenas um estranho que lhe perguntou duas ou três coisas para depois desaparecer de sua vida. Mesmo assim, as miras das espingardas apontaram para a princesa de saias de tehuana. Os homens de uniforme entraram na Casa Azul como um vendaval, arrastando Frida, doente, e Cristina, que teve de deixar seus filhos em casa sozinhos.

Foram enclausuradas num cárcere úmido e escuro, com fedor de urina. Frida e Cristi só respondiam ao interrogatório com súplicas para que enviassem um oficial para tomar conta das crianças, mas como em todo poder absoluto no qual os que têm dinheiro recebem os favores, e os pobres os fervores, a polícia não se comoveu diante de suas lágrimas e apertou ainda mais a tortura para ver se, no sofrimento, faziam fraquejar o ânimo das mulheres.

Depois de uma maratona de perguntas sem resposta válida para os que exerciam a lei, Frida foi atirada de novo em sua cela como um cão confinado ao pátio dos fundos. Quando a lua minguante tocou o manto escuro e a brisa noturna ficou mais forte, só então conseguiu Frida controlar seu pranto. Tinha o rosto contra o chão, e pensava que, se pudesse matar seu galo, pelo menos não lhes daria o prazer de deixá-la trancafiada a vida inteira.

A brisa assobiou pelas grades, esfriando a alma e o espírito da pintora, já por si maltratada. Com a lua entrando pela cela, chegou o sono. Frida sucumbiu ao cansaço e à infelicidade. Sua mente repicou pelas paredes e fugiu para um lugar não menos escuro, mas próximo. Havia ali velas acesas, plantadas a torto e a direito, sem razão, por toda a parte; no fundo, o céu cor de amora silvestre formava uma espiral numa carícia de algodão-doce cor-de-rosa.

"Esta é a sua casa, Frida, bem-vinda", disse a mulher do véu. Frida aprumou-se, espantando de cima a dor nos ossos e na coragem. "Minha vida fede. Cada vez que tento corrigir um erro, outra pedra me corta o caminho. Essa não é a melhor maneira de viver, mas apenas de morrer", resmungou Frida.

"Que eu lembre, não existia prazer ou felicidade no trato, Frida." A Madrinha foi obrigada a observar.

"Mas você devia ter-me avisado, pois uma vida sem vida é tão inútil quanto um útero sem procriar. O que, diga-se de passagem, você também me deu", reclamou Frida.

Compadecida de seu sofrimento, a mulher do véu acariciou-lhe o rosto sujo.

"Ainda lhe resta muito para viver, Frida. Observe essa vela, ela é sua vida. A chama ainda vai iluminar várias noites mais", explicou a Madrinha, apontando para uma vela a seu lado, que iluminava com uma chama fogosa. Frida soube que aquela era sua vida e não parecia que iria apagar-se tão cedo.

"O que eu faço agora?"

"Você se afastou de seu destino, dos laços que a mantêm viva. Sua corrente partida só irá trazer-lhe mais desgraças. Olhe para a frente e admita sua condição, pois um mundo brilhante a espera", concedeu a imperatriz dos mortos.

"Qual é o meu destino?", perguntou Frida.

"Você sabe onde está", respondeu a Madrinha.

Frida acordou ao ouvir o ranger das portas da cela. Estavam sendo abertas para deixá-la ir embora depois de dois dias. Os policiais encontraram pouca coisa que pudesse servir para incriminá-la, e o fato de mantê-la na prisão fez a opinião pública voltar-se contra eles. Diego também fora isentado de culpa e convidado a voltar ao país. O assassino cumpria pena na prisão, enquanto na URSS recebia homenagens como herói nacional.

Diego contratou um guarda-costas para cuidar dele enquanto pintava seu mural em San Francisco. Temia ser assassinado por ter intercedido em favor de Trótski. Talvez por isso mudou suas convicções políticas como um cata-vento e abraçou o comunismo de Stalin. Desse modo, esperava apaziguar seus inimigos. Então ficou sabendo do delicado estado de saúde de Frida: em razão do breve encarceramento, estava muito doente e prestes a sofrer uma operação, segundo as recomendações dos médicos mexicanos. Teria sido ele o culpado daquela situação, por tê-la abandonado à própria sorte? Com a ajuda do único homem em quem Frida realmente confiava, o doutor Eloesser, decidiu qual seria o melhor futuro para sua mulher. O próprio doutor escreveu para ela e pediu-lhe que fosse para San Francisco.

Frida aceitou, suspeitando de que Diego armara algum plano, pois na carta o doutor comentava: "Diego ama você muito, e você também o ama. Também é verdade que ele tem dois grandes amores além de você: a pintura e as mulheres em geral. Nunca foi monogâmico e jamais será. Se você acha que é capaz de aceitar os fatos como são, de viver com ele nessas condições, de controlar seu ciúme natural, entregando-se ao trabalho, à pintura ou ao que for útil para poder viver pacificamente e que possa ocupar tanto seu tempo a ponto de deixá-la esgotada todas as noites, então case com ele".

Diego foi recebê-la no aeroporto com um enorme buquê de flores, um sorriso bonachão e o desejo de unir-se a ela pela segunda vez. Frida abraçou o esposo e sua decisão de permanecerem juntos. Não havia muito para onde mover-se. Sabia que estava ancorada a seu ogro-sapo.

O doutor Leo a internou no hospital, e depois de um mês Frida sentiu ânimo para continuar seu caminho, qualquer que fosse.

"É aqui?", perguntou Diego, nervoso e realmente questionando a sanidade de Frida, que caminhava com o desconforto de uma ferida.

"Não acho que haja muitas oferendas aqui. Digamos que é uma festa muito particular dos mexicanos", admitiu o doutor Eloesser, que carregava um cesto cheio de trastes e pratos.

Diego bufava como um boi, carregando outro tanto, enquanto Frida ia revisando os nomes dos túmulos cujas lápides mostravam rostos esmaecidos.

"Achei, está aqui", disse Frida, apontando para uma velha lápide de pedra coberta de musgo.

Diego deixou cair o cesto, e o doutor colocou o seu sobre outro sepulcro. O sol começava a esconder-se. Restavam poucos visitantes no cemitério, apesar de ser véspera do Dia dos Mortos. A atribulada vida americana apagava da memória aqueles que descansavam nos mausoléus.

"Limpe antes de colocar as velas, Diego", recomendou Frida, estendendo uma toalha sobre o túmulo.

O doutor passou-lhe os pratos que cozinhara com a ajuda de sua enfermeira. Frida os recebia saboreando o aroma de cada um.

"*Cochinita pibil*, em homenagem à mamãe Matilde. Ela gostava com *tortillas*", explicou, colocando o prato no centro, perto de algumas velas que Diego estava acendendo.

"Essas *costillitas* são minhas", brincou o doutor, entregando-lhe uma travessa.

Frida ajeitou-as num dos lados, como se fossem um coração oferecido a um deus pré-hispânico.

"Estou morrendo de fome, Friducha. Será que não posso comer alguma coisa?", resmungou Diego.

"Pare de reclamar e me passe o resto", ordenou Frida, apontando para a garrafa térmica com o *atole* e o cesto do bolo asteca que fizera com ingredientes comprados por Diego no bairro latino.

Frida pedira a ele que trouxesse pulque, mas foi impossível. À falta dele, comprou uma garrafa de vodca, da qual encheu um copo e o colocou no altar. Em silêncio lembrou de Trótski, de sua tarefa truncada, de sua fé política. Refletiu que fora morto como um messias: por suas convicções políticas, o que era uma pena, pois aquele tipo de homem era cada vez mais raro.

"Vai ser a primeira vez que eu levanto um altar de mortos no meu país. Há tempos fui até Pátzcuaro para ver as oferendas do Dia dos Mortos, mas nunca imaginei colocar uma aqui, na minha cidade", disse o doutor a Frida e Diego, vendo como a fumaça do incenso se misturava com a do tabaco que eles fumavam.

"Se seu país levasse a morte um pouco mais na brincadeira e a vida mais a sério, seria menos belicoso", sentenciou Frida satisfeita.

Sua vida parecia estar se refazendo. Diego moveu a cabeça, aceitando suas palavras e, para não deixar que o doutor falasse, roubou um beijo carinhoso de Frida. Ela saboreou-o como se fosse um doce.

"Trouxe uma coisa para você", cochichou Diego para Frida.

Do bolso da calça, o pintor tirou um pequeno carrinho de madeira. Sua cor original fora um deslumbrante carmesim, mas agora estava riscado, gasto e opaco. Não havia dúvida de que se tratava do mesmo que caíra no canal de Xochimilco naquele dia em que Frida descobriu o caso de amor entre Diego e Cristina. O mesmo que comprara muitos anos antes em Tepoztlán. No qual encapsulou seu carinho pelo esposo. Frida estava surpresa. Era impossível que fosse aquele, mas já aprendera a viver num mundo surreal.

"O carrinho! Como é possível? Ele se perdeu na água", balbuciou Frida.

"Você foi embora aquele dia. O traineiro, quando viu que você tinha ficado aborrecida, achou que era porque seu sobrinho tinha deixado o carrinho cair. Então decidiu recuperá-lo e me entregou. Claro que não suspeitou que você estava aborrecida por outro motivo", explicou Diego.

"E você o guardou esse tempo todo?"

"Não ia jogar fora. Era parte de você. Guardei muito bem esse tempo todo. Acho que, se a gente vai casar de novo, é melhor que agora ele fique com você." Colocou o brinquedo nas mãos de Frida, fechou-as em torno dele e beijou-as carinhosamente.

O doutor olhou para os dois e, satisfeito por ter agido corretamente, apressou-os:

"Está na hora de ir. Aqui os mortos assustam e, se vão levantar para comer seus pratos, não quero estar presente.

"Doutorzinho, pode ter certeza de que eles virão, sem dúvida", exclamou Frida, dependurada no braço de Diego.

Os três voltaram pelo caminho, deixando as velas iluminando os pratos para convidar os residentes do cemitério a saboreá-los. Na lápide, continuavam desgastando-se as palavras entalhadas que traziam o nome de Eve Marie Frederick.

Em dezembro, Frida e Diego se casaram pela segunda vez. Foi uma cerimônia breve e austera, tanto que Diego voltou a trabalhar no mural no mesmo dia. Depois, passaram duas semanas viajando pela Califórnia. Quando voltou ao México, já não sentia as aflições nem o peso da enfermidade. Frida preparou o quarto de Diego na Casa Azul. Comprou uma cama larga para sustentar o gigantão, colocou finos lençóis de renda e travesseiros bordados com o nome do casal. Dias depois, Diego chegou para ocupar seu lugar, deixando as casas de San Ángel como estúdio, onde diariamente ia trabalhar. O dia a dia converteu-se na reconfortante rotina que dá segurança aos casais, com longos cafés da manhã e jantares compartilhados com amigos e parentes. A vida começava de novo. A morte podia esperar.

Meu segundo casamento

Casei com Diego uma segunda vez. Não foi a mesma coisa. Não foi melhor, nem pior. Diego é de todos, nunca será só meu. Apenas colocamos uma assinatura num papel, como quem coloca uma carta no correio, uma carta cheia de esperanças, de ilusões. Mas você sabe que ela nunca chegará ao destinatário. Diego é meu por momentos. Se eu conseguir viver com isso, então vou poder viver com o resto de minha vida, embora isso seja o pior de mim. Naquele dia, preparei um prato daqueles que eu ia levar-lhe quando trabalhava nos murais: um manchamanteles.[1] *Sentamos para comer sorrindo um para o outro, como se nada de ruim tivesse acontecido entre nós.*

Manchamanteles

300 g de lombo de porco
1 maço de ervas aromáticas
1 ½ frango em pedaços
3 *chiles anchos* limpos e aferventados
3 *chiles mulatos* limpos e aferventados
1 cebola grande
2 tomates assados sem pele
3 pêssegos, sem pele, em pedaços

---

1 *Manchamanteles* quer dizer "mancha-toalhas". (N.T.)

1 pera, sem casca, em pedaços
2 maçãs, sem casca, em pedaços
1 plátano macho, sem casca, em pedaços
1 colher (sopa) de açúcar
banha de porco para fritar
sal

Cozinhe o lombo em água com sal e as ervas aromáticas em fogo médio. Junte os pedaços de frango e, depois que tudo estiver cozido, coe o caldo e despeje sobre o lombo. À parte, triture os *chiles* com a cebola e os tomates, coe e frite muito bem na banha. Junte o caldo do cozimento das carnes e deixe ferver. Em seguida, acrescente o frango, o lombo, os pêssegos, a pera, as maçãs e o plátano e tempere com sal e açúcar. Deixe ferver por mais uns minutos antes de servir.

Capítulo XXI

"A ÚNICA COISA QUE EU APRENDI DA VIDA É QUE A PESSOA NÃO SE casa com o amor da vida dela, nem com quem teve o melhor sexo, e que se existisse alguém que encontrasse essas duas qualidades no seu parceiro, amor e sexo, não seria necessariamente feliz", sentenciou Frida a seus alunos.

Para ela, já que ia ensinar, precisava ensinar algo que valesse a pena, que de fato os ajudasse na vida. Mais tarde, o traço da pintura chegaria por si.

"Deixe-me digerir com calma o que acabou de dizer, pois essas verdades só entram na marra", respondeu um dos "Fridos", que estava encostado entre andaimes e baldes pintando uma parede.

"É simples. A melhor trepada está longe de ser da sua esposa. Por isso amplie suas perspectivas", rematou Frida, soltando a fumaça do cigarro.

Ela permanecia sentada em sua cadeira, apreciando a obra dos seus discípulos. Não estavam numa sala de aula, mas na famosa pulqueria La Rosita, a poucas quadras da Casa Azul.

As pulquerias eram o ponto de reunião de marginais e bêbados. Geralmente, sua clientela começava a chegar ao entardecer, quando os peões das construções gastavam seus magros salários em sonhos à base de pulque fermentado. Durante muito tempo, esses lugares de malandragem e vício foram pintados com imagens despreocupadas e irreverentes. Era uma maneira de se mostrarem sem disfarces, de ornamentar o que é do povo. Mas diante da modernidade de um México que queria livrar-se de sua roupa de camponês e exibir-se de chapéu e gravata, o governo mandara passar uma mão de cal sobre aquelas imagens. Assim, quando Frida ficou sabendo que seus alunos estavam interessados na técnica do mural a partir das aulas que tinham com Diego, convenceu o dono do La Rosita a aceitar que os rapazes pintassem as paredes do local totalmente de graça; Frida e Diego doariam pincéis, tinta e todo o material necessário. Era uma farra, uma aventura artística, um desvario surrealista inventado por Frida. Se existia uma maneira de pôr em prática sua ideia de arte para o povo, uma pulqueria era o melhor lugar.

Os estudantes eram muito jovens, quase todos de origem humilde. Haviam se matriculado na escola de pintura e escultura conhecida como La Esmeralda, nome da rua onde ficava. Ela reunia os maiores artistas, que compartilhavam a loucura de criar um local idílico para preparar rapazes com personalidade criativa; o projeto era tão *sui generis* que havia mais professores do que alunos, e estes em sua maioria eram filhos de operários ou artesãos que alimentavam a expectativa de conseguir uma vida melhor. Seus professores incitavam-nos a sair às ruas para dar forma ao que viam. Sem dúvida, havia grandes doses de política, discursos sociais e movimentos operários entre os alunos. Era um sonho para gente como Diego, María Izquierdo, Agustín Lazo ou Francisco Zúñiga, os grandes artistas da época. Quando Frida se incorporou como professora, causou comoção, em parte por seu aspecto de imperatriz tehuana, cujos coloridos xales e longas saias contrastavam com os toscos aventais de brim do resto dos professores, que desfilavam pelos corredores do velho edifício da Esmeralda contemplando o intrincado coque feito com fitas em tons de entardecer com que Frida arrumava seu cabelo.

"O que faz para passar o tempo, Frida?", perguntou-lhe um dos alunos, que estava salpicado de cores ocres, como se o pôr do sol houvesse lhe despejado um balde em cima.

Frida degustou a pergunta como quem prova um novo prato e, para temperá-la, deu umas tantas tragadas em seu cigarro. Começou dizendo-lhes:

"Caramba! Vão dizer que eu sou muito preguiçosa, que passo o dia trancada na mansão do esquecimento, obviamente para curar minhas velhas enfermidades que não fazem outra coisa senão perturbar e me deixar pobre. Quando é possível, nas minhas horas de ócio eu pinto. Digo quando é possível, pois a casa não anda sozinha e é preciso preparar comida e coisas, pois Diego gosta de tudo bem servidinho. Já devem ter percebido que, se houvesse jeito, ele iria querer até que dessem comida na boquinha dele. Eu só vejo vocês, e os doidos da minha família. Alguns são presunçosos, outros proletários. Para eles, sempre tequila e comida. O rádio, eu odeio; os jornais, uns pilantras, e de vez em quando me cai na mão um romance policial. Cada dia gosto mais dos poemas de Carlos Pellicer e de um ou outro poeta de verdade, como Walt Whitman."

A relação com seus alunos era estranha, ela mesma se sentia descontextualizada como professora, pois arrasava com suas próprias obras. Mas era única e tinha o dom de cativar. Não importava o que dissesse, todos ouviam. Seus monólogos eram condimentados com alegria, humor e paixão pela vida. Falava um espanhol de bairro, salpicado de modismos do povo, irônico e único. Somente a segurança de sentir-se tranquila ao lado de Diego fora capaz de ajudá-la a deixar um pouco de lado a melancolia por sua dor. Era como se tivesse renascido e, em vez de tentar engolir o mundo, tivesse aceitado sua realidade defeituosa, desfrutando-a em cada golfada de ar.

"E a senhora, que esteve lá nos *States*, como é lá?", perguntou uma das alunas.

"Olhe, as pessoas são estúpidas, mas, ao contrário do México, você pode brigar com elas de frente, sem punhaladas pelas costas, enquanto aqui somos fracos e as maracutaias estão na ordem do dia. São hipócritas. *Very decent, very proper...* Mas são todos uns ladrões, uns filhos da puta. Decidem tudo bebendo coqueteizinhos, desde a venda de um quadro até uma declaração de guerra."

"É por isso que vive aqui..."

"Não, porque Diego está aqui", esclareceu com um sorriso. "Claro que comer boas *quesadillas*, das que o povo vende do lado da igreja, também ajuda."

Frida argumentava que não podia ser a professora de seus alunos, mas apenas uma espécie de irmã mais velha. Despejou naquele grupo de garotos dos bairros humildes o amor maternal que lhe fora arrebatado. Desde o dia em que se plantou na classe, com a churrigueresca imagem de um jardim florido, disse-lhes que não acreditava poder ser professora jamais, pois ainda continuava aprendendo com a pintura. Advertiu-os de que a pintura era o mais grandioso da vida, mas que era difícil executá-la. Precisavam aprender técnica e autodisciplina. Concluiu dizendo que tinha certeza de que não existia um professor capaz de ensinar pintura, pois isso era uma coisa que a pessoa sentia com o coração. E sem maiores preâmbulos trouxe-os para o mundo exterior, como uma ave-mãe que empurra os filhotes para que aprendam a voar. Deu-lhes pincéis e mostrou-lhes que lá fora estava a inspiração.

"Ouça, moreno, aqui esse rosto ficou um pouquinho feio." Ela apontou apenas para a parte que considerou mal realizada e, sem dizer mais nada, deixou que o aprendiz a corrigisse.

Nunca pegou um lápis para corrigir um traço. Sentia que era uma falta de respeito para com seus Fridos. Cada um precisava encontrar seu estilo por meio de seus erros. Talvez a arte se tornasse mais divertida se tivesse havido mais Fridas professoras.

"Olha quem estou vendo! Veja se não é a própria professora Frida com seus garotinhos", gritou do fundo um homem de terno e gravata-borboleta com espantosas bolinhas azuis.

Seus olhos eram inteligentes, e o sorriso ele dava de graça. Andava com desfaçatez e humor. Era o velho amigo de Frida, o Chamaco Covarrubias.

"Rapazes, o céu vai desabar. O melhor caricaturista, escritor, etnólogo e antropólogo do México decidiu pisar a terra dos proletários e, pior ainda, vai até tomar um bom *curado de mamey*[1] em minha homenagem", disse Frida, apresentando-o com um sorriso.

Não levantou para ir cumprimentá-lo. Ao contrário, Miguelito abaixou-se para apertá-la num abraço carinhoso. Puxou uma cadeira e pediu um curado de pulque ao dono, que, como bom intrometido, fingia limpar as mesas para poder descobrir o que faziam aqueles rapazes amalucados em seu afamado local.

---

1 Variedade de pulque. (N.T.)

"Diego anda lá por San Ángel, talvez você o encontre paquerando uma jornalista ou inventando uma história da carochinha para algum político."

"Desta vez eu vim vê-la", respondeu o Chamaco, dando-lhe um tapinha no ombro.

A verdade é que a idade começava a fazer minguar o corpo da artista. Não havia uma semana em que não sentisse dor. Talvez seu coração estivesse reconstruído com as segundas núpcias, mas o resto do corpo parecia desmoronar.

"Fale a verdade, você veio aqui só por curiosidade, não foi? Sei que está todo o mundo falando da minha ideia doida de pintar uma pulqueria e querem me internar num hospício."

"Em parte foi a curiosidade que me trouxe, e, pelo que estou vendo, ela é bem evidente", disse-lhe o amigo ao mesmo tempo que lhe dava uma pequena caixa, que ela abriu como se fosse um presente de aniversário.

Frida estava rodeada constantemente de gente, precisava estar sempre acompanhada. Por isso empenhava-se em fazer comidas e reuniões, para matar a solidão. O Chamaco era um participante assíduo e, graças a seus estudos, inteligência e humor, era um prazer ouvi-lo falar. Da caixa emergiu uma linda peça lavrada em madeira preta. Era uma mulher, de peitos volumosos. A sensação ao tato era agradável, como a que provoca a seda.

"É lindo."

"Trouxe da minha viagem a Bali. Na outra noite em que você falava sobre a morte, me fez lembrar de Hine. Pensei que você gostaria de tê-la."

O pacto que tinha com sua Madrinha lhe dera a confiança para narrar suas impressões. Gostava de fazer brincadeiras a respeito da morte. Desafiava-a e zombava dela, sabendo que com certeza em algum lugar ela estaria ouvindo.

Para surpresa dos garotos, apareceu uma mulher de belo porte e andar de cisne. Cada movimento seu parecia um complicado passo de dança. Carregava um monte de *quesadillas* envoltas em papel. O aroma de *garnacha*[2] sendo mexida entre guisados e molhos a seguia como um cãozinho segue sua dona. Não havia nada mais incongruente do que ver aquela morena de olhos elegantes distribuindo as engorduradas *quesadillas* entre os alunos de Frida. Rosita já era uma celebridade na dança quando se casou com o Chamaco, e curiosamente foi por meio dela que o caricaturista começou a relacionar-se com os milionários que ele desenhava. Mas o Chamaco tinha suas veias enraizadas no povo, nas mulheres e crianças, nas ilhas do Pacífico, nas tardes de jazz do Harlem e nos povos indígenas de seu México natal. Assim, ela mergulhou de vez naquele ambiente boêmio e popular. Era uma princesa entre a plebe, mas gostava de sua posição. Rosita deu um sonoro beijo em Frida e, soltando uma agradável risada, colocou as *quesadillas* a seu lado.

"Sabia que você ia arrumar alguma coisa para a gente molhar a garganta, e, sem nada na barriga, você ia logo me ver de quatro no chão", explicou a mulher, que também gostava das delícias mexicanas. "Então trouxe comida para os seus alunos, já que nem só de pintura vive o homem."

"Vocês dois estão malucos, mas leram meus pensamentos, pois se o assunto são *quesadillas*, só Coyoacán sabe fazê-las", comentou, pegando uma das suculentas peças dobradas em papel. Abriu-a com delicadeza e despejou molho nela. "Vocês deveriam estar trabalhando e não aqui à toa comigo… Miguel, você estava me falando desse presentinho."

"É da mitologia maori, chama-se *Hine-nui-te-p*, 'a grande mulher da noite'", explicou o caricaturista, sentando ao lado de Frida para contar a história: "É a deusa da morte, casada com o deus T ne. Mas fugiu para o mundo terreno porque descobriu que esse T ne era também seu pai".

"Olha que danado! Isso acontece até nas melhores famílias", sapecou Frida com humor.

Rosita riu mostrando os dentes brancos. O casal Covarrubias sabia desfrutar do riso, da comida, da dança e de tudo que os envolvia:

---

2 *Tortilla* vendida na rua, com recheio de carne, queijo e legumes. (N.T.)

a vida. Alguém que sabe rir das coisas engraçadas é sempre uma boa companhia, pensou Frida.

"Bem, dizem que esse deus tinha necessidade de uma esposa e começou a procurar. Então, com terra vermelha amassou uma forma feminina e a desposou. Parece que viveram felizes; mas um dia, enquanto T ne estava ausente, ela começou a se perguntar quem era seu pai. Quando descobriu que seu marido era também seu pai, envergonhada, foi para longe. Quanto T ne voltou, contaram-lhe que ela fugira, e ele tentou alcançá-la, mas Hine o deteve dizendo-lhe: 'Volte, T ne. Eu vou pegar nossos filhos. Deixe-me permanecer na Terra'. T ne voltou ao mundo superior, enquanto Hine permanecia aqui embaixo para trazer morte ao mundo. Um homem, M ui, tentou tornar a humanidade imortal arrastando-se através do corpo de Hine enquanto ela dormia, mas a cauda de um pássaro a despertou fazendo-lhe cócegas, e ela o esmagou com sua vagina. Assim, M ui se converteu no primeiro homem a morrer."

"Matar o homem com a vagina porque fez uma deusa rir? Mas que falta de senso de humor que essa mulher tinha!"

"Linda, nós também podemos ser perversas. É só porém a mão na pluma errada", rematou Rosita.

Miguel Covarrubias ficou em pé e admirou a obra do mural. Era divertida. Tinha o estilo de Rivera, mas o frescor do primitivismo de Frida. Realmente, era a procriação com dois estilos unidos no espírito original dos estudantes.

"Contaram-me que a esposa do presidente encomendou a você um quadro", disse o Chamaco, sem virar-se para ver as mulheres.

"Nem me fale, que eu fico preocupada. Parece que ela queria uma natureza-morta com frutas do México, mas devolveu no dia seguinte. Talvez fossem sexuais demais para o gosto dos altos políticos", resmungou Frida.

Agora aceitava encomendas, alguns retratos e obras mais pessoais. A natureza-morta à qual se referiu era uma cena de fogos de artifício de cor e formas fálicas, luxuriosa demais para o pudor do partido oficial.

"É preciso ter a mente muito desvirtuada para ver as frutas com esses olhos", comentou Rosita, com seu sotaque americano.

"Não, acho que é mais o seguinte: a pessoa precisa pensar o dia inteiro em sexo para poder ver isso no quadro. E se é esse o caso da primeira dama, quer dizer que é uma mulher fogosa", disparou Frida, com humor. Houve um silêncio. Frida baixou os olhos e perguntou bem baixinho, para ser ouvida apenas por seus amigos: "Viram o Nick, agora que foram a Nova York?".

O Chamaco se virou. Não encontrou o olhar de Frida. Ele os apresentara. Não que Frida tivesse rompido totalmente sua relação com seu antigo amante; continuavam uma relação epistolar esporádica, e Frida até lhe pedira dinheiro para uma operação.

"Está bem, ele também perguntou por você", respondeu o Chamaco, sério. "Suas filhas estão enormes. Talvez virem grandes esportistas."

"Às vezes me pergunto o que teria acontecido se tivesse ficado com ele. Já havia feito planos de morar comigo. É um bom homem", murmurou. E, como se tivesse recebido um choque elétrico, seu rosto e seu corpo ganharam energia para continuar a festa. "Vocês vão vir para a inauguração do mural?"

"Se você nos convidar, é claro."

"Vocês e metade da Cidade do México. Mandamos fazer uns convites pra lá de lindos, no melhor estilo de Posada", explicou Frida, passando um papel ao casal.

Eles leram ao mesmo tempo. Era uma festa, um triunfo de seu ensino de pintura, da maneira segundo a qual o mundo deveria encarar a vida mesmo que esta insistisse em golpear uma e outra vez.

"Atenção, pessoal! Aí vão as notícias do dia. Queridos ouvintes, no sábado 19 de junho de 1943, às onze da manhã: Grande inauguração das Pinturas Decorativas da Grande Pulqueria La Rosita, localizada na esquina de Aguayo com Londres, Coyoacán", gritou Miguel, como se fosse um daqueles camelôs que vendem especiarias e remédios caseiros. Seu tom era tão engraçado que os alunos caíram na gargalhada. "As pinturas que enfeitam essa casa foram realizadas por Fanny Rabinovich, Lidia Huerta, María de los Ángeles Ramos, Tomás Cabrera, Arturo Estrada, Ramón Victoria, Erasmo Landechy e Guillermo Monroy, sob a direção de Frida Kahlo, professora da

Escola de Pintura e Escultura da Secretaria de Educação Pública. Os patrocinadores e convidados de honra são dom Antonio Ruiz e dona Concha Michel, que oferecem à distinta clientela dessa casa uma comida suculenta, que consiste num churrasco de carne importada diretamente de Texcoco e borrifada com os supremos pulques feitos pelas melhores fazendas produtoras do delicioso néctar nacional. Para maior encanto da festa, haverá um grupo de *mariachis* com os melhores cantores do Bajío, rojões, bombinhas, fogos de artifício estrondosos, globos invisíveis e paraquedistas feitos de folhas de *maguey*. Aqueles que quiserem ser toureiros, só precisam entrar na roda no sábado à tarde, pois haverá um pequeno touro para os aficionados."

E, como prometido em sua circular, a Cidade do México inteira foi à festa. Não apenas Frida estava ataviada com sua roupa de tehuana, mas suas alunas e amigas se engalanaram como um colorido ramalhete de flores circulando entre os convidados. As ruas próximas à pulqueria foram enfeitadas com papel picado em cores vivas, que esvoaçava ao vento, entoando um murmúrio agradável. Confetes começaram a voar, enquanto cinegrafistas e fotógrafos desfrutavam as imagens folclóricas do acontecimento. Concha Michel começou a cantar com o grupo *mariachi*, acompanhada por Frida, que, com a garganta afiada pela tequila, ofereceu uma noitada fenomenal.

Diego, todo inflado de orgulho, tentava roubar a cena, contando casos inverossímeis e fazendo comentários picarescos. Seu momento de brilho terminou quando começaram os *sapateados, jarangas yucatecas* e *danzones*.[3] O lugar virou uma grande pista de dança. Frida esqueceu sua dor nas costas e conseguiu desfrutar da dança ao ritmo dos *mariachis*. Depois vieram os discursos de intelectuais, entusiasmados com a ocasião e elogiando a Revolução Mexicana. Frida aproximou-se de Diego enquanto o poeta Salvador Novo cantava com palavras, pegou a mão dele e se aninhou em seu grande peito. Diego sentiu o calor da esposa. Sem deixar de ver o poeta, deu-lhe um beijo na testa.

---

3 Modalidades de danças folclóricas mexicanas. (N.T.)

"Oi, minha menina..."

"Oi, meu menino...", respondeu Frida, dando-lhe um beijo, com a boca fazendo biquinho.

A grande festança terminou com a noite já avançada. Foram risos e alegrias. A resenha de um jornal nacional descreveu assim: "Vivemos a tendência de ressuscitar o mexicano, e cada um faz isso à sua maneira".

Dias antes de terminar o melancólico mês de outubro, Frida levantou com o canto do senhor Cui-cui-ri, que como sempre foi fiel à promessa de avisar ao mundo que a princesa disfarçada de tehuana iria viver mais um dia. Era uma manhã apetitosa, com o picante da vida, o tédio da cozinha e o prazer da sobremesa. A velha cama de madeira rangeu. Era ampla, no estilo da de uma donzela de contos de fadas; suas barras de suaves formas barrocas emolduravam o sono noturno da proprietária. O pé descalço de Frida pisou a fria cerâmica. Depois o outro, o pé ruim, sem dedos, procurou um pouco de calor para não murchar. Os lençóis voaram para um lado como uma grande vela de galeão que cai ao alcançar terra. Com a dor de toda manhã torturando-a, andou apoiada numa bengala. Um sininho retiniu, informando aos moradores da Casa Azul que sua imperatriz estava acordada. Os cães pelados, as araras e os macacos alvoroçaram o jardim dando as boas-vindas ao mundo dos despertos. Uma das criadas apareceu imediatamente, com roupa para guardar nos armários que transbordavam de cores. Ajudou-a a escovar o cabelo, seguindo o costume de ornamentá-lo antes de mais nada. Logo se converteu numa trama de fitas patrióticas e flores sedutoras. Escolheu a combinação perfeita para explodir como uma bomba de cores.

Começou a passear pela casa como uma nobre desfilaria e, cantarolando "La paloma" ao ritmo de sua saia ao arrastar, juntou-se a Eulália, que a esperava com um sorriso. Entoaram o refrão da canção, enquanto colocava na mesa pronta para o café da manhã um enorme cesto com deliciosos pães doces que uma imprudente abelha desejava provar. Havia conchas amarelas e *polvorones* cor-de-rosa, entremeados com chifres sexuais, as fálicas *banderillas* e as mentirosas orelhas.

As panquecas de nozes, muito sérias, esperavam para ser degustadas por Diego, que apareceu como um trombone desafinado para continuar cantando a romântica melodia. Agitava o jornal com maldade, orgulho e sarcasmo. Antes de dar um aparatoso beijo na esposa, resmungou chateado com a política do partido oficial, porque os gringos enfiavam o nariz na Coreia, e com todo o mal que se acumulara no mundo durante as últimas vinte e quatro horas.

Frida continuou assobiando, entre um sopro e um sorvo do café com canela. De vez em quando, assentia com a cabeça para alguma exclamação do pintor. Depois vieram os pratos fortes: ovos fritos banhados em molho, acompanhados por *tortillas* e feijões. Assim como chegaram, desapareceram na boca de Diego, que continuava opinando a respeito de tudo enquanto devorava os ovos, com a *tortilla* na mão. Não gostava de talheres, achava-os burgueses. Eram um luxo que só se permitia ao dividir a mesa com políticos e gente famosa. Enquanto pudesse, seria do povo ou pelo menos tentaria brincar que era.

Terminou a celebração do café da manhã. Diego limpou a boca com a manga da camisa. Foi correndo atrás de seu macaquinho sob as gargalhadas de Frida, que deixou cair uma lágrima de alegria. O macaquinho roubara o chapéu de Diego, que sem ele não podia ir para o estúdio trabalhar. Era parte indispensável de seu ritual matutino. O macaco, com ciúme de Diego e eternamente apaixonado por mamãe Frida, sentiu que a peça de vestuário era cheirosa e grande. Decidiu vesti-la. Diego sacudiu a terra do chapéu e tentou limpar a saliva. Quatro passos duraram suas imprecações, e perdeu-se pela sala, seguido pelo criado que fazia as vezes de chofer. Foram para a casa de San Ángel, onde Diego lutaria uma nova batalha para derrubar o monstro da política por meio da pintura, numa luta da qual era difícil saber quem sairia vencedor.

"A gente se vê à noite, então, menina", despediu-se de Frida com um beijo atirado ao ar, que ela guardou no coração para quando chegassem os tempos em que o odiaria e desejaria deixá-lo, o que acontecia pelo menos uma vez por mês, em sincronia com as amantes, que, com a mesma facilidade com que chegavam, também iam embora.

Frida saiu para o pátio, mordiscando um pão doce, como se certificando de que aquele ano seria doce também. Por enquanto, não havia sal nem vinagre. A vida lhe sorria, e era preciso guardar isso bem guardado. Caminhou entre limoeiros e laranjeiras. As plantas se inclinavam diante dela, batidas pelo vento, cedendo passagem à pintora para que chegasse até o fundo de seu jardim, onde numa grande mesa a aguardava uma enorme oferenda do Dia dos Mortos. Os *cempasúchiles* faziam as vezes de sentinelas dos pães, das caveiras de açúcar, das fotografias e dos pratos dispostos para a chegada dos defuntos. No centro, um grande esqueleto de papelão, vestido de mulher com luxo e elegância. A seu lado, uma imagem de seu pai e outra de sua mãe. Mais atrás, a escultura de madeira que o Chamaco Covarrubias lhe presenteara convivia sem problemas com duas caveiras de açúcar, cada uma com um nome escrito na testa: "Diego" e "Frida".

Era a véspera do Dia dos Mortos e completavam-se trinta e quatro anos desde que a barra do bonde lhe desferira um golpe fatal. Olhou para o céu e respirou profundamente. Ao sentir que o ar penetrava por suas fossas nasais e se distribuía pelo pulmão, saboreou o momento de estar viva. Deu meia-volta, depois de depositar na oferenda um novo elemento para homenagear a mulher que põe fim à vida: a fumaça de um cigarro recém-aceso.

As quesadillas de Coyoacán

Quesadillas

2 xícaras de farinha de milho
½ xícara de farinha de trigo
½ colher (sopa) de fermento
3 colheres (sopa) de manteiga

200 g de queijo Oaxaca
1 xícara de creme
manteiga para fritar

Misture a farinha de milho, a farinha de trigo, a manteiga e o fermento até formar uma massa homogênea. Com as mãos, faça pequenas *tortillas* e, no centro de cada uma, coloque o queijo. Dobre na metade e ponha para fritar na manteiga quente até dourar. Sirva acompanhadas do creme. Também podem ser recheadas com flor de abóbora, *huitlacoche*,[4] pimentão em tiras, miolo...

Salsa borracha

200 g de *chile pasilla*
2 cebolas picadas finamente
2 dentes de alho
6 pimentões verdes em conserva
½ litro de pulque
100 g de queijo *añejo* ralado
azeite e sal

Toste os *chiles pasilla*, limpe e deixe de molho por 30 minutos. Triture junto com o alho. Junte azeite e pulque suficiente para tornar espesso e tempere com sal. Para servir, junte os pimentões, a cebola e o queijo. Esse molho tem de ser comido logo, porque fermenta muito rápido.

---

4 Fungo comestível, parasita do milho, do gênero Ustilago. (N.T.)

Capítulo XXII

As lágrimas molharam-lhe o rosto percorrendo o seco caminho das maçãs como um rio pelo deserto. Não só sulcam o rosto compungido, mas cruzam-no como uma ferida. O rosto é emoldurado pelo rendilhado escuro e sombrio que se aglutina em volta de Frida como uma maré disposta a devorá-lo. Há dor no seu olhar, mas também orgulho, energia para atacar a quem ouse adentrar o quadro. O rendilhado de tehuana é um canto de auxílio, uma vestimenta de noiva ávida para encontrar seu homem. Para as tehuanas seu vestido de noiva é uma luz da manhã. Vestem um traje branco, enfeitado por brincos e colares de ouro, e na sua saia pequenas folhas de palma brincam com as flores confeccionadas com o mesmo tecido. Aquele rosto emoldurado por finos bordados é o esplendor da região de Tehuantepec, em Oaxaca, exaltada pelos *huipiles*[1] de cintura à mostra, mangas curtas e uma bata de gaze, acinturada nos quadris por uma faixa de seda, que Frida converteu num novo corpo. Não só seu corpo, mas também sua pele, concediam-lhe uma nova identidade.

"Como dói, não é mesmo?", exclamou Frida diante de si mesma no quadro. Não respondeu porque continuava congelada, chorando enquanto a outra pintava. As lágrimas estavam desenhadas na tela e não no rosto da pintora, seca já de tanto transitar pela Avenida do Engano.

De sua cadeira de rodas vislumbrou seu autorretrato vestida de tehuana. Notou que era muito diferente do anterior, voltavam os temas e os lugares-comuns nas reentrâncias de seus traços. Sempre era ela o tema e algumas vezes copiava a si mesma. No retrato anterior de tehuana pintou-se como rainha, com Diego na frente e uma rede de

---

1 Blusa bordada tradicional da região de Oaxaca. (N.T.)

emaranhadas linhas que se estendiam pela tela. No entanto, não conseguia sentir-se do mesmo jeito. O novo era cinza, de sombras tão pesadas como o aço. Os complicados rendilhados não tornavam o rosto mais leve. Não havia mentiras nele: Frida sofria com o corpo inteiro.

Terminou a obra com um último toque de branco. Largou os pincéis e abriu seu diário, que estava se convertendo em seu melhor amigo, seu confidente. Nele havia loucura e verdade. Começou a escrever:

A morte se afasta
Linhas, formas, ninhos
As mãos constroem
Os olhos abertos
Os Diegos sentidos
Lágrimas inteiras
Todas muito claras
Cósmicas verdades
Que vivem sem ruído
Árvore da Esperança
Mantém-te firme.

Era a melhor maneira de dar forma à sua situação. O entardecer de sua vida estava lançando os raios do sol entre as montanhas para desaparecer totalmente. A vela de seu tempo estava esgotando-se. O pavio era curto e a chama tênue. Encerrada no hospital, a dor depois da operação invadiu cada célula de seu corpo, como uma praga que se espalha sem controle. Na coluna, tão prejudicada como uma cidade quando se interrompe sua avenida principal, desatou-se o caos. Não eram só lágrimas e gritos. Era o padecimento físico, com a loucura fatiada como uma barra de manteiga. O quarto do hospital exalava um intenso cheiro de comida queimada, como se tivesse sido deixada no fogo até virar carvão. Os médicos e enfermeiras começaram a evitar aquele corredor, pois seu cheiro era tão penetrante que impregnava batas e uniformes. Técnicos e serventes empenharam-se em procurar alguma falha na conexão dos dutos entre o piso hospitalar e a cozinha, mas não acharam indícios de que algum odor pudesse estar vazando de lá. Os que visitavam Frida, ao entrar no quarto viravam o rosto como se lhes acertasse um soco no nariz. Frida parecia não se dar conta da situação. Entre a agonia e as drogas, seus sentidos haviam fugido para um lugar distante.

"Precisam dar-lhe alguma coisa. A coitada está inconsciente de tanta dor", suplicou Cristi, que junto com as irmãs se aferrara a cuidar de Frida como teria feito sua mãe.

Mati, a seu lado, não parava de chorar. O médico estava igualmente desconsolado. Era um daqueles dias em que a esperança se recusa a aparecer. Diego estava jogado numa poltrona, as pernas estendidas com as botas de peão plantadas no corredor, obstruindo o caminho. As mãos escondidas na jaqueta, brincando com o carrinho de madeira que o acompanhava quando se sentia vazio. A cabeça abaixada, sombreada não só pela luz, mas também pela própria existência.

"Podemos injetar morfina. Uma dose forte", respondeu um dos médicos.

"Faça isso."

"Não tenho muita certeza, ela já começou a mostrar dependência. Se eu receitar, não vai mais poder deixar de usar."

Mati e Cristi se abraçaram. Em sua família desbaratada pelas injustiças dos movimentos sociais do México, pelo desamor de seus pais e pelas falsas posições diante da sociedade, a única que conseguia fazer com que permanecessem amalgamadas era Frida. A que de menina foi rebelde, a estéril, a que se vestia de homem, era a única âncora que unia as quatro mulheres. A frustração chegou como uma neblina mal-humorada.

"Dê morfina", bradou Diego sem olhar para o médico. "Veja como esses olhos suplicam um pouco de paz. Não será seu primeiro nem seu último vício."

O médico deu instruções a uma enfermeira. Uma enorme dose de morfina começou a nadar como uma cobra pelas veias de Frida, soltando fogos de artifício ao passar. A morfina fornicou com o Lipidol injetado para suas costas. Juntos prosseguiram até atingir o cérebro.

Frida pouco a pouco conseguiu esquecer seu mal-estar. Enquanto desaparecia o incômodo em seu corpo, aparecia uma aberração em seu quarto.

Como uma *mise-en-scène* desordenada e surrealista, o aposento foi transformando-se com pinceladas grossas: uma metade com um céu de nuvens estilhaçadas emoldurando um sol em vermelhos de menstruação. A outra metade ficou escura. Noite de mantos gangrenados, tentando alimentar-se da lua de queijo fétido. Em volta, um bosque, plantas com raízes que não desejavam ficar cobertas pela máscara da terra. Como meninas malcriadas saíam pelas ranhuras do quarto.

"Eu sou um veadinho campeiro, que vive cá em cima escondido... Corre e saltita ligeiro, atento e bem prevenido... De noite em teus braços, faceiro, descansa em paz redimido", cantou uma voz picaresca.

Era alguém mestiço, do bairro. Pela voz, parecia desengonçado e alegre. Com um toque de *tacos* apimentados. Apareceu de um salto, soltando penas e insetos mortos. Chegou ao pé da cama e caminhou entre os lençóis abrindo suas patas como um tosco camponês dançando com ritmo desconjuntado. Depenado e alvoroçado, o senhor Cui-cui-ri veio ter com Frida. Sua crista já estava enrugada, como papada de ancião, e um cachorro deixara seu bico podado. No rabo, tinha só três penas, que se mexiam como vassouradas de um servente vacilante. O galo, ancião e maltratado, era o retrato de Frida, mas não havia dúvida de que estava vivo, assim como ela.

"O que faz por aqui, senhor Cui-cui-ri?", perguntou intrigada Frida. O galo tirou um carrapato e se acomodou entre os lençóis, cruzando placidamente as patas.

"Visitando minha Friducha, que mais poderia fazer? Ouça, linda, aqui nos hospitais, nós, os galináceos, somos vistos apenas como receita, pois dizem que um bom caldo de frango cura a gripe, a barriga grande e o mal de amores. Você sabe, mocinha, uma *chicken soup*."

Frida deformou seu rosto num arroubo, simulando um piscar de olho. O galo ficou bicando o lençol.

"E você sabe falar, então?"

"E você, sabe pintar, então?"

"Aprendi. Papai me ensinou, e eu estudei. Continuo estudando."

"Eu também, minha filha. Ou você acha que, depois de andar vadiando por mais de vinte anos pela sua casa, eu ia me dedicar apenas a engolir milho e água? Até nós, frangos, temos aspirações. *You know what I mean kid!* Eu dou uma de quem não sabe nada, como música de saxofone de uma *jazz band*, mas entre pintores, gênios, comunistas, fotógrafos, artistas de cinema e ladrões... desculpe, políticos, algo da lábia desses pentelhos... quer dizer, desses pensadores todos, eu tinha que aprender."

"Até que você se sai bem. Pelo menos no que diz respeito a um galo", admitiu Frida.

"Você tampouco pinta mal. Quer dizer, para uma velha..." O galo examinou Frida. Com gestos, aprovou o que via. Perguntou com bastante malícia: "Ou será que você está mais para veadinho?".

"Não sou veadinho", corrigiu Frida.

"Chifrinho você já tem. Diego se encarrega de botar em você toda noite." O galo não precisava lembrá-la disso, ficava óbvio que Frida era um veadinho ferido, que além disso sofria o embate das flechas que perfuravam cada um de seus músculos, fazendo-a sangrar.

Ela se remexeu nervosa. Tinha vontade de sair correndo pelo bosque de alfaces e rabanetes. Queria voltar a ser livre, mas as flechas certeiras a haviam derrubado. Começou a lamber suas feridas. Era um veadinho agonizando por viver com Diego.

"E então, como está?", perguntou curioso e amável o galo.

"Poderia dizer que estou feliz, mas isso de me sentir estragada da cabeça aos pés transtorna meu cérebro e me faz passar momentos amargos."

"Dá pra ver, Diego foi dar umas voltas. Isso é bom, não?"

Frida arqueou as sobrancelhas. Não gostava dessas insinuações, ainda mais vindas de um galo depenado. Não estava disposta a permitir-lhe aquelas liberdades, menos ainda em seu quarto de hospital.

"Se você está zombando de alguma coisa, é melhor parar."

"Oh, não, minha Cachucha! Eu não invento nada, é mais do que óbvio que cada vez que você sente que Diego se afasta aparece uma nova doença. Se o gordo anda todo animado atrás de alguma garotona, uma nova operação puxa ele pela coleira de novo. Essas malditas enfermidades bem que elas têm um bom *timing*, não é verdade?"

"Para começar, vou lhe dizer que nem esposa de Diego eu sou. Seria ridículo achar isso", respondeu toscamente. O vinagre coalhou nas palavras. "Ele sempre brinca de casar com outras mulheres, mas Diego não é marido de ninguém e nunca vai ser. Talvez seja meu filho, porque é desse jeito que eu gosto dele. Eu não reclamo do papel que me coube. Não acho que as margens de um rio sofram por deixar a água correr, nem que a terra padeça porque chove, nem que o átomo se aflija porque está descarregando energia. Para mim, tudo tem sua composição natural."

Quando Frida parou de falar, o senhor Cui-cui-ri estava que era um mar de lágrimas. Um pequeno charco se formara em volta dele. Canja com cebola e coentro brotava de seus olhos como uma cachoeira.

"*Stop! Stop! I am melting*... É triste demais, nem Salvador Novo[2] com o coração apunhalado teria conseguido dizer tantas idiotices", cacarejou em alto volume.

Toda a atuação dramática terminou: sacudiu um pedaço de grão-de-bico e caminhou todo cordial até a mesa de cabeceira, de onde tirou o diário de Frida. Ajeitou o que lhe restava de penas, limpou a garganta e começou a declamar o conteúdo do livro:

"Amo Diego... e ninguém mais. Diego, estou sozinha", terminou com dramaticidade. Virou várias páginas. "Meu Diego, já não estou sozinha, você me acompanha. Dorme comigo e me revive. Fico comigo mesma. Um minuto ausente. Alguém me rouba você e fico chorando. É um folgado."

"Pare com isso. Ninguém o chamou aqui. Se eu quisesse uma consciência, teria pedido um desgraçado de um grilo, não um galo safado", murmurou Frida, irritada.

Cui-cui-ri chegou perto dela e lhe deu um tapinha, num cativante gesto de menino.

---

2 Salvador Novo López (1904-74), poeta e dramaturgo mexicano. (N.T.)

"Não reclame, que é para isso que a gente vem parar neste vale de lágrimas. Lembre-se: 'Árvore da esperança, mantém-te firme'. Isso não fui eu quem disse, foi você: a *girl* de Coyoacán, a *mexican* princesa. *Oh yeah!*"

Os olhos vermelhos de Frida estavam injetados de sangue borbulhante. Fixaram-se então em seu relógio da vida: o galo. No dia em que parasse de cantar, ela morreria. Era esse o trato. Mas nunca lhe contaram que o relógio era como uma pedra no sapato.

"Cale a boca."

"Vamos admitir, minha Friducha. A coisa está cor de formiga. A vida vale um tostão, e o último convidado já terminou de comer. Por que é que a gente não fecha a lojinha e vai descansar? Pense bem. Chega de sofrimento, chega de infidelidades do barrigudão. Só paz e tranquilidade. Talvez um pouco de tequila para matar o tédio", propôs Cui-cui-ri.

Não era ruim. Tinha razão. Não era a dor, era o cansaço da dor.

"Foi minha Madrinha que mandou você vir me dizer isso?"

"*No way!* Eu com essa senhora não me dou. Quem está dizendo isso sou eu, seu amigo da alma. Estou um pouco cansado da vida. Fico o dia inteiro trancado em casa bicando e bicando para conseguir uma minhoquinha e, com sorte, um pedaço de pão duro. Minha aspiração máxima é virar *mole*,[3] e isso não é lá muito elogioso", reclamou o galináceo.

Por tratar-se de uma ave até que era eloquente, perspicaz e sabia fazer-se entender bem, ao contrário de muita gente que Frida conhecera na vida.

"Não, hoje como nunca estou acompanhada. Sou um ser comunista. Li a história de meu país e de quase todos os povos. Conheço os conflitos de classes e os problemas econômicos. Compreendo a dialética materialista de Marx, Engels, Lenin, Stalin e Mao. Há um grupo de mulheres à minha volta, como se eu fosse a rainha", disse, decidida.

---

3 Prato típico em que frango é um dos ingredientes principais. (N.T.)

"Tenho *news* para você: todos os seus amigos sabem que você sofreu a vida inteira. Você se dedicou a mostrar isso em seus quadros, minha linda, mas nenhum deles compartilha de seu sofrimento. Nem mesmo Diego. Ele sabe o quanto você sofre, mas isso é diferente de sofrer com você. Eles não são capazes de *compadecer*."

Outra vez o olhar sanguíneo. Outra vez o ódio. Frida fechou os punhos.

"Afinal, você veio fazer o que aqui?"

"Quero que você me cozinhe. No dia seguinte à comilança em que eu serei o prato principal, você vai descansar. Adeus a todos. *Good bye, my love!*"

"Não."

A ave estufou o peito e começou a cantar com bastante ritmo a melancólica melodia de "La barca de oro":

Vou embora
para o porto onde está
a barca de ouro,
que vai me conduzir.
Vou embora,
só vim me despedir,
adeus mulher,
adeus para sempre, adeus.
Não voltarão
meus olhos a te olhar,
nem teus ouvidos
escutarão meu canto.
Vou aumentar
os mares com meu pranto
adeus mulher,
adeus para sempre, adeus... [4]

---

[4] Yo ya me voy al puerto donde se halla la barca de oro que debe conducirme./ Yo ya me voy, sólo vengo a despedirme adiós mujer, adiós para siempre, adiós. / No volverán mis ojos a mirarte, ni tus oídos escucharán mi canto./ Voy a aumentar los mares con mi llanto adiós mujer, adiós para siempre, adiós...

Frida fechou os olhos. Era uma tentação transformá-lo em comida. Mas não iria sucumbir. Não naquele dia que Diego estava fora. Que reservara o quarto ao lado para pernoitar no hospital em vez de ficar com suas amantes. Nem no dia seguinte, nem no outro. Ela aguentaria, ia poder mais que a morte. Fechou os olhos e fez o mesmo com seus sentidos.

"O que está acontecendo com ela?" Mati teve que perguntar ao médico, ao ver Frida falando sozinha.

O médico media a pressão da paciente, e Cristi penteava-lhe o aloucado cabelo em sedutoras tranças com tiras de pano nas cores do arco-íris.

"Está delirando por causa da morfina. Está tendo alucinações", respondeu o médico, deixando Frida nas mãos de suas irmãs e da enfermeira.

Na mesa de refeições do quarto, um prato de sopa de *tortilla* fumegava, esperando que Frida comesse. O aroma do consomê de frango usado para o caldo pouco a pouco foi se sobrepondo ao cheiro de queimado. O aroma da sopa viajou até os outros quartos, reconfortando os demais doentes, pois não há dúvida sobre seu poder medicinal. Aquele aroma de consomê ficou acompanhando Frida por mais de dois dias, enquanto ela continuava adormecida pelos sedativos. As enfermeiras não tiveram dificuldades para alimentá-la, pois ela o tomava sem queixar-se.

Saiu do hospital, mas só fez trocar um quarto por outro. Pouco a pouco foi ficando ali, na cama, pregada como um Cristo, incapaz de movimentar-se. Toda ela era apenas um par de olhos cheios de arrebatamento. Seu caráter se decompôs, como um pêssego abandonado na fruteira, até amargar. Ataques de ira começaram a rondá-la, como moscas em volta de um cadáver. Não pedia as coisas, exigia. Vociferava como se quisesse fazer calar o mundo, que prosseguia sem ela e não reparava em sua sorte. Ficava impaciente por não ser o que era, por ter-se transformado em sua sombra. Apenas seus retratos a lembravam de que era uma caricatura da mulher que Diego possuíra ao pé dos vulcões, a paródia da princesa maia que conquistara os Estados Unidos, a sátira da amante de líderes, artistas e pintores.

Era capaz de tomar duas garrafas de conhaque num dia, sempre acompanhado de uma dose de Demerol para aliviar as dores. As drogas entravam nela e brincavam com sua mente, silenciando-a e abestalhando-a. Mesmo assim, a mão tateava à procura de um pincel que conseguisse saciar seu desejo de arte. Os traços que cruzavam a tela eram tão dramáticos e dilacerantes como uma ferida aberta. A pintura se converteu em sua religião; a droga, em sua comunhão. Era um ato piedoso à procura de um ser divino ausente. Para ela, a divindade recaía em personagens como Stalin, como Mao. Eram os homens que a salvariam da demência. As composições eram frágeis e as cores, berrantes. A escuridão no final do caminho era uma ideia que a rondava, mas abraçava sua arte para dar luz à sua vida. Mesmo que fosse pouca.

Frida já não conseguia ficar sozinha, era indispensável a assistência de uma amiga ou de uma enfermeira permanente. Um dia que Cristina chegou para cuidar dela, descobriu-a em seu estúdio, pintando, em sua cadeira de rodas. Já não era sequer o arremedo da bela Frida de suas lembranças. Estava despenteada, com uma saia rasgada e uma camisa puída, talvez alguma que Diego tivesse posto de lado. Tinha as mãos com vestígios de sangue, pois as picadas da droga não saravam. Empenhados em gritar a ferida, os dedos revolviam sangue e óleo para plasmar na tela seus olhos desorbitados e o desprezo por ela mesma. Sua pintura deixara de ser cuidadosa. Seus traços eram cortes no ar, como se fatiasse a tela.

Cristi viu que não restava mais nada dela. Uma defunta que continuava aferrada ao mundo dos vivos.

Nem o pranto apaziguou a impotência de ver sua melhor amiga se destruindo. Precisava acabar com o desconsolo de presenciar o ocaso da irmã. Com a ajuda de Manuel, o criado, colocou-a de volta na cama. Frida continuava falando e continuava pintando fantasmas no ar enquanto ela a penteava. Cristina escolheu uma saia vermelha e uma de suas lindas blusas do istmo, daquelas com fitas vemelhas e verdes entrelaçadas. Mas ao ver que Frida a olhava, perguntou-lhe que vestido gostaria de usar. "Vista em mim o que você tiver escolhido, pois terá sido escolhido com amor. E já não há amor mais aqui. Você sabe que o amor é a única razão para se viver."

Frida tinha razão, embora tivesse se feito rodear das coisas que amava, dos objetos que aprisionavam o amor e dos amigos que amava, nela já não havia amor. O amor ficou escasso, foi se perdendo, até ficar numa lembrança.

A sopa de TORTILLA

A sopa é o alimento que mais trouxe alívio à humanidade. É talvez a primeira coisa que o homem cozinhou. Posso imaginar aqueles cavernícolas pondo água e mais alguma coisa no fogo. Tenho certeza de que foi uma oferenda a seu deus. Que talvez fosse o fogo, a tempestade ou algo que não entendiam. Era uma maneira de eles mesmos se tornarem deuses. A sopa permite uma quantidade imensa de variações, desde o caldo mais simples até as sopas mais refinadas. Pode ser um prato completo.

Mas, para mim, a sopa de tortilla *é uma da mais deliciosas que uma pessoa é capaz de comer no México. Ela é o que nós somos. Complicada, mas simples. Picante, mas saborosa. Quente, mas refrescante. É a comunhão perfeita para entender do que estamos feitos e por que o México é como é.*

12 *tortillas* de milho
4 tomates sem pele
½ cebola picada finamente
1 dente de alho picado
2 litros de caldo de frango
1 maço de salsinha
1 maço de erva-de-santa-maria
4 *chiles pasilla*, sem sementes, fritos
1 abacate em cubos
½ xícara de queijo meia cura em pedaços pequenos
creme de leite azedo

sal
óleo de fritura

Corte as *tortillas* em tiras compridas e finas e frite em óleo quente. À parte, coloque uma colher (sopa) de óleo numa panela e frite os tomates, a cebola picada e o alho. Depois de cozinhar por 5 minutos em fogo baixo, junte metade do caldo de frango e triture tudo junto. Retorne a mistura à panela quente e acrescente sal e o resto do caldo de frango. Adicione a salsinha e a erva-de-santa--maria e deixe cozinhar em fogo baixo por 20 minutos. Numa tigela, coloque as tiras de *tortilla* fritas e despeje o caldinho de tomate quente. Junte o *chile pasilla* em pedacinhos, o abacate, o queijo e o creme.

Capítulo XXIII

E assim, numa noite que escondera as chuvas de verão num canto, Frida recebeu o Mensageiro, ofereceu-lhe tequila e petiscos e pediu-lhe uma audiência com a Madrinha, certa de querer terminar com aquela dor de tantos anos, a que todos chamam vida. Para certificar-se de que aquele seria seu último dia, pediu à fiel cozinheira, Eulália, que matasse o galo Cui-cui-ri, que, de tão habituado aos mimos e cuidados que lhe dispensavam, nem sequer suspeitava de que aquele também seria seu último dia na terra. Para Frida, ter vivido mais do que devia não foi prazeroso, pois nunca teve alívio de sua dor na coluna, nem a do coração partido se esvaneceu.

"Sinto muito, senhor Cui-cui-ri, mas a menina Frida deu a ordem", disse-lhe o criado Manuel antes de torcer-lhe o pescoço.

Tal como indicado na receita, foi dessangrado e tiraram-lhe todas as penas, até deixar sua branca carne de burocrata descoberta. Depois, Manuel ajeitou-o numa panela de barro, daquelas que Frida conseguia nos mercados, com enfeites bonitos de duas pombas levando uma fita nos biquinhos com a frase "Frida ama Diego". Colocou a panela solenemente na cozinha, que sempre estava enfeitada com seus graciosos azulejos provincianos, e deixou o animal ali para que Eulália fizesse com ele uma de suas suculentas obras.

A cozinheira, limpando as lágrimas com o avental, tirou as vasilhas de especiarias do armário e colocou-as em fila. Depois organizou os utensílios de cozinha como quem prepara o instrumental para uma operação cirúrgica. Examinou o cadáver do galo e sentiu um vazio tão grande no peito que nem o abraço do bom Manuel a ajudou a acalmar-se. Ambos estavam a ponto de chorar; alguma coisa de capeta tinha aquele galo, pois andava pelos pátios da Casa Azul desde a morte de mamãe Matilde, e isso já eram anos demais para alguém de sua espécie.

Quando ficou sem lágrimas, Eulália deu início ao espetáculo culinário. Seguiu passo a passo a receita anotada no pequeno livrinho que Frida lhe entregou, até transformar o senhor Cui-cui-ri numa delícia: um *tamal* de frango em erva santa.

Frida passou o dia escrevendo em seu diário. As últimas páginas estavam abarrotadas de estranhas figuras aladas. Não havia autorretratos em nenhum daqueles esboços, pois, de espírito celeste, ela não tinha nem a moral nem a aparência. Procurava retratar o verdadeiro rosto da Madrinha, pintando um anjo negro que se eleva para o céu: o arcanjo da morte. Não recebeu naquele dia nenhum amigo, pois esperava uma visita muito mais importante. Só Diego chegou à tarde e sentou a seu lado para conversar.

"O que você tem feito, minha menina?", perguntou o pintor, sem parar de passar seus gordos dedos pela cadavérica mão de Frida.

"Dormindo quase o tempo inteiro, depois pensando."

"E que pensa essa cabecinha tonta?"

"Que somos apenas marionetes e não temos nem uma bosta de ideia do que está acontecendo na verdade. Mentimos para nós com a baboseira de que controlamos nossas vidas, simplesmente desempenhando o papel de nos apaixonarmos quando vemos um homem, de comer quando estamos com fome e de dormir quando estamos cansados. E isso é uma tremenda mentira, pois não temos controle de nada", murmurou Frida, sem sentimento. Diego precisou oferecer um sorriso amargo ao perceber a lucidez que ainda existia naquele corpo destruído.

"Tenho um presente para você, Dieguito", sussurrou Frida lentamente, arrastando as palavras por causa dos narcóticos.

Sem soltar-lhe a mão, Diego a beijou no rosto e dedicou-lhe alguns carinhos.

Frida entregou-lhe um anel que mandara fazer para o aniversário dele. Prata e pedra, grande como ele, exagerado até mesmo para um ogro como Diego.

"Você sabe que eu te amo, não é?", murmurou Frida.

"Descanse...", ordenou Diego, controlando as lágrimas que estavam a ponto de brotar.

Sua mulher morria, desmoronava como um castelo de areia consumido pela maré. Recostou-se na cama ao lado dela e a abraçou. Permaneceram assim por várias horas. Convencido de que já estava adormecida, foi trabalhar em seu estúdio em San Ángel.

As cortinas se abriram para que o corcel branco do Mensageiro entrasse no reino da escuridão. As chamas dos inumeráveis círios espalhados pelo recinto pularam de alegria e os ossos das tumbas repicaram com gosto tentando dar as boas-vindas a Frida, que montava no lombo do cavalo. O Mensageiro parou em frente à mesa, no meio de um grande banquete armado no estilo de um altar dos mortos. Frida desmontou e se afastou cuidadosamente de seu guia, e o revolucionário, de maneira seca mas amável, despediu-se com uma inclinação de cabeça.

Diante de seus olhos estava a oferenda de Dia dos Mortos mais bonita que já vira. Jocosamente acomodadas, flutuavam as caveiras de açúcar com todos os seus açucarados dentes; na testa, mostravam nomes cintilantes, que eram os de todas as pessoas de quem gostara: Nick, Leon, Diego, Guillermo, Georgia... Havia pães de mortos açucarados, circundados por flores que transbordavam de esplendor laranja. E a mais deliciosa coleção de pratos de seu próprio repertório: os pimentões recheados de Lupe, as costeletas do doutorzinho, o *tiramisù* de Tina, os suspiros de Tepozteco, a torta de maçã de Eve, os *polvorones* de mamãe Matilde, o *mole poblano* de seu casamento, os caldos de Mati, o *pipían* dos Covarrubias e, no lugar de honra, o *tamal* de panela em erva santa, que ainda exalava os aromas que escapam do forno quando está cozinhando.

"Você me encontrou, e eu estou aqui." A Madrinha apareceu sentada no meio de todas as delícias culinárias que algum dia Frida lhe ofereceu.

Como sempre, um véu negro cobria-lhe o rosto, mas agora vestia um conjunto pomposo e elegante: um bonito traje europeu de renda branca e babados espevitados que vinham até o pescoço. Seu coração descoberto palpitava como um tambor. No centro do altar, em cima do pedestal de barro com motivos pré-hispânicos, um círio se afogava num grande charco de cera multicolorida. Sua chama mirrada resistia a que a brisa gélida, própria dos defuntos, arrebatasse o último sopro de vida de sua agonizante proprietária. Frida deu um passo adiante, colocando-se à direita dela. Notou que vestia sua roupa de tehuana de cores de selva e céu e, amarrado à cintura, trazia um cordão bordado em tons de entardecer em Cuernavaca.

"Afinal, estou morta?" E, ao perguntar, a dor sumiu, deixando nela talvez uma vaga lembrança, como um eco de sua vida passada.

"Ainda não, pois você pediu audiência. Seu pavio da vida ainda ilumina um pouco, mas logo se esgotará, assim como seu tempo na terra. É questão de mais alguns suspiros", disse a Madrinha apontando para a chama da vela, que dava seus últimos saltos. "Por isso, venha, sente-se e beba comigo, que é um deleite esse reencontro depois de tantos anos."

De uma elegante garrafa azul, serviu uma tequila que exalou vapores de encanto e perdição.

"O trato que fizemos foi um desastre. Você vai me explicar que enganação é essa na qual você me meteu e se a minha vida tem algum alívio, porque desde o início só tenho levado na cabeça", soltou Frida, com raiva.

Muitas palavras haviam se acumulado durante todos aqueles anos de sofrimento, guardadas para serem ditas no preciso instante em que visse a morte, mas haviam saído de sua alma sem pensar, e essas são as mais verdadeiras. Sua Madrinha permaneceu quieta como uma rainha, ostentando mais com classe do que com seriedade os títulos que detinha como senhora da morte.

"Foi você quem escolheu, não eu."

"Pura enganação", respondeu, agora com mais coragem.

Foi um grito desesperado. Não precisava explicar-lhe que estivera morrendo a cada dia, seja da enfermidade, seja de amor ferido. Talvez continuasse respirando a cada dia, agarrando-se à pintura como um alívio da alma, e não a seus pesares, mas tivera que pagar um preço muito alto por cada dia vivido. Não precisava explicar isso a ela, sua Madrinha já sabia.

"Se você deseja anular nosso trato, ficará revogado. Não precisa continuar se você se sente enganada. Mas não tente me enganar. Ninguém pode fazê-lo", advertiu com voz truculenta, "nem se esconder de mim. Lembre-se: minha promessa está selada com a vida", sentenciou a soberana.

Diante dessas palavras, Frida sentiu o peito mais leve, mais livre a sua culpa, mais delgado seu corpo e mais ágeis suas pernas: voltava a ser a Frida com saia de colegial e meias três-quartos. A Frida de franja, a jovem a quem um bonde atropelou, a quem um tubo atravessou o corpo... a jovem que naquele dia morreu. Na mesa do altar, sua vela se transformara num bonito círio de cera branca e, embora jovem, sua resplandecente chama anunciava que logo seria deslocada por um fino fio de fumaça mortuária.

"Como é possível desfazer tão facilmente esse trato? É tão simples assim? Por acaso não foi escrito com sangue? A morte não pode ser tão compreensiva. Disso eu tenho certeza."

"Frida, tudo pode deixar de existir com facilidade, posso garantir, e sou especialista no assunto, mas não duvide de que suas ações têm consequências, mesmo que sejam ínfimas. Cada decisão ficará escrita em seu destino."

"Não haverá fogos de artifício ou diabinhos estalando? Isso é absurdo. Você não pode chegar e me dizer que tudo o que eu vivi vai pelo ralo só porque você manda que seja assim", retrucou a Frida jovem, mais admirada do que desiludida.

Para sua surpresa, na mesma hora apareceu o par de macaquinhos que a haviam recebido da primeira vez, e começaram a gritar fazendo caretas grotescas:

"A bailarina já voltou! A bailarina está aqui de novo!"

Ao lado deles, o Judas de papelão e a caveira pulavam de alegria, como se nunca tivesse saído daquele estranho episódio que ela sonhou ao sofrer o acidente do bonde.

"Frida, a morte não tem pirotecnia. Você morre, só isso. É mais simples do que você imagina", teve que lhe explicar a Madrinha. Frida ficou em silêncio durante um tempo, assimilando uma realidade que lhe oferecia morrer no ônibus atropelado pelo bonde, nos braços de seu querido Alex. Teria que pensar um mundo sem Diego, sem sua pintura, sem suas dores constantes. Não conseguiu fazê-lo, só havia vazio.

"Se nada do que eu vivi aconteceu, se eu nunca vou casar com Diego, nem desfilar pelos hospitais sofrendo uma dor contínua, então, o que aconteceu com Diego? O que foi feito de minha família?", murmurou, aturdida pelo terremoto em sua mente.

"As pessoas continuam sua vida quando você morre. O relógio não se detém para nenhum mortal", replicou a morte. "Mas, se você tem tantas dúvidas assim, aqui está." E lhe ofereceu um copinho de tequila.

Frida segurou-o nas mãos. Teve medo de bebê-lo, pois as revelações, embora fortaleçam, sempre doem. Sem pensar mais, esvaziou o conteúdo na garganta e, antes que o álcool batesse em sua mente, as imagens já apareceram.

Diego não tinha mau aspecto. Mais magro que de costume, a pele bronzeada. O sol da Califórnia lhe caía bem, assim como a casa de telhado estendido com telhas espanholas, que lembrava os elegantes chapéus chineses. A piscina também era de tirar o fôlego, pelo tamanho e luxo. Vários ciprestes rodeavam a mansão, como soldados perfilados. A mulher de óculos não soltava do braço do marido, o famoso pintor. Ela mesma era uma peça digna de exibir, pois o belo corpo que tinha desde que casara com Charles Chaplin estava ali. Paulette Goddard procurara preservar sua beleza para cumprir todos os seus desejos. Marido e mulher tomavam o café da manhã no jardim, deixando que os repórteres batessem suas fotos para registrar um momento do casal da moda, recém-chegados da Europa, onde Rivera pintara um mural para a empresa Michelin. Diego falava um inglês fluente, pois, desde que começara a trabalhar em San Francisco, não voltara mais para o México. Aquele era o quarto casamento de Paulette e não seria o último. La Goddard o ostentava como presa de caça, que podia dependurar em cima da lareira até que ambos descobrissem outros parceiros: Diego, alguma incipiente estrela loira, e Paulette, outro empresário para escalar o sucesso.

Cristina, por sua vez, tinha má aparência, a pancada no olho não ajudava, menos ainda a magreza extrema. Sua filha Isadora a ajudava a arrumar a casa abarrotada de toques burgueses. Faziam isso em silêncio, com medo de que o pai de Isadora as surpreendesse com os afazeres ainda sem terminar. Antônio não sobrevivera às febres. Foi enterrado ao lado de papai Guillermo, morto apenas dois anos depois de saber do trágico acidente que lhe arrebatou a filha predileta. Mamãe Matilde controlara a família do jeito que foi possível, mas Cristina não era brilhante em suas decisões. Estava condenada a ser uma mulher que apanhava, vivendo aterrorizada pelo marido. Às vezes desejava pedir ajuda à sua irmã Matilde, mas teria que fazer isso às escondidas, já que estava proibida de falar com ela. Viviam suas crises como todas as famílias mexicanas: suportando em silêncio. Para eles, a vida lá fora era algo distante, os jornais só falavam de pessoas que nunca cruzariam suas vidas. Personagens que saíam nas notícias, como a emigrada italiana Tina Modotti, morta a tiros quando caminhava abraçada com seu amante, o socialista cubano Julio Antonio Mella; ou o famoso líder socialista Leon Trótski, envenenado em Estocolmo por um agente stalinista; ou o próprio Nickolas Murray, que sempre foi fotógrafo de revistas de moda, de sucesso e cosmopolita – infelizmente, algumas vezes as vidas não mudam.

Não, para a família Kahlo tudo isso era estranho, mais ainda a arte, burguesa e elitista, distante de todas as casas do México onde o preço da *tortilla* é mais importante do que o manifesto socialista sobre a pintura. Naquele governo não havia espaço para grandes artistas, só existiam conspirações e hesitações para aliar-se ao próximo candidato apresentado na farsa democrática do partido oficial. Não havia muralistas, pois os grandes pintores preferiram fazer carreira fora de um país hostil à cultura, onde as realizações educacionais se resumiam a meras cifras de discursos diante de operários famintos dominados por um sindicalismo corrupto. Assim a família Kahlo vivia seu dia a dia, com a leveza da inocência de não se saber importante e a reconfortante ideia de uma sociedade que para sentir-se nacionalista não precisa das pinturas com cores de sabor melancia, manga, limão, pitaia ou graviola.

"É doloroso ver tudo isso, deve ser uma maldição poder ver tudo a partir de seus olhos", disse Frida, com lágrimas nos olhos pela bofetada de realidade que acabava de receber.

"Filha, não sou amaldiçoada, nem abençoada. Sou apenas eu, e meu trabalho é como qualquer outro. Para alguns, sou uma coisa boa, para outros uma abominação. No final, sou a mesma para todos", esclareceu a Madrinha.

"Não posso deixá-los assim. O vazio é aflitivo. É maior que a dor física da vida. Não posso deixar que as coisas tomem esse rumo. Se eu precisar mesmo voltar a sofrer um por um meus padecimentos, calamidades e penas para recuperar o curso dos acontecimentos, então terei que voltar a assumir seu trato."

"Você voltaria a viver tudo isso? Mesmo sabendo de toda a dor que a aguarda? Lembre-se de que não haverá mudanças, é um caminho que você já conhece", certificou-se a soberana. Frida apenas confirmou com a cabeça. Parecia tão infantil, tão inocente. Não era a Frida seca e nervosa que se consumia na Casa Azul. Era uma Frida com vontade de viver.

"O que me garante que tudo o que eu vivi não foi só uma imagem como a que você acaba de me mostrar? Não terá sido apenas uma ilusão, que vivi como se fosse real, só para não ter de aceitar o trato de viver e assumir minha morte? Os seus truques são difíceis de distinguir."

"Nem mesmo eu posso lhe assegurar se sua vida foi ou não um reflexo em sua mente. Se foi isso e você deseja voltar a vivê-la, não vai mudar nada. Você simplesmente vai sofrer duas vezes as mesmas infelicidades. Vai refazer o mesmo caminho, tomar as mesmas decisões e bater nas mesmas paredes."

Frida entendia, seu coração se apertava nervoso diante da ideia da dor e da paixão que voltaria a viver, embora da primeira vez tivesse sido apenas um reflexo oferecido por sua Madrinha.

"Por que você me escolheu? Por que eu? Não sou ninguém para que você me ofereça uma oportunidade como essa. Sou uma mulher como qualquer outra. Não vejo nada de grandioso em mim."

"Todas as mulheres são grandes. Cada uma é minha afilhada por direito próprio; assim como eu possuo o dom da morte, vocês têm o dom da vida. A única razão é você mesma. Porque você é Frida, e só existe uma Frida. Não é preciso uma razão mais poderosa que essa", revelou a Madrinha, convidando-a a sentar-se a seu lado. Então perguntou-lhe: "Está pronta para voltar a viver?".

A morte estendeu-lhe sua mão, na qual segurava uma pinça cirúrgica que apertava a veia conectada a seu coração. Antes de pegá-la, Frida pediu:

"Mas antes de voltar a percorrer meu destino, desejo ver seu verdadeiro rosto."

A mulher tirou o véu, sentando ao lado da Frida tehuana que tomou a mão de sua Madrinha, a Morte, conectando a veia a seu coração para que voltasse a bater. A chama na vela do altar ganhou força, consumindo com gula a cera e iluminando sozinha o lugar inteiro. Frida olhava para o rosto dela debaixo do véu negro, pois, como explicara, ela era o final, mas cada mulher era o início. As duas se contemplaram. Frida encontrou a si mesma, com o coração unido, sangrando pela vida que teria de voltar a sofrer e, antes de despertar, contemplou as duas Fridas em todo o seu esplendor.

"Já despertou, menina?! É um bom sinal. Agora você deve permanecer tranquila para se aliviar logo…", disse a enfermeira na Cruz Vermelha. Frida sobrevivia a seu primeiro acidente, o do bonde. Antes de perder a memória de tudo o que era anterior, pensou que lhe faltava ainda sobreviver a seu pior acidente: Diego.

T*AMAL* DE PANELA EM ERVA SANTA

½ kg de farinha para *tamal*
¼ de litro de caldo de frango
350 g de banha de porco

1 maço de *hoja santa*[1]
1 colher (sopa) de fermento em pó
250 g de frango em pedaços
3 *chiles* (*ancho*, *mulato* ou *pasilla*) assados, limpos e moídos
1 tomate assado, sem sementes, moído
sal

Coloque a farinha numa caçarola e misture o caldo de frango até formar um *atole* espesso. A seguir, coloque a mistura na banha derretida e acrescente um pouco de *hoja santa* e sal. Leve ao fogo brando, sem parar de mexer, até que fique espesso e, ao enfiar uma colher, esta saia limpa da caçarola. Retire do fogo e bata até que branqueie. Junte o fermento e incorpore-o bem à massa. À parte, prepare um *mole*, misturando os *chiles*, o tomate, mais *hoja santa* e sal. Acrescente o frango. Numa panela, coloque primeiro uma camada de massa, por cima uma de *mole* e, para cobrir, outra de massa, mais grossa que a primeira. Leve ao forno a 190 °C e cozinhe até que esteja dourado por cima.

---

1 "Folha santa" ou "pimenta de Vera Cruz", espécie de pimenta mexicana. (N.T.)

Capítulo XXIV

Às quatro da madrugada, Frida se queixou com voz adormecida, apagando como uma vela de pavio curto. A enfermeira que cuidava dela acalmou-a com carícias suaves na mão, alisando-lhe os lençóis para que continuasse seu sono, enquanto ficava ao lado dela, como uma mãe que vela o sono de um recém-nascido.

A enfermeira adormeceu e despertou ao ouvir o repicar do sino. Eram seis da manhã quando bateram à porta da Casa Azul. Espantou o sono para tentar saber se alguém se oferecia a ir abrir o portão. Enquanto Manuel levantava para ir abrir a porta, ela percebeu que Frida estava de olhos abertos, fixos, o olhar perdido. Suas mãos estavam sobre os lençóis, como uma boneca que brinca de estar dormindo. Tocou as mãos dela: estavam geladas.

Manuel abriu o saguão, mas não descobriu nenhum ser vivo. A rua estava vazia, exceto por um ginete que sobre seu cavalo branco se perdia entre as ruas calçadas de pedra, deixando apenas o eco dos cascos ressoando pelas casas. Quando entrou de novo na casa, a enfermeira deu-lhe a notícia, e ele saiu em disparada até San Ángel, onde Diego fora passar a noite.

"Senhor Diego, nossa menina Frida morreu."

O ataúde com os restos de Frida Kahlo foi colocado no saguão do Palácio de Belas Artes. Foi velado por amigos, artistas, políticos e gente que a admirava. Diego, entre a loucura do momento e a pena, concordou que o ataúde fosse envolvido com uma bandeira vermelha, estampada com a foice e o martelo, achando que Frida teria se sentido orgulhosa dessa decisão. A guarda de honra foi mantida durante um dia e uma noite.

Com uma grande procissão de quinhentas pessoas, o ataúde foi levado pelas ruas da Cidade do México que Frida tanto amava. E ao chegar ao crematório, houve uma última cerimônia de despedida; depois Frida foi incinerada.

Naquela tarde, as nuvens, que haviam se escondido, foram aparecendo para escurecer o céu da cidade. Afligidas pelo falecimento da princesa asteca, derramaram seu pranto pelas ruas, expandindo um sentimento de perda que foi tomando aqueles que assistiram à cerimônia de despedida da pintora. Era tão profunda aquela dor que parecia que ela morrera duas vezes.

O Chamaco Covarrubias, Juanito O'Gorman, suas irmãs Cristina e Matilde, seus alunos, os Fridos, suas amigas e conhecidos, todos estavam compungidos. O fantasma do pranto alcançou também terras distantes: num rincão da Europa, enquanto navegava seu veleiro, o doutorzinho querido de Frida chorou por mais de duas horas enquanto guiava o timão sem saber por que se perdera; Nickolas Murray sentiu um desejo enorme de ver as fotografias que tirara daquela que foi sua amada; a editora da *Vanity Fair*, madame Clare, trancou-se em seu escritório recriando o momento em que sua amiga Dorothy pulou pela sacada; Nelson Rockefeller interrompeu suas elucubrações sobre como poderia chegar à Presidência e, depois de uma garfada de *mole poblano*, que compartilhava numa reunião com um líder sindical nova-iorquino, começou a derramar tantas lágrimas que se viu obrigado a cancelar a reunião; Lucienne, a antiga auxiliar de Diego, que lhe dera assistência depois do aborto, tentou esculpir a figura da princesa asteca representada por Frida.

E toda aquela dor retumbou sobre Diego quando regressava a Coyoacán. Em silêncio, relembrou cada momento em que por sua culpa Frida chorou. Manuel e ele iam absortos olhando para a frente, enquanto lágrimas solitárias se desprendiam de seus rostos de vez em quando. A bolsa com as cinzas de Frida permanecia a seu lado, no lugar que ela costumava ocupar.

Quando o automóvel chegou à Casa Azul, Diego sentia-se absolutamente cansado e faminto. Entrou na casa, onde os animais gritavam a ausência da dona. Encaminhou-se até o quarto de Frida.

Sentou ao lado da cama, dispondo suavemente a bolsa com as cinzas. Ficou olhando-a por vários minutos, até que seu olfato deu uma bofetada em seu entendimento e em seu estômago, que deu um pulo diante de um aromático cheiro de cozido que descansava numa mesa a seu lado. Era um grande pedaço do *tamal* de panela em erva santa, dentro da vasilha de barro com os pombos segurando a fita com uma frase romântica. Ao lado do prato, o livrinho gasto que Frida guardava e no qual os aromas do frango, do *chile* verde e de exóticas especiarias se misturavam num arrebatamento suculento.

Depois de guardar o livrinho numa das gavetas, para ficar ali acumulando poeira à espera de que alguém o descobrisse, pegou o prato e fincou o garfo no *tamal*. Começou a comer em silêncio, degustando cada bocado, deixando que se desfizessem os sucos que saciavam seu apetite e, ao mesmo tempo, reconfortavam sua alma. Ao sentir o estômago saciado, seu coração se encheu de uma paz que nunca mais voltaria a sentir.

De repente, soltou o talher no prato e voltou a soluçar. Seu lamento chamou a atenção de Eulália, a cozinheira, que se aproximou do quarto para tentar consolá-lo. Diego comia e choramingava. Eulália parou no batente da porta, e quando Diego a viu, em seu rosto desenhou-se um sorriso triste.

"Mandou cozinhar para mim e, como sempre, está delicioso", murmurou com tristeza. Pegou outra porção do prato e comeu-a pouco a pouco. Quando terminou o último pedaço, teve que admitir: "Frida foi embora e nunca consegui lhe dizer o quanto eu gostava da erva santa."

Em 1957, Diego Rivera faleceu de parada cardíaca. Foi enterrado na Rotunda dos Homens Ilustres da Cidade do México, o que contradisse seus últimos desejos: que suas cinzas fossem misturadas às de Frida e fossem guardadas na urna da Casa Azul de Coyoacán. Suas filhas e sua esposa se negaram a cumprir sua última vontade, convencidas de que para o México seria melhor que o enterrassem ali, onde hoje ainda permanece, muito longe de sua querida Frida.

Em 1958, a Casa Azul foi aberta ao público como Museu Frida Kahlo. Desde sua inauguração, tal como fazia Frida, todo dia 2 de novembro é montado um altar de mortos, com comidas, arranjos e fotografias em honra ao amor que Frida e Diego tiveram um pelo outro e pelos seus conhecidos.

O "Livro da erva santa" continua desaparecido.

Leia também:

GÉRARD DE CORTANZE

FRIDA e TRÓTSKI

A história de uma paixão secreta

ROMANCE

Planeta

1937. Perseguidos pelo fascismo e pelas forças stalinistas, Leon Trótski e sua esposa, Natalia Sedova, fogem para o México, onde pedem asilo. Frida Kahlo e Diego Rivera oferecem abrigo aos dois russos, que são então acolhidos não apenas na célebre Casa Azul, mas também no agitado círculo de amigos intelectuais e artistas do casal mexicano. Depois de anos repletos de perigos e conflitos com o governo de seu país, os Trótski enxergam na hospitalidade de Frida e Diego um raio de esperança, a quase certeza de dias melhores.

No entanto, a paz de Leon parece ameaçada pelos encantos e pela extravagância de Frida, mulher brilhante, sensual, livre e em constante ebulição, colocando o escritor em um conflito interno entre o dever e o desejo.

A Cidade do México, sempre tão colorida e caótica, equilibrada entre a magia e a loucura, é palco da história desses dois amantes, dispostos a aproveitar cada encontro como se fosse o último. Mas a morte espreita a cada esquina, e os perseguidores do revolucionário russo estão prestes a encontrá-lo. Nessas circunstâncias, o amor pode ser uma urgência, mas a luta, um imperativo.

**Acreditamos
nos livros**

Este livro foi composto em Adobe Garamond Pro e Requiem Text e impresso pela Gráfica Santa Marta para a Editora Planeta do Brasil em maio de 2021.